PERERINION
&
STORÏAU HEN FERCH

gan
JANE ANN JONES

golygwyd gan
CATHRYN A. CHARNELL-WHITE

CLASURON HONNO

GW 3086055 5

Cyhoeddwyd gan Honno
'Ailsa Craig', Heol y Cawl, Dinas Powys,
Bro Morgannwg, CF6 4AH

www.honno.co.uk

Cyhoeddwyd *Storïau Hen Ferch* am y tro cyntaf gan Wasg Aberystwyth,
1937, ℗ ystad Louie Myfanwy Davies.
℗ *Pererinion*, ystad Louie Myfanwy Davies.
Gwnaed pob ymdrech i olrhain ystad Louie Myfanwy Davies ond os oes
gennych ddiddordeb yn ei hystad, cysylltwch â Honno os gwelwch yn dda.

℗ Yr argraffiad a'r golygiad hwn o *Pererinion & Storïau Hen Ferch*,
Honno, 2008.

℗ Rhagymadroddion, Nan Griffiths a Cathryn A. Charnell-White.

British Library Cataloguing in Publishing Data
Ceir cofnod catalog o'r llyfr hwn
yn y Llyfrgell Brydeinig

ISBN: 1870206991
ISBN 13: 9781870206990

Llun y clawr: Claudia Williams, 'Reading by the Window, Tenby' (2001),
gyda chaniatâd caredig Oriel Martin Tinney
Cysodydd a chynllunydd y clawr: Nicola Schumacher
Cyhoeddwyd gyda chymorth ariannol Cyngor Llyfrau Cymru

Argraffwyd yng Nghymru gan Gomer

CYFLWYNEDIG
I
"G"

DERBYNIWYD/ RECEIVED	1 0 DEC 2008
CONWY	
GWYNEDD	
MÔN	✓
COD POST/POST CODE	LL5 1AS

CYNNWYS

RHAGAIR

Sefydlwyd Honno Gwasg Menywod Cymru ym 1986 er mwyn rhoi cyfleoedd i fenywod yn y byd cyhoeddi Cymreig ac i gyflwyno llên menywod Cymru i gynulleidfa ehangach. Un o brif amcanion y wasg yw meithrin llenorion benywaidd Cymru a rhoi'r cyfle cyntaf iddynt weld eu gwaith mewn print. Yn ogystal â *darganfod* awduron benywaidd, mae Honno hefyd yn eu *hailddarganfod*: rhan bwysig o genhadaeth y wasg yw cyflwyno gweithiau gan fenywod o Gymru, sydd wedi bod allan o brint ers amser maith, i genhedlaeth newydd o ddarllenwyr. Dyma a wneir yn y ddwy gyfres 'Clasuron Honno' a 'Honno Classics'. Crynhodd y golygyddion genadwri Clasuron Honno yn rhagair y gyfrol gyntaf yn y gyfres, sef *Telyn Egryn* gan Elen Egryn:

> Fel merched a Chymry teimlwn ei bod hi'n hynod o bwysig inni ailddarganfod llenyddiaeth y rhai a'n rhagflaenodd, er mwyn cofio, dathlu a mwynhau cyfraniad merched y gorffennol i'n llên ac i'n diwylliant yn gyffredinol. Trwy astudio'n hanes ni trwy eu gwaith, cawn gyfle hefyd i ddeall yn well y prosesau sydd wedi dylanwadu ar ein hanes, hanes sydd yn arwain at ein sefyllfa yn y gymdeithas sydd ohoni heddiw. Gobeithiwn hefyd y bydd y gyfres yn ysgogi merched eraill i ymchwilio ymhellach yn y maes. (Kathryn Hughes a Ceridwen Lloyd-Morgan, 'Rhagair', Elen Egryn, *Telyn Egryn* (Talybont, 1998), t. v.)

Pleser digymysg yw ail-lansio Clasuron Honno a dathlu canmlwyddiant geni Louie Myfanwy Davies (Jane Ann Jones; 1908–68) trwy gyhoeddi 'Pererinion' a *Storïau Hen Ferch* (1937) ochr yn ochr â'i gilydd. Gobaith diffuant Honno Gwasg Menywod Cymru yw y bydd y gyfrol gyfansawdd hon yn ysgogi ymchwil bellach ac yn denu sylw beirniadol newydd i Jane Ann Jones a'i chyfraniad.

Yn ystod ei hoes ac wedi ei dyddiau hefyd, bu straeon byrion

i

a nofelau Jane Ann Jones dan gysgod 'brenhines ein llên', Kate
Roberts, ond y mae hi'n hen bryd iddi gael sylw beirniadol mwy
diduedd. Yn sgil y ffaith eu bod yn cyfoesi â'i gilydd, yn gydnabod
i'w gilydd, ac yn rhoi lle blaenllaw i gymeriadau benywaidd yn eu
gwaith, y mae cymharu'r ddwy awdures yn anorfod. Ond nid Kate
Roberts yw'r unig awdures werth ei halen yn ei chyfnod ac y mae
Jane Ann Jones yn awdures o blith nifer sy'n dyst i weithgarwch
llenyddol arloesol menywod yn hanner cyntaf yr ugeinfed ganrif yng
Nghymru. Heb Jane Ann Jones a'i thebyg, buasai hanes y stori fer a'r
nofel yng Nghymru yn llai deinamig o lawer.

Cyhoeddwyd *Storïau Hen Ferch* am y tro cyntaf ym 1937 gan
Wasg Aberystwyth o dan olygyddiaeth E. Prosser Rhys. Casgliad o
straeon byrion annisgwyl sy'n nodedig ar gyfrif ei themâu mentrus a'i
hiwmor gwyrgam yw *Storïau Hen Ferch* (1937). Gwaith aeddfetach
yw'r nofela 'Pererinion' ac, yn wir, y mae hwn yn waith arbennig
iawn hefyd. Cwblhawyd y fersiwn o 'Pererinion' a gyhoeddir yma
ym mis Mehefin 1944, ond hwn oedd yr ail fersiwn i Jane Ann Jones
ei lunio. Llosgwyd y gwreiddiol gan 'G', ei chyn-gariad ac un o brif
gymeriadau'r nofela, ac felly ar anogaeth daer ei mentor llenyddol, E.
Prosser Rhys, aeth Jane Ann Jones ati i ail-lunio'r cyfan o'r newydd.
Nid gormodiaith, felly, yw honni mai darganfyddiad o'r iawn ryw
yw 'Pererinion' – dim diolch i 'G'! Gan hynny, cyflwynir y cyfrol
hon iddo ef yn ogystal ag i 'G' arall mwy cymwynasgar ei fryd yng
nghyd-destun y nofela, sef Gwydion Griffiths, mab Nan Griffiths.

Daeth Jane Ann Jones i sylw Honno pan ddarllenodd Rosanne
Reeves, un o sylfaenwyr y wasg a chyd-olygydd cyfres Clasuron
Honno, erthygl gan Nan Griffiths: 'Prosser Rhys a'r Hen Ferch',
Taliesin, 128 (Haf 2006), 85–101. Y mae pawb sydd ynghlwm wrth
Honno a'r gyfrol yn hynod ddiolchgar i Nan Griffiths am ganiatâd i
gyhoeddi'r unig gopi sydd ar glawr a chadw o 'Pererinion', sef copi
a roddwyd i'w thad, R. Bryn Williams, gan Jane Ann Jones ei hun.
Hoffwn ddiolch yn bersonol i Nan hefyd am y trafod buddiol a difyr,
a'r cydweithio cysurus fu'n nodweddu'r proses o baratoi'r gyfrol hon
ar gyfer y wasg.

Cyhoeddwyd y gyfrol hon gyda chymorth ariannol hael Cyngor

Llyfrau Cymru. Ni ellid bod wedi dod â'r gwaith i fwcwl heb gymorth staff a phwyllgor Honno, a chymwynasgarwch staff Llyfrgell Genedlaethol Cymru, Y Ganolfan Uwchefrydiau Cymreig a Cheltaidd, Archifdy Clwyd, Rhuthun, Archifdy Meirionnydd, Dolgellau, Hereford Archive Service, The Register Office, Hereford, a North Shropshire Registry Office. Diolch i Claudia Williams ac Oriel Martin Tinney am ganiatâd i ddefnyddio'r ddelwedd hardd, 'Reading by the Window, Tenby', ar y clawr. Diolch hefyd i staff Gomer am eu gwaith graenus yn argraffu'r gyfrol hon. Bu nifer o unigolion yn garedig iawn wrth roi'r gyfrol hon at ei gilydd a diolchir iddynt, oll ac un, am bob cymwynas: Jane Aaron, Linda Charnell-White, Gwenllïan Dafydd, Iorwerth Davies, Helena Earnshaw, Hedd ap Emlyn, Meredydd Evans, Gwydion Griffiths, Glenys Howells, Keith W. Jones (BBC Cymru Wales), Rhiannon Davies Jones, Dafydd Glyn Jones, Jane MacNamee, Kevin Mathias, Rhiannon Michaelson-Yeates, Ann Parry Owen, Rosanne Reeves, Siwan M. Rosser, Nicola Schumacher, Merfyn Wyn Tomos, Gwilym Tudur, a Janet Thomas.

Nodyn golygyddol

Dewisais olygu'r gyfrol hon yn ysgafn, er parch at lais llenyddol Louie Myfanwy Davies/Jane Ann Jones. At ei gilydd, glynwyd at yr atalnodi gwreiddiol, diweddarwyd a chysonwyd yr orgraff, a chywirwyd unrhyw wallau amlwg yn dawel.

Llanilar, Awst 2008   Cathryn A. Charnell-White

RHAGYMADRODD BYWGRAFFYDDOL

Louie Myfanwy Davies (Jane Ann Jones; 1908–1968)

Mae gen i gof plentyn o gael fy nghyflwyno i'r awdures a adwaenir fel Jane Ann Jones gan fy nhad, R. Bryn Williams, ar y stryd yn Rhuthun. Ond ni chymerais fawr o ddiddordeb yn ei gwaith na'i hanes nes i mi dderbyn teipysgrif 'Pererinion', ynghyd â bwndel o lythyrau oddi wrth E. Prosser Rhys ati hi. Fe'u rhoddwyd i fy nhad gan Myfanwy Davies i'w defnyddio i lunio cofiant i Prosser Rhys. Dywedodd mewn llythyr at fy nhad ei bod wedi dinistrio'r rhan fwyaf o'r ohebiaeth ddadlennol hon ond iddi gadw rhyw ddwsin o'r llythyrau. Bu farw fy nhad yn 1981 ond yn anffodus ni ddaeth y llythyrau na'r deipysgrif i'm meddiant hyd 2003. Erbyn hynny yr oedd y rhan fwyaf o gyfeillion a chydnabod Myfanwy wedi ein gadael ac, er holi a chwilio, ni lwyddwyd hyd yn hyn i daflu goleuni llawn ar ei chyfrinachau.

Ganwyd Louie Myfanwy Davies yn Primrose Cottage, Holway, Treffynnon ar 28 Chwefror 1908 yn unig blentyn i Walter Owen Davies, cyfrwywr, a'i wraig Elisabeth. O fewn blwyddyn yr oedd y fam wedi marw, yn wraig ifanc 26 oed. Yn fuan wedyn ailbriododd Walter Davies a gadawodd ef a'i wraig newydd yr ardal a mynd i fyw, mae'n debyg, i Fangor. Am ryw reswm rhoddwyd y fechan i'w frawd, William Henry Davies, a'i wraig Mary i'w magu ac ni fu fawr o gysylltiad rhyngddi hi a'i thad wedyn. Groser oedd W. H. Davies yn y Stryd Fawr, Rhuddlan, ac roedd ganddo ef a'i wraig un ferch, Emily, a oedd yn wyth oed ar y pryd. Roedd hefyd yn bregethwr cynorthwyol gyda'r Wesleaid a'i brif ddiddordeb, yn enwedig wedi iddo ymddeol, oedd ymchwilio i hanes yr enwad yn yr ardal.[1] Er na chafodd ei ordeinio fe hoffai ddefnyddio'r teitl 'Parch.' o flaen ei enw. Nid oedd yn anniwylliedig ac mae ei lythyrau yn darllen yn rhugl a

---

[1] Gweler 'The Papers of Rev. W. H. Davies, Tabernacle, Rhuddlan', Archifdy Clwyd 2006.

chywir, er bod yr eirfa grefyddol yn ymddangos yn henffasiwn i ni. Yn ystod y Rhyfel Byd Cyntaf ef oedd yn gyfrifol am anfon parseli i'r milwyr ifainc yn Ffrainc ar ran yr eglwys, ac mae eu llythyrau cyfeillgar ato yn canmol ei garedigrwydd – a mwy nag un yn cofio at Myfanwy! Dylanwadodd Diwygiad 1904–05 yn drwm arno. Yr oedd yn ŵr cul a sych-dduwiol a chadwai ddisgyblaeth lem ar ei deulu. Celodd ef a'i wraig y gwir oddi wrth Myfanwy, a chan blant yr ysgol y cafodd wybod nad hwy oedd ei rhieni gwaed. Ni faddeuodd iddynt am ei thwyllo.

Fel yn holl weithiau Myfanwy Davies, mae elfen hunangofiannol gref yn ei nofel *Y Bryniau Pell* (1949). Er enghraifft, dyma a ddywed wrth ddisgrifio magwraeth Lina, y prif gymeriad:

> Byth oddi ar yr amser y cafodd ddeall nad Isaac a Miriam Jones oedd ei thad a'i mam mewn gwirionedd, cawsai ryw annibyniaeth; medrai edrych arnynt fel personau hollol ar wahân iddi hi ei hun. Gwelai mor gul oedd Isaac Jones, ac ar yr un pryd, tosturiai am mai yng ngwyll y dyddiau a ddilynodd Ddiwygiad 1904 a '5 y mynnai fyw a haul y greadigaeth mor llachar heddiw ag erioed. Am Miriam Jones, y cwbl a ellid ei ddweud amdani oedd 'mai gwraig y gweinidog' ydoedd … O, diar; o, diar, pam ddaru fy mam i farw? oedd ei chŵyn barhaus. Ni chlywodd erioed neb yn sôn amdani gan fod ei thad yn fuan ar ôl ei chladdu wedi priodi'r ail dro. Trigent yn awr ym Mangor a byddai Lina yn mynd yno yn achlysurol gan ymddwyn fel nith tuag atynt. Nid oedd ei thad mor gul ag Isaac Jones ond, oherwydd ei ddistawrwydd ar ffaith bwysicaf ei hanes, ni theimlai'n nes ato ef nag at ryw berthynas arall. (tt. 16–17)

Ychwanega nodyn hunangofiannol dwys: 'Y mae twyllo mewn unrhyw fodd yn lladd rhywbeth mewn plentyn … 'r ydw i wedi teimlo ar hyd fy oes 'mod i ar fy mhen fy hun ac y mae'n dda cael dysgu hynny mewn pryd' (t. 57). Yr oedd Mary, ei modryb, yn wraig oeraidd ac ni fedrai Myfanwy glosio ati. Yn yr un nofel mae'n

cyferbynnu mam Lina â Kate Morris, mam ei ffrind. Mae honno yn
fam ddelfrydol: yn anhunanol, yn garedig, ac yn berson nad yw byth
yn hapus os nad oes rhywun yn dibynnu arni.

Bu Myfanwy yn cynorthwyo ei hewythr yn y siop a dyna gefndir
rhai o'i storïau yn *Storïau Hen Ferch* (1937). Yn 'Lol', er enghraifft,
y mae merch i siopwr parchus yn ceisio ysgrifennu nofelau ac efallai
mai cyfaddefiad Annie Evans yn y stori honno a rydd i ni'r amlygiad
gorau ar gymeriad yr awdur:

> ... yn sydyn un prynhawn poeth daeth y syniad iddi y
> gallasai hithau sgrifennu llawn cystal ag awduron y nofelau
> a ddarllenai. Pwy wyddai na chawsai hithau weld ei gwaith
> mewn print, ac ennill enwogrwydd ac yn bennaf oll, rhyddid?
> (t. 69 isod)

'Rhyddid' oedd hoff air Jane Ann Jones a byddai confensiynau
cymdeithas wastad yn peri iddi anniddigo. Yn yr un stori mae ganddi
sylw diddorol arall am y prif gymeriad, Annie Evans:

> Ni wnâi Annie Evans y tro fel enw awdur ... Byddai'n troi
> a throsi pob mathau o enwau yn ei meddwl. O'r diwedd,
> setlodd ar 'Anita Jarvis' fel ffugenw, ac o hynny allan 'Anita'
> oedd Annie iddi hi ei hun.' (t. 70 isod)

Wedi i Myfanwy dderbyn Tystysgrif Addysg Uwch (CWB) a gadael
Ysgol Ramadeg Y Rhyl, fe aeth, mae'n debyg, i weithio mewn
swyddfa bapur newydd yng Nghaernarfon. Yn Hydref 1927 fe'i
penodwyd yn glerc yn Swyddfa Addysg Sir Ddinbych yn Rhuthun ac,
yn y man, daeth yn ysgrifenyddes i'r Cyfarwyddwr Addysg. Yno y
bu nes iddi ymddeol. Daeth ei hewythr a'i deulu, wedi iddo ymddeol
yn 65 oed, i fyw gyda hi yn Llwyni, Ffordd Llanfair, Rhuthun. Parhâi
ei hewythr i bregethu ond cyflog Myfanwy oedd yn cadw'r teulu, er
nad oedd ei hewythr yn cydnabod hynny.

Jane Ann Jones

Roedd Myfanwy wedi dechrau ysgrifennu yn ferch ifanc yn Rhuddlan ac roedd y storïau yn fodd iddi fynegi ei phrofiadau a dianc rhag awyrgylch ddiflas aelwyd Llwyni. Roedd hi'n ferch ifanc fywiog ac allblyg ac yn dipyn o rebel ac roedd culni ei hewythr yn fwrn arni. Yn y dirgel yr ysgrifennai, a phan ddechreuodd ysgrifennu sgriptiau a storïau ar gyfer y radio, ciliai o'r neilltu tra oedd y teulu yn gwrando ar yr aelwyd.

Bu'n hoff o gystadlu ar hyd ei hoes a phan drefnwyd Eisteddfod *Y Faner* er mwyn denu awduron newydd, anfonodd Myfanwy stori i mewn a hi a enillodd. Trefnydd yr eisteddfod honno oedd E. Prosser Rhys, golygydd *Baner ac Amserau Cymru* a pherchennog Gwasg Aberystwyth. Cymerodd Prosser Rhys ddiddordeb mawr yn yr awdures ifanc addawol a dyna ddechrau cyfeillgarwch mynwesol a gohebiaeth a barhaodd hyd ei farw annhymig yn 1945.[2] Roedd eu llythyrau yn cwmpasu pob agwedd ar fywyd, o'r gwamal – 'Cofia di fod yn hogan bach dda' – i drafodaeth ar beth yw'r bywyd llawn. Dyma oedd y bywyd llawn yn ôl Prosser Rhys:

> Bywyd llawen, caredig, di hunan, bywyd o gymuno â'r ysbryd sydd mewn anian, mewn llenyddiaeth, mewn cerddoriaeth … bywyd heb dristwch ynddo, bywyd ag angerdd ynddo, bywyd hefyd a chydbwysedd ynddo. Dyna'r bywyd llawn. Dyna'r bywyd tragwyddol hefyd, am a wn i.[3]

Fe gofir bod Myfanwy Davies wedi dinistrio'r rhan fwyaf o'r llythyrau, ond mae'r ychydig a gadwyd yn datgelu perthynas glòs, fynwesol. Rhannent eu teimladau mwyaf personol ac roedd y ddau yn debyg iawn o ran eu natur a'u daliadau. Dichon eu bod yn fwy na chyfeillion? Cafodd Myfanwy anogaeth ganddo i fynd ati i sgrifennu

---

[2] Trafodir yr ohebiaeth yn Nan Griffiths, 'Prosser Rhys a'r Hen Ferch', *Taliesin*, 128 (Haf 2006), 85–101.

[3] E. Prosser Rhys at L. Myfanwy Davies, llythyr diddyddiad (casgliad personol Nan Griffiths).

o ddifrif ac erbyn 1937 yr oedd wedi casglu digon o storïau i'w cyhoeddi yn gyfrol, sef *Storïau Hen Ferch* a gyhoeddir yma.

Mae Prosser Rhys yn cyfaddef yn un o'i lythyrau cyntaf ati fod arno dipyn o'i hofn ar ôl darllen y storïau. Tybiai ei bod yn wraig sych a chwerw ond wedi iddo dderbyn ei llun dywed, 'Nid ydych yn debyg i awdur y storïau o gwbl. Nid oes dim o'r sinig yn yr wyneb agored, chwerthinog ... nid oes dim o'r hen ferch yn eich wyneb chi.'[4] Yn y llythyr hwn dywedodd ei fod yn anhapus â'r teitl a ddewisodd Myfanwy i'r gyfrol, sef *Storïau Hen Ferch*; teitl eironig efallai o gofio nad oedd hi ond yn 29 oed ac yn cynnal bywyd carwriaethol anghyffredin yn y dirgel. Yn y cyfnod hwnnw yr oedd bod yn hen ferch yn warth ac yn rhywbeth i gywilyddio o'i blegid. Yr oedd Myfanwy yn ymwybodol iawn o hyn a threuliodd y rhan fwyaf o'i hoes yn ddibriod. Mae'r pwnc yn codi'n gyson yn ei gwaith. Yn ei nofel *Diwrnod yw ein Bywyd* (1954) mae Ceri, y prif gymeriad, yn ymson â hi ei hun: 'Siawns nad oedd un y gallai oddef cydfyw ag ef ? ... Hyhi, Ceri, a oedd yn wastad mor benderfynol na fyddai byth yn hen ferch,' (tt. 48, 59). Roedd pedair o ferched dibriod yn byw drws nesaf i'w gilydd wrth ymyl Myfanwy (tair ohonynt yn athrawon yn Ysgol Brynhyfryd) ac mewn llythyr at Kate Roberts dywed Myfanwy:

Ie, wir, brysiwch yma pan gewch dipyn o ryddid. Rhoddais eich neges i Miss Parry. Yr oedd ei mam (gwraig bropor iawn) yna gyda hi cyn y Sulgwyn. Soniais i rywbeth am garcharorion rhyfel o'r Eidal ac meddai mam Miss Parry: 'Yn tydio'n beth rhyfedd fod pedair o hen ferched yn byw mor agos at ei gilydd a bod yr un ohonoch chi wedi cael hyd yn oed Italian!' Gellwch ddychmygu sut olwg oedd ar wyneb Miss Parry!![5]

---

[4] E. Prosser Rhys at L. Myfanwy Davies, Mawrth 1937 (casgliad personol Nan Griffiths).

[5] Papurau Kate Roberts KR 1 (C), 706, L. Myfanwy Davies at Kate Roberts, 21 Mehefin 1946 (Llyfrgell Genedlaethol Cymru).

Sut bynnag, Myfanwy a orfu ac fe gadwyd y teitl *Storïau Hen Ferch*.

Methiant hefyd fu ymdrechion Prosser Rhys i'w ddarbwyllo i roddi ei henw i'r llyfr:

> Gwelaf na allaf eich perswadio i roddi eich enw llawn wrth y llyfr, ac nid wyf yn fodlon i M Davies. Felly, nid oes ond un peth amdani – rhaid i chi fabwyso ffugenw 'catchy' ... Felly meddyliwch am enw go dda – enw a ymddengys fel enw priodol. Dyna fi'n ildio i chwi eto...[6]

Ond roedd Myfanwy Davies yn ferch benderfynol iawn ac yn ei lythyr nesaf ati, dyma a ddywed Prosser Rhys:

> Nid wyf yn eich coelio ddim pan ddywedwch fod eich gyrfa ramantus drosodd, nac yn y sôn am y cartref plant amddifad! Ac y mae gennyf wrthwynebiad cydwybodol i'r teitl 'Storïau Hen Ferch'. Na, rhaid cael teitl mwy gwir na hynyna. Rhaid i chwi roddi eich enw wrth eich gwaith (yr wyf yn mynd yn ddipyn o ddictator hefyd!). Nid wyf yn meddwl bod llawer yn eich dadl parthed bod pobl yn 'self conscious' yng ngŵydd awdur. Beth petai pawb yn pallu rhoi eu henwau wrth eu gwaith? Na, rhaid i chi roddi eich enw wrth y gwaith – nid rhaid i chwi gywilyddio o'i blegid – a da a fyddai cael rhagair gan Gyfarwyddwr Addysg Sir Ddinbych i'ch cyflwyno i'ch cenedl!! Beth amdani, hynaws chwaer?[7]

---

[6] E. Prosser Rhys at L. Myfanwy Davies, 14 Ebrill 1937 (casgliad personol Nan Griffiths).

[7] E. Prosser Rhys at L. Myfanwy Davies, Mai 1937 (casgliad personol Nan Griffiths).

Am flynyddoedd, pedwar o bobl yn unig a wyddai pwy oedd Jane Ann Jones, sef Prosser Rhys, Kate Roberts a'i gŵr Morris T. Williams, ac R. Bryn Williams. Nid swildod oedd yn gyfrifol am amharodrwydd Myfanwy i arddel ei gwaith. Trigolion Rhuthun oedd gwrthrychau llawer o'r storïau ac felly buasai'n hawdd iddynt hwy adnabod y bobl barchus, gul yr oedd Myfanwy yn edliw eu rhagrith iddynt ac yn gwneud hwyl ddiniwed am eu pennau. Roedd hi'n hoff o gyfrinachau ac yn cael boddhad o wybod nad oedd ei chyfeillion na'i theulu yn gwybod dim am ei hysgrifennu na'i bywyd carwriaethol dirgel.

Y mateb yn ddigon pryfoclyd a wnaeth hefyd i anogaeth Prosser Rhys iddi gyflwyno'r llyfr i rywun. Fe'i cyflwynodd i'w chariad ("G"), ac roedd hynny yn ychwanegu at ddirgelwch y ffugenw. Bu llawer o ddyfalu pwy oedd 'G'. Cyfarfu Myfanwy ag ef yn 1929 a chafodd ddylanwad mawr ar ei bywyd. Bu carwriaeth ddirgel rhyngddynt am bymtheng mlynedd a ganwyd baban iddynt yn 1933. (Gweler rhagor am hyn ar dudalen xix.) Yr hyn sy'n hysbys yw ei fod yn ŵr priod ac yn un a oedd yn amlwg iawn ym mywyd Cymru.[8] Mae'n debyg fod ei enw yn dechrau â'r llythyren 'G' ac roedd yn hŷn na hi, oherwydd dywedir yn 'Pererinion' iddo fod yn briod ers deunaw mlynedd. Roedd hefyd yn smocio cetyn. Roeddynt yn cwrdd mewn llecynnau diarffordd yn ardal Amwythig a'r Gororau lle, bryd hynny, y cynhelid llawer o bwyllgorau cenedlaethol Cymru. Mae'r ardal honno yn cael lle amlwg yn ei gwaith.

Mae Prosser Rhys yn ddigon craff i sylwi bod rhyw chwerwder yn ei chymeriad o dan y sirioldeb arwynebol. Yn gynnar yn eu cyfeillgarwch, cyn iddynt ddod i adnabod ei gilydd yn dda, dywed mewn llythyr:

Dywedwch mai sentimentalist ydych yn y bôn … yr ydych felly ar eich eithaf yn cuddio'r tynerwch a rhyw fath o galedwch … A'r rheswm am hynny, o bosibl, yw i chi gael

---

[8] Nodyn personol diddyddiad gan R. Bryn Williams at Nan Griffiths (casgliad personol Nan Griffiths).

siom fawr mewn bywyd, rywsut neu gilydd rywdro. Os aeth
yr haearn i'ch ysbryd, wel nid oes mo'r help. Ni chyfyngir
llenyddiaeth dda i ryw un agwedd arbennig. Ond ai dyna'r
ffaith? Ynteu a ydych yn celu eich gwir agwedd yn eich
storïau? Rhaid i storïau, i fod yn llenyddiaeth fawr, fod yn
wir i'r artist. Gofyn llenyddiaeth am union ansawdd y galon.
Meddyliwch am y peth. Ni buaswn yn eich poeni ar y pen
hwn oni bai am fy ffydd yn eich dawn lenyddol nodedig. Nid
wyf yn ffalsio – ni allaf ffalsio am lenyddiaeth, nac am lawer
o bethau eraill ychwaith.[9]

Byrdwn tebyg sydd mewn llythyr arall o'i eiddo:

Sylwais eisoes yn y storïau eich bod yn adnabod dynion yn
dda iawn. Dywedwch i mi paham y mae eich holl ferched
yn ganol oed, yn anneniadol, yn disillusioned ac fel rheol yn
groes? Paham y mae eich holl briodasau wedi mynd yn stale,
ac nad oes ramant ifanc yn yr un o'ch storïau na dyn hardd
na geneth brydferth? Nid eich beio yr wyf. Rhaid i artist
sgrifennu yn ôl ei gymhelliad, ac nid yn ôl dim arall – ond
mae hyn oll yn hynod ac eto yn ddiddorol iawn – yn enwedig
pan gofiaf y llun![10]

Diau fod 'G' yn ŵr o bersonoliaeth gref iawn i hudo a chadw
Myfanwy am yr holl flynyddoedd. Collodd hi'r cyfle i ddianc o
ormes ei hewythr drwy briodi a magu ei theulu ei hun. Mi fuasai'n
ymwybodol iawn o fod yn hen ferch ddirmygedig am y rhan fwyaf
o'i hoes.

   Mae cyfeillion Myfanwy Davies yn ei chofio fel merch garedig,
gymwynasgar ond ac iddi ryw feiddgarwch anghonfensiynol. Daethai

---

[9] E. Prosser Rhys at L. Myfanwy Davies, Ebrill 1937 (casgliad personol Nan
Griffiths).
[10] E. Prosser Rhys at L. Myfanwy Davies, Mai 1937 (casgliad personol Nan
Griffiths).

Rhiannon Davies Jones i'w hadnabod pan symudodd i Ruthun ddechrau'r 1950au a dywed yn ei hysgrif goffa a ddarlledwyd ar y rhaglen radio 'Merched yn Bennaf':

Llygaid aflonydd treiddgar, wyneb gwritgoch, dannedd ymwthgar braidd, gwallt tenau tonnog. Bwriai ymlaen gyda'i huodledd geiriol a'i diweddebau yn troi, yn ddieithriad, yn rhyw hanner chwerthiniad. Roedd yn un o garfan o ferched, arloeswyr y tri a'r pedwardegau a roes eu sensitifrwydd yn waddol i genhedlaeth iau.[11]

Sylwai yn dreiddgar ar ei chymdogion yn Rhuthun a'u 'casglu o dan chwip ei chymeriadaeth'.[12] Y cyfan a welent hwy oedd hen ferch gonfensiynol a hoffai arddio a darllen. Ond yr oedd y rhai a'i hadwaenai yn dda yn ei hystyried yn rebel, a diau mai dyna pam yr oedd hi a Prosser Rhys yn cyd-dynnu mor dda.

Yr oedd yn llythyrwraig wych. Mae'r ychydig lythyrau sydd ar gael at ei chyfeillion yn llawn hiwmor a straeon bach digrif. Mae'r ohebiaeth fywiog rhyngddi hi a Prosser Rhys yn fwrlwm o gellwair a thynnu coes. Dywed Prosser Rhys: 'Dawn brin yn nyddiau brysiog heddiw yw'r ddawn i lythyru, ond fe roed i ti fesur helaeth o'r ddawn hon.'[13] Ysgrifennodd Evan Thomas, golygydd cylchgrawn *Y Drafod* yn y Wladfa ati yn 1948 a dywed:

Wel Miss Davies yr ydych yn greulon o gas. Pa ddrwg sydd i mi ddyfynnu o'ch llythyrau, ond peidio crybwyll eich enw … Wel, yr wyf i yn chwennych y clod o ddarganfod Myfanwy Davies … J. T. Jones Porthmadog a chwi yw y ddau lythyrwr gorau o'r llu niferus sydd yn ysgrifennu ataf; a daw Bryn

---

[11] Hoffwn ddiolch i Rhiannon Davies Jones am roi copi o'i sgript 'Merched yn Bennaf' i mi.

[12] Ibid.

[13] E. Prosser Rhys at L. Myfanwy Davies, llythyr diddyddiad (casgliad personol Nan Griffiths).

Williams yn glos ar eich ôl ... Da chwi, peidiwch â bod mor
ffôl o ddweud eich bod yn oedi ysgrifennu oherwydd ofni i
mi ddodi eich llythyrau yn *Y Drafod*!!!![14]

Storïau Hen Ferch (1937)

Ym mis Medi 1937 cyhoeddodd Gwasg Aberystwyth *Storïau Hen
Ferch* gan Jane Ann Jones. Gwnaeth y llyfr gryn argraff a gwerthu
yn dda iawn. Roedd y storïau yn ddeifiol yn eu hymosodiadau ar
ragrith a pharchusrwydd llethol trigolion tref farchnad fechan yng
Nghymru yn y 1930au. Mae dynion a merched yn elynion i'w gilydd
a'r gŵr yn y teulu yn aml yn deyrn. Er bod hiwmor ynddynt, maent
yn dywyll, yn feiddgar, ac mae elfen sinigaidd ynddynt. Mae'r gwŷr
a'r gwragedd yn gwylio'i gilydd ac yn celu cyfrinachau.

Cymysg, serch hynny, fu'r ymateb i'r gyfrol a mawr oedd y dyfalu
ynghylch pwy oedd yr awdur. Mewn llythyr at Kate Roberts roedd
tôn D. J. Williams braidd yn nawddoglyd:

A ydych chi wedi darllen Jane Anne ac yn gwybod pwy ydyw
wn i. Yr wyf i wedi darllen rhyw ddwy neu dair ohonynt, i
brofi eu blas – blas gwin siop cemist mewn cwrdd cymundeb
rwy'n deimlo sydd arnynt; yn lle'r gloyw win puredig a geir
yn y 'Ffair Gaeaf' ... Am Jane Anne, rhaid i mi fynd am dro
neu ddau gyda hi eto, cyn dweud dim casach amdani. Un fach
ifanc yw hi yn y greff yn ddiamau.[15]

Hola Gwilym R. Jones yntau yn ei lythyr at Kate Roberts, 'Pwy
yw'r "Jane Ann Jones" a sgrifennodd straeon bach pur ddiddorol o
safbwynt hollol "wrywaidd"? John Gwilym Jones, ynteu Tegla?'[16]

---

[14] LlGC 18220D (Papurau R. Bryn Williams), Evan Thomas at L. Myfanwy
Davies, 7 Gorffennaf 1948.
[15] Papurau Kate Roberts KR 1(B), 256, D. J. Williams at Kate Roberts a
Morris T. Williams, 11 Rhagfyr 1937.
[16] Papurau Kate Roberts KR 1(B), 261, Gwilym R. Jones at Kate Roberts, 11
Chwefror 1938.

Cafwyd ymosodiadau ffyrnig gan rai megis '"J.W." Llundain' yn ei adolygiad yn *Y Ddolen* yn Ionawr 1938:

> Prynais ddau gopi o'r llyfr hwn, buasai un yn ormod. Ni wyddis pwy yw'r 'Jane Ann Jones' ac ni byddai datguddio'i henw yn ddim clod iddi.
>
> Prin y credaf mai merch yw'r awdur, ac yr wyf yn weddol sicr nad 'Hen Ferch' mohoni, canys y dosbarth mwyn, a llednais ydyw'r merched hyn bron yn ddi-eithriad.
>
> Dywedais droeon wrth annog pawb i brynu llyfrau Cymraeg y gellir yn ddiogel hawlio bod y cwbl o chwaeth dda ac yn parchu'r pethau a ystyrrir yn gysegredig. Ni allaf hawlio'r rhinweddau hynny i'r llyfr hwn.
>
> Yn y bennod (!) gyntaf rhoddir amlygrwydd i arferion 'llymeitwyr', y dosbarth hwnnw sy'n cefnogi un o felltithion cymdeithasol ein hoes – y ddiod feddwol.
>
> Mewn penodau (!) eraill ceir bwrw gwawd a dirmyg ar arferion defosiynol gwerin gwlad yn y 'Seiat' a'r 'Cyfarfod Gweddi', heblaw dyfynnu ymadroddion o'r Ysgrythur yn barhaus mewn cysylltiadau a rydd ddirmyg ar adnodau …
>
> Dyma lyfr cwbl annheilwng o safon cynnyrch y Wasg Gymraeg, yn fy marn i. – J.W.[17]

Achosodd hyn gryn loes i'r awdur ac efallai ei bod yn falch iddi gyhoeddi dan ffugenw. Ond mae'n ymateb gyda'i hiwmor arferol, gan ddweud fel hyn mewn llythyr at Morris T. Williams, a wyddai ei chyfrinach:

> Ceisiwch ddychmygu'r poen meddwl y dioddefais wrth ei deipio! Wel, wel, dyna fel mae hi – rhwng adolygiadau o'r fath a chael fy nghyhuddo o lenladrad, ofnaf y bydd Jane Ann

---

[17] Teipiodd Myfanwy Davies yr adolygiad a'i atodi i'r llythyr: Papurau Kate Roberts KR 3, 3039, L. Myfanwy Davies at Morris T. Williams, 28 Mehefin 1938.

Jones druan yn rhoi i fyny'r ysbryd. Ond os gwêl 'Y Pren
Almon' [sef nofel yr oedd yn gweithio arni ar y pryd] liw
dydd, rhaid imi anfon copi i 'J.W.' er mwyn iddo gael cwrdd
â hen ferch lednais...[18]

Pererinion
Ymddengys fod Myfanwy wedi ystyried ysgrifennu ei hunangofiant
mor gynnar ag 1937 ac mae'n crybwyll hyn yn un o'i llythyrau cyntaf
at Prosser Rhys, sy'n rhyfedd o ystyried mai 29 oed oedd hi. Efallai
ei bod yn dyheu am rannu ei chyfrinach â rhywun, hyd yn oed dan
gochl ffugenw. Dyma ei ymateb ef:

Nid syniad drwg o gwbl a fyddai sgrifennu hunangofiant yn
rhoddi stori naw mlynedd ar hugain o fywyd merch gyfrifol
a pharchus yng Nghymru eithr heb gelu gormod. Candid
autobiography! Credaf y gallech wneuthur cryn orchest ar
beth o'r fath. A buaswn yn fodlon i hwnnw fod yn ddienw
wrth gwrs.[19]

Bu'r nofela hunangofiannol 'Pererinion' ar y gweill ganddi am
flynyddoedd. Anfonai benodau at Prosser Rhys bob hyn a hyn ac,
yn ei farn ef, yr oedd yn 'wych yn ei chynildeb a'i symlrwydd a'r
teimlad sydd tani'.[20] Yn wir, roedd ei ganmoliaeth yn hael:

Buaswn yn mynd ymlaen â hon ar bob cyfrif yn y byd, a'i
dwyn hi up to date. Bydd y cronicl serch hwn yn rhywbeth
drud mewn llenyddiaeth Gymraeg. Nid oes dim argoel treio ar
dy ddawn, ac yn wahanol i'r mwyafrif ohonom sy'n ymhél a

---

[18] Ibid.
[19] E. Prosser Rhys at L. Myfanwy Davies, 4 Mai 1937 (casgliad personol Nan
Griffiths).
[20] E. Prosser Rhys at L. Myfanwy Davies, llythyr diddyddiad (casgliad
personol Nan Griffiths).

llenydda, y mae gennyt rywbeth real i'w gyflwyno, rhywbeth a darddodd o brofiad personol dwfn.[21]

Yn Rhagfyr 1942 mae Myfanwy yn gofyn iddo ddychwelyd rhan gyntaf y nofela: 'Nid yw'r cais hwn yn gyfystyr â dweud fy mod wedi *cwpla*, ond hwyrach y bydd darllen o'r dechrau yn symbyliad i ddal ati – neu i ddinistrio.'[22] Dyma ateb Prosser Rhys:

Edrychaf ymlaen at ddarllen rhan olaf y nofel hon, a'i darllen wedyn o'i dechrau i'w diwedd ... Bydd yn ddiddorol gwybod beth fydd barn 'G' am y gwaith. Tybed a fydd ef yn ei hoffi? O'i chyhoeddi yn Gymraeg fe rydd y nofel hon sioc fawr, ond eto, pe'i cyhoeddid yn Saesneg ni faliai neb, hyd yn oed y Cymry darllengar. Rhaid i ni ddod allan o'r mwrllwch afiach hwn a gall 'Pererinion' wneud rhywbeth at hynny, fel y gwnaeth *Storiâu Hen Ferch* o'r blaen. Dylaswn fod wedi argraffu 2,000 yn lle 1,000 o *Storiâu Hen Ferch* – byddent wedi gwerthu fel tân wyllt yn awr. A rhaid cael ailargraffiad rhywdro ond yn y cyfamser 'Pererinion'.[23]

Rhaid bod Myfanwy wedi sôn wrth 'G' am y nofela ac wedi rhoi'r copi iddo ei ddarllen ond nad oedd yntau wedi gwneud hynny. Dywed Prosser yn ei lythyr nesaf ati:

Rhyfedd clywed am ddiffyg diddordeb 'G' yn y nofel – nofel sydd a wnelo gymaint ag ef. Rhyfedd fel yr ydym yn newid onide? Gobeithiaf y darllena hi'n fuan er mwyn i mi gael ei gweled! Cofia am hyn.[24]

---

[21] E. Prosser Rhys at L. Myfanwy Davies, llythyr diddyddiad (casgliad personol Nan Griffiths).

[22] Papurau Kate Roberts, KR (3), 4763, L. Myfanwy Davies at E. Prosser Rhys, 22 Rhagfyr 1942.

[23] E. Prosser Rhys at L. Myfanwy Davies, 1943 (casgliad personol Nan Griffiths).

[24] E. Prosser Rhys at L. Myfanwy Davies, Ebrill 1943 (casgliad personol Nan Griffiths).

Gwireddwyd dymuniad Prosser Rhys a dyma a ddywed mewn llythyr dyddiedig Ionawr 1943:

> Y mae'r MS yn ddiogel yma, ac fe'i cei un o'r dyddiau nesaf. Mwynheais y gwaith yn fawr – ei symlrwydd cynnil, gwbl ddiwastraff, a'r grym mawr sydd i'r cynildeb hwnnw. Gobeithiaf y cwpli di'r nofel hon ar bob cyfrif.[25]

Ac wedyn:

> Dyma'r MS yn ôl. Yr wyf yn meddwl llawer o'r nofel hunangofiannol hon. Gorffen hi ar bob cyfrif a gad i mi weled y gweddill cyn gynted ag y bo modd. Y mae rhyw quality yn dy waith di sy'n gwbl wahanol i waith neb arall o sgrifennwyr Cymru – a hwnnw'n quality go brin a phrid. Oni ellir cyhoeddi'r nofel hon?[26]

Nofela hunangofiannol yw 'Pererinion' am Myfanwy a 'G'. Ceir ynddi hanes y garwriaeth ddirgel a fu rhyngddynt am bymtheng mlynedd, yn ogystal â hanes y plentyn a aned iddynt. Yn ôl llythyr a ysgrifennodd Myfanwy at R. Bryn Williams fe ddarllenodd 'G' y deipysgrif yn y diwedd a'i ymateb byrbwyll oedd ei thaflu i'r tân a'i dinistrio. Nid oedd copi arall. Mewn llythyr arall ato, flynyddoedd yn ddiweddarach, wedi marw Prosser, dywed Myfanwy:

> Yr ydych yn cofio i mi ddweud wrthych fod y nofel 'Pererinion' wedi ei dinistrio – wel mi geisiais ei hailysgrifennu ond ni fedrwn gael yr hen hwyl arni a'r cwbl a ddaeth oedd hwn. Y mae'r *top copy* (neu yr oedd) gan Wasg Aberystwyth ond ni chefais glywed fawr am y peth gan Prosser. Yr oedd yn

---

[25] E. Prosser Rhys at L. Myfanwy Davies, Ionawr 1943 (casgliad personol Nan Griffiths).
[26] E. Prosser Rhys at L. Myfanwy Davies, Mehefin 1943 (casgliad personol Nan Griffiths).

hoffi'r syniad o gynnwys un rhan ohoni mewn cyfrol arall
o storïau byrion – er mwyn rhoi sioc i'r saint efallai! Ond
nid wyf yn siŵr yn awr. Beth yw eich barn chwi? Rhyfedd
meddwl bod modd crynhoi nofel – a bywyd Jane Ann Jones o
1929 hyd 1944 – i dair tudalen! Credaf mai stori fwy llawen
a fyddai ganddi i'w hadrodd o 1944 hyd yn awr – ond a yw'n
ddoeth "dangos" eich hun fel hyn?[27]

Anfonodd y copi newydd at R. Bryn Williams a'r fersiwn hwnnw, a
fu ar goll am chwarter canrif, a gyhoeddir yma am y tro cyntaf yn y
gyfrol hon.

Rhyddhawyd Myfanwy Davies o'i gwaith yn Swyddfa Addysg Sir
Ddinbych am gyfnod ddechrau 1933 oherwydd 'afiechyd'.[28] I ardal y
Gororau yr aeth i chwilio am loches a disgwyl genedigaeth ei phlentyn.
Yn ôl un hanes, gofynnodd i yrrwr y bws yr oedd yn teithio arno a
wyddai am rywle y gallai aros i adfer ar ôl llawdriniaeth. Cyfeiriodd
ef hi at Mrs Bishop, Knapp House, Eardisland, a gadwai dafarn y
White Swan drws nesaf.[29] Mae Eardisland yn dipyn mwy pentref
na Llanfair Waterdine ac yn llai diarffordd. Ond yn ôl 'Pererinion',
i bentref unig Llanfair Waterdine, a thafarn y Llew Coch, yr aeth
Myfanwy i dreulio'r 'misoedd blin' yn disgwyl ei phlentyn. Aeth
oddi yno i gartref mamaeth, mae'n debyg, ar gyfer yr enedigaeth.
Buasai'r cartref hwnnw wedi trefnu'r mabwysiadu. Nid oes sôn yng
nghofnodion genedigaethau 1933 yn Swyddfeydd Cofrestru Swydd
Amwythig na Swydd Henffordd am fam o'r enw Louie Myfanwy
Davies, a buasai'n rhaid iddi fod wedi cofrestru'r baban yn yr ardal
lle y ganwyd ef. Felly mae'n annhebygol i'r plentyn gael ei eni yn

---

[27] L. Myfanwy Davies at R. Bryn Williams, llythyr diddyddiad (casgliad
personol Nan Griffiths).

[28] 'Administrative Staff – absence from duties owing to illness. Miss L M
Davies', cofnodion Pwyllgor Cyllid, Pwyllgor Addysg Sir Ddinbych, 20
Ionawr 1933 (Archifdy Clwyd).

[29] E. D. Jones a Brynley F. Roberts (goln.), *Y Bywgraffiadur Cymreig 1951–
1970* (Llundain, 1997), tt. 207–08, s.n. 'THOMAS, LOUIE MYFANWY
('Jane Ann Jones'; 1908–68)'.

Llanfair Waterdine nac yn Eardisland. Gloes i'w chalon fyddai gorfod rhoi ei phlentyn i'w fabwysiadu a hithau mor hoff o blant. Yn wir, ysgrifennodd ddau lyfr plant: *Plant y Foty* (1955) ac *Ann a Defi John* (1958). Yr hyn sy'n rhyfedd yw iddi barhau â'i pherthynas â 'G' am un mlynedd ar ddeg arall yn dilyn profiad mor ddirdynnol.

Y Bryniau Pell (1949)

Mwynhâi Myfanwy Davies gystadlu ac enillodd £100 yng nghystadleuaeth 'Nofel Ganpunt' *Y Cymro* a chyhoeddwyd nifer o'i storïau yn y papur hwnnw yn 1953 ac 1954. Ni ddyfarnodd D. J. Williams y wobr gyntaf iddi am *Y Bryniau Pell* yn Eisteddfod Genedlaethol Dolgellau yn 1949. Dywed yn ei feirniadaeth na lwyddodd y cystadleuydd i gyflawni ei obeithion fod yma ddeunydd nofel fawr a'r rheswm am hynny oedd prinder amser a myfyrdod. Dangoswyd ei llun ar glawr ôl *Plant y Foty* (1955) ac felly roedd hi'n arddel ei gwaith ar goedd erbyn hynny.

Diwrnod yw ein Bywyd (1954)

Yn 1953 enillodd Jane Ann Jones gystadleuaeth *Y Cymro* am 'nofel boblogaidd' gyda chanmoliaeth uchel gan y tri beirniad, a oedd yn cynnwys Islwyn Ffowc Elis. Mae *Diwrnod yw ein Bywyd* (1954) yn adlewyrchu'r boen o golli cariad a'r chwerwedd sy'n dilyn. Hanes teulu mewn tref glan y môr yng ngogledd Cymru yn ystod yr Ail Ryfel Byd a geir ynddi. Mae'n rhoi darlun o gymdeithas a'i hen safonau yn newid heb ddim pendant i gymryd eu lle. Ni all Ceri, y prif gymeriad, ddatgelu ei thrallod wedi i'w chariad ei gadael: 'Y cwbl a wyddai oedd nad oedd neb, yn gâr na chydnabod, i gael dirnad maint ei briw' (t. 23). Mae'n chwerwi a dyma a ddywed wrth ffrind:

> Mae dynion yn bethau mor hunanol. Paid byth â rhoi dy galon
> yn llwyr i'r un dyn … Ac os bydd rhywun 'r ydach chi'n 'i
> garu yn gneud tro sâl â chi, er ichi faddau, mae 'na ryw friw
> ofnadwy'n cael 'i adael ar ôl. (tt. 27, 33)

Ond mae 'serch yn taro lle y myn' ac mae Lydia, chwaer Ceri, yn gadael ei gŵr ac yn rhedeg i ffwrdd i fyw gyda garddwr. Maent yn byw yn Minsterley ger Amwythig ac yn yr ardal ddeniadol honno y mae'n magu ei phlant.

Roedd y Gororau yn ardal bwysig i Myfanwy Davies. Cyfareddwyd hi gan yr ardal ac yno mewn pentrefi diarffordd y byddai'n aros gyda 'G'. Yn 'Pererinion' mae'n disgrifio awyrgylch dawel hen dafarn Llanfair Waterdine ar y ffin rhwng Sir Faesyfed a Lloegr. Yn yr un modd, dywed am drigolion yr ardal yn *Diwrnod yw ein Bywyd*, '... a hoffodd Lydia y bobl. Ar unwaith, fe ganfu eu bod yn fwy annibynnol eu hysbryd na'r Cymry a heb fod ychwaith mor fusneslyd' (t. 144). Roedd yn eu hoffi am nad oedd arnynt eisiau gwybod ei hanes. Nid oedd trafod y fath bwnc yn dderbyniol i bawb ac yn ôl adolygiad yn *Y Genhinen* yn haf 1955, 'cymeriad atgas' yw Lydia, 'ac nid ydyw ei phechod yn dwyn ei gosb, a gwna hynny, yn ôl Tolstoy, y nofel yn anfoesol'.[30]

Y Pren Almon

Bu Myfanwy Davies yn gweithio am flynyddoedd ar 'Y Pren Almon', nofel hir a oedd yn ymestyn dros gyfnod maith, hyd at ddechrau'r chwedegau. Dywed mewn llythyr at Kate Roberts ychydig ddyddiau cyn iddi farw, 'Mi ddaru mi wedi'r cwbl gwpla nofel y llynedd ac mae gyda'r Cyngor Llyfrau Cymraeg ar hyn o bryd gan Mr Alun Creunant Davies.'[31] Dywed mewn llythyr arall fod peth wmbreth o 'stwff' yng ngofal y wasg. Ni chyhoeddwyd 'Y Pren Almon' ac nid oes argoel o'r deipysgrif. Aeth rhagor o'i gwaith ar goll felly. Mae Prosser Rhys mewn llythyr ati yn 1941 yn cynnwys dwy restr hir o storïau y bwriadai Gwasg Aberystwyth eu cyhoeddi. Mae teitlau ambell un yn ogleisiol: 'Eglurhad ar gymeriad Jane Ann Jones',

---

[30] 'M', 'Diwrnod yw ein Bywyd. Nofel gan Jane Ann Jones...', *Y Genhinen*, V, rhif III (Haf 1955), 186.
[31] Papurau Kate Roberts KR 1 (I), 1570, L. Myfanwy Davies at Kate Roberts, [18 Ionawr 1968].

'Pererinion' a 'Llanfair Waterdine'.[32] Byddent, efallai, wedi taflu goleuni newydd ar hanes ei bywyd.

Epilog

Daeth Myfanwy yn gyfeillgar â Richard Thomas, cyd-weithiwr iddi a oedd yn Brif Glerc Adran Addysg Sir Ddinbych. Yn 1952, wedi i'w wraig farw, fe'u priodwyd a bu'r briodas yn un hapus. Roedd ganddo ddwy ferch o'r briodas gyntaf. Dywed un o'i chymeriadau yn gellweirus yn *Y Bryniau Pell* y byddai gŵr gweddw hŷn yn ei siwtio i'r dim a byddai'n ddigon call i beidio â bod yn genfigennus o'r wraig gyntaf, nac i geisio bod yn fam i'w blant (tt. 55–6). Aeth Myfanwy a'i gŵr i fyw dros dro mewn fflat yn y dref. Ar ôl marwolaeth W. H. Davies yn 1952 aethant i fyw i Llwyni a symudodd Emily ei ferch i dŷ ym Mharc y Dref, yr ochr arall i Ruthun. Bu Emily farw yn Ysbyty Rhuthun yn 1955.

Dioddefodd Myfanwy Davies gryn afiechyd a bu'n rhaid iddi ymddeol o'i gwaith yn 1959. Cafodd lawdriniaeth yng Nghaerdydd a symudodd hi a'i gŵr i ardal Treffynnon, ei bro enedigol. Dychwelodd i Ruthun ddwy flynedd yn ddiweddarach wedi marwolaeth ei gŵr yn 1964. Dywed Kate Roberts yn ei theyrnged iddi yn *Y Faner* na fedrodd Myfanwy ymweld ag ef yn ei gystudd na mynd i'w angladd oherwydd ei gwaeledd hi ei hun. Mae sôn bod Myfanwy yn cwyno bod Kate Roberts yn angharedig tuag at ei gwaith ond cadwodd Kate Roberts ei chyfrinach am flynyddoedd lawer ac mae'r llythyrau rhyngddynt yn gyfeillgar a chynnes. Mewn llythyr a anfonodd ati yn 1950 yn ei llongyfarch ar dderbyn D.Litt. gan Brifysgol Cymru, dywed Myfanwy, 'ofnaf y byddaf yn teimlo'n swil yn eich cwmni o hyn allan ond mae'n siwr fod yr hen gydymdeimlad yn parhau!'[33] Dywed Kate Roberts yn ei theyrnged iddi:

---

[32] E. Prosser Rhys at L. Myfanwy Davies, llythyr diddyddiad (casgliad personol Nan Griffiths).

[33] Papurau Kate Roberts KR 1(D), 920, L. Myfanwy Davies at Kate Roberts, 27 Gorffennaf 1950.

Ni chredaf i neb erioed ei chlywed yn cwyno nac yn grwgnach.
Yr oedd ei synnwyr digrifwch yn drech na'i chystudd blin …
Ac eto, mae'n rhaid ei bod yn dioddef yn ddychrynllyd.[34]

Roedd Myfanwy Davies yn dal i lythyru yn siriol â'i chyfeillion
hyd ychydig ddyddiau cyn ei marwolaeth yn Ysbyty Rhuthun ar 25
Ionawr 1968. Mae Catherine Parry yn ei dyfynnu mewn llythyr at
Kate Roberts: 'ond tra'r ydwyf yn weddol ddi-boen *ISIO BYW* sy'
gen i'.[35] Ychwanega 'caem ymgomio am oriau ac anodd oedd cael
mynd i ffwrdd a minnau ofn ei bod yn blino, y hi oedd yn siarad y
rhan fwyaf'.[36]

Cafodd Myfanwy Davies brofiadau chwerw: colli ei mam yn
faban, cael ei throi o'r neilltu gan ei thad a chael ei thwyllo gan ei
rhieni maeth. Yna cyfnod helbulus ei beichiogrwydd a cholli ei baban
ac, yn bennaf oll, cael ei siomi yn 'G'. Dioddefodd flynyddoedd
o gystudd tua diwedd ei hoes ac fe'i dioddefodd yn ddewr, heb
arlliw o hunandosturi. Llwyddodd i fynegi ei phoen a'i galar trwy
gyfrwng ei storïau ac, fel y dywedodd mewn llythyr at Kate Roberts,
roedd ysgrifennu yn waredigaeth iddi: 'A ydych chwi yn cael cyfle
i sgrifennu – ar wahân i'ch ysgrifau i'r Wasg? Mynnwch amser –
dyna'r ffisig gorau.'[37]

Nan Griffiths, Minffordd

---

[34] Kate Roberts, 'Marw awdures', *Baner ac Amserau Cymru* (1 Chwefror
1968), t. 4.

[35] Papurau Kate Roberts, KR 1(I), 1572, Catherine Parry at Kate Roberts, [18
Ionawr 1968].

[36] Ibid.

[37] Papurau Kate Roberts KR 1(C), 706, L. Myfanwy Davies at Kate Roberts,
21 Mehefin 1946.

RHAGYMADRODD LLENYDDOL

MERCH ETO YN BEN

Y mae llwyddiant y merched yn y byd llenyddol yn parhau,
oblegid awdur nofel fuddugol cystadleuaeth Hughes a'i Fab
a'r Cymro yw Jane Ann Jones.

Pwy yw Jane Ann Jones? Y mae'r gyfrinach i'w chadw,
ond gŵyr Cymru amdani eisoes, oblegid cyhoeddodd storïau
byrion cyn hyn, a bu yn sgrifennu i'r B.B.C.[1]

Dyma'r pennawd uwchben beirniadaeth Islwyn Ffowc Elis ar
gystadleuaeth y 'Nofel Ganpunt', *Y Cymro* (30 Hydref 1953).
Diwrnod yw ein Bywyd (1954) gan Jane Ann Jones (sef ffugenw
Louie Myfanwy Davies; 1908–1968) a ddaeth i'r brig. Hon oedd
yr ail nofel iddi ei chyhoeddi ac yr oedd eisoes wedi ennill yr ail
wobr yn Eisteddfod Genedlaethol Dolgellau yn 1949. *Y Bryniau Pell*
(1949) oedd ei nofel gyntaf a chyhoeddodd ddwy nofel i blant hefyd,
sef *Plant y Foty* (1955) ac *Ann a Defi John* (1958). Ond gwnaeth Jane
Ann Jones ei *début* llenyddol yn 1937 gyda chyfrol o straeon byrion,
sef *Storïau Hen Ferch* (1937). Cyhoeddwyd amryw o'i straeon yn *Y
Cymro* a darlledwyd eraill ar y radio.[2] Aeth rhywfaint o'i chynnyrch
ar goll, gan gynnwys nofel yn dwyn y teitl 'Y Pren Almon'.[3] Trwy

---

[1] Islwyn Ffowc Elis, *Y Cymro* (30 Hydref 1953), t. 7. Y beirniaid eraill oedd
John Roberts Williams, golygydd *Y Cymro*, a Thomas Bassett, Hughes a'i
Fab.

[2] Hyd yma, yr unig stori a ddaeth i'r fei yn archif BBC Cymru Wales yw
'Rhosyn ei Galon'. Darlledwyd 'Rhosyn ei Galon', 3 Mehefin 1947 am 7.30
p.m. Fe'i darllenwyd gan Meredydd Evans. Gweler BBC (Cymru/Wales)
(2A), bocs 26, Llyfrgell Genedlaethol Cymru. Hoffwn ddiolch i BBC Cymru
Wales am ganiatâd i ddarllen y stori hon.

[3] Papurau Kate Roberts KR 1(I), 1570, L. Myfanwy Davies at Kate Roberts,
[18 Ionawr 1968] (Llyfrgell Genedlaethol Cymru); E. Prosser Rhys at L.
Myfanwy Davies, llythyr diddyddiad (casgliad personol Nan Griffiths).

drugaredd, arbedwyd ei nofela hunangofiannol, 'Pererinion', rhag yr un dynged, ac fe'i cyhoeddir yn y gyfrol hon am y tro cyntaf erioed. Dyma gorpws llenyddol nid ansylweddol. Paham, felly, fod cymaint o ddirgelwch ynghylch Jane Ann Jones yn 1953 a phaham nad ydyw hi a'i gwaith yn fwy adnabyddus dros hanner canrif yn ddiweddarach? Er mwyn ateb y cwestiynau hyn yn foddhaol, rhaid bwrw golwg ar ei chefndir llenyddol ac ystyried cwlwm o ystyriaethau: hynt y nofel Gymraeg yn hanner cyntaf yr ugeinfed ganrif; dadleuon ynghylch proffesiynoldeb yn y byd llenyddol Cymraeg; dadlau cyfoes ynghylch y 'llenyddol' a'r 'poblogaidd'; a chyfraniad a phwysigrwydd menywod i ddatblygiad rhyddiaith Gymraeg. Gan fod beirniadaeth Islwyn Ffowc Elis ar gyfer y 'Nofel Ganpunt' yn mynd i'r afael â'r union ystyriaethau hyn, y mae'n fan cychwyn addas i drafod gwaith llenyddol Jane Ann Jones yn ei gyfanrwydd.

Y cefndir cyffredinol

Cynhaliwyd cystadleuaeth Hughes a'i Fab a'r *Cymro* er mwyn ceisio rhoi hwb i ffurf y nofel. Bu twf y nofel Gymraeg yn un araf ac anwastad, ac yn y cyfnod dan sylw, y 1950au, ofnid bod y ffurf mewn argyfwng a'i bod yn wynebu dyfodol ansicr. Y gwir yw bod y nofel wedi tyfu'n fwyfwy poblogaidd yn ystod y degawd hwn.[4] Gwelwyd cysylltiad rhwng cyflwr llwm y nofel a'r ffaith mai gweithgarwch amatur, amser hamdden, oedd llenydda yng Nghymru i bob pwrpas. Lleisiodd Kate Roberts ei hofnau yn hyn o beth mor gynnar â 1928,[5] a'r un, yn y bôn, yw ergyd D. J. Williams wrth feirniadu cystadleuaeth y nofel yn Eisteddfod Dolgellau, 1949, cystadleuaeth yr anfonwyd *Diwrnod yw ein Bywyd* iddi:

> Y mae prinder nofelau Cymraeg yn hen gŵyn gennym erbyn hyn. Dywed rhai mai resymau economaidd, megis costau argraffu uchel a chylchrediad bychan sy'n gyfrifol am hynny.

---

[4] Gerwyn Wiliams (gol.), *Rhyddid y Nofel* (Caerdydd, 1999), passim.
[5] Kate Roberts, 'Y Nofel Gymraeg', *Y Llenor*, VII (1928), 211–16.

Myn eraill, ffraethach eu tafod, mai tipyn o ddiogi ymhlith ein
llenorion, a diffyg y ddawn fawr i eistedd i lawr, yn solet, a
thrafferthu'n hir uwchben yr un gwaith, yw'r esboniad. Fodd
bynnag, rhaid, o hyd, gofio un peth yn rhagor sef mai llafur
cariad at y gwaith, heb odid yr un cymhelliad ychwanegol, ac
eithrio porthi'r nwyd anfarwol am hunan-fynegiant, yw pob
llenydda yng Nghymru. Nid oes llenor, boed e'r disgleiria'n
fyw, a enillai'i fywoliaeth wrth sgrifennu llyfrau Cymraeg.
Arian dybaco yw arian llenor yng Nghymru; a dybaco main
hefyd.[6]

Cyfrannodd Aneirin Talfan Davies i'r drafodaeth yn 1944 gyda'i
erthygl 'Yr Artist yng Nghymru',[7] ac yn 1947 soniodd D. Tecwyn
Lloyd am yr angen i dalu breindal teilwng i lenorion.[8] Diffyg
cefnogaeth ariannol a strwythur proffesiynol, felly, sy'n esbonio
paham y ffynnodd ffurfiau llenyddol cryno megis yr ysgrif a'r stori
fer ar draul ffurfiau estynedig megis y nofel. Ceisiodd yr Eisteddfod
Genedlaethol hybu'r ffurf,[9] ond nid oedd sicrwydd y cyhoeddid
nofelau arobryn yr Eisteddfod gan fod gweisg Cymru yn amharod i
fentro cyhoeddi gwaith awduron anadnabyddus.[10]

Rhan o ymgais ymwybodol i adfer y sefyllfa argyfyngus hon yn
hanes y nofel Gymraeg, felly, oedd cystadleuaeth y 'Nofel Ganpunt'.
Fel y dangosodd Islwyn Ffowc Elis yn ei feirniadaeth, aethpwyd ati
i gynnig gwobr ariannol ddigonol ac i sicrhau y cyhoeddid y nofel
fuddugol:

Pwysleisiodd y gystadleuaeth un gwirionedd y bu rhai
ohonom yn ei bregethu ers talwm. Os cynigir gwobr deilwng

---

[6] John Lloyd (gol.), *Eisteddfod Genedlaethol 1949 (Dolgellau) Cyfansoddiadau a Beirniadaethau* (Liverpool, [1949]), t. 148.

[7] Gweler Dafydd Jenkins, 'Y Nofel: Datblygiad y Nofel Gymraeg ar ôl Daniel Owen', yn Gerwyn Wiliams (gol.), *Rhyddid y Nofel*, t. 87.

[8] Islwyn Ffowc Elis, 'Yr Eisteddfod Genedlaethol a'r Nofel Gymraeg', yn Gerwyn Wiliams (gol.), *Rhyddid y Nofel*, t. 143.

[9] Ibid., t. 147.

[10] Ibid., tt. 141–2, 147.

ac amodau heb fod yn rhy gyfyng, fe ddaw'r cynhyrchion. Nid yw nofelwyr yn barod i lunio nofelau am wobr o ddeg neu bymtheg punt, a heb un sicrwydd y cyhoeddir eu gwaith wedi'i wobrwyo.[11]

Ond yr oedd gan drefnwyr a beirniaid y gystadleuaeth agenda arall hefyd, oherwydd gofynnwyd yn benodol am nofel boblogaidd. Gofid am ddyfodol yr iaith Gymraeg a'i diwylliant a yrrai ymdrechion o'r fath i ddarparu a hybu llenyddiaeth boblogaidd. Yn ei feirniadaeth eisteddfodol ar y nofel yn 1949, anogodd D. J. Williams lenorion Cymru i roi heibio'r awdl a'r bryddest a mentro 'i fyd lletach y nofel a'r ddrama' a hynny 'er mwyn atgyfnerthu ein bywyd cenedlaethol ni, heddiw, sydd mewn cymaint o berygl'.[12] Ymhellach, cydnabu fod llenyddiaeth boblogaidd yn angenrheidiol yn y frwydr i sicrhau parhad yr iaith Gymraeg a'i diwylliant: 'Ni ellir disgwyl i bob llyfr fod yn glasur … Rhaid paratoi bwyd ar gyfer pob chwaeth.'[13] Serch hynny, yr oedd hwn yn achos dadleuol ac nid oedd pob darllenydd, llenor a beirniad yn fodlon cyfaddawdu safonau llenyddol ac esthetig yn enw gwladgarwch. Yn wir, yr oedd y ddadl hon yn gryn fwgan i Kate Roberts, un o'n llenorion mwyaf gwlatgar. 'Un o elynion pennaf y Nofel Gymraeg heddiw', meddai, 'yw gwladgarwch neu'r awydd hwnnw am ysgrifennu storïau "er mwyn ennyn diddordeb plant a phobl mewn oed yn yr iaith Gymraeg"'.[14] Iddi hi, ac eraill, philistiaeth ronc oedd aberthu safonau'r iaith a safonau llenyddol er budd cyffredinol yr iaith.[15]

---

[11] Islwyn Ffowc Elis, *Y Cymro* (30 Hydref 1953), t. 7.

[12] John Lloyd (gol.), *Eisteddfod Genedlaethol 1949 (Dolgellau) Cyfansoddiadau a Beirniadaethau*, tt. 148–9.

[13] Ibid.

[14] Kate Roberts, 'Y Nofel Gymraeg', 211.

[15] Ibid. 'Modd bynnag, os canmolir storïau Cymraeg yn unig am eu bod yn Gymraeg, ac am eu bod yn llenwi bwlch, dyna'r ffordd sicraf o gynhyrchu llenyddiaeth wael, a lladd yr iaith a gyrru pobl i ddarllen llenyddiaeth gwlad arall'.

Cam mentrus, felly, oedd rhoi cymaint o bwyslais ar nofel boblogaidd, ac felly synhwyrir peth ansicrwydd ym meirniadaeth Islwyn Ffowc Elis gogyfer y gystadleuaeth hon. Er dechrau'n gadarnhaol, y mae'n amodi ei ddatganiad yn syth: 'Nid bychan o gamp yw sgrifennu nofel', meddai, 'hyd yn oed nofel fer, ac yn enwedig nofel boblogaidd.'[16] Ceisiodd gyfiawnhau ysgrifennu poblogaidd trwy chwalu'r safbwynt uchel-ael a fynnai fod llunio 'nofel neu stori neu gerdd fodernaidd, astrus a thywyll' yn anos na llunio darn o lenyddiaeth 'y gall pobol syml ei fwynhau'.[17] Ond eto, nid yw fel petai wedi ei lwyr argyhoeddi ei hun o gyfiawnder yr achos poblogaidd, a cheir tyndra rhwng y bwriad poblogaidd a'r delfryd llenyddol yn ei druth. O ganlyniad, naws ymddiheuriol braidd sydd ar ei sylwadau ynghylch nofel fuddugol Jane Ann Jones ac y mae'r term 'nofel boblogaidd' yn adlais cyson, hyglyw drwy'r feirniadaeth, fel petai'n atgoffa'r gynulleidfa mai dyma'r llinyn mesur priodol i'w ddefnyddio:

> Nofel ddi-lol wedi'i sgrifennu heb ddim ymgais at fod yn llenyddiaeth fawr ar y naill law nac yn nofelig slic ar y llall. Ond hynny yw ei grym … Y mae'r sgrifennu at ei gilydd yn bur gyffredin, ond y mae'n lân ac yn ffitio'r stori fel maneg … Dengys yr awdur ddawn sylwi a dawn i fynegi'r sylwi hwnnw. Yn fy marn i, nofel boblogaidd dda, y gellir heb betruster ac yn llawen ei chyhoeddi fel y mae.[18]

Y mae'r ganmoliaeth rywsut yn swnio'n wag ac yn chwithig. Ond a ydyw'n arwydd o wangalonni ar ei ran? Trwy osod hyd braich rhwng cynnyrch y gystadleuaeth a llenyddiaeth y ffrwd lenyddol dderbyniol, bron nad ydyw Islwyn Ffowc Elis, unwaith eto, yn ceisio rheoli disgwyliadau ei gynulleidfa. Gwelir goruchafiaeth ei reddf artistig ar ei bragmatiaeth boblogaidd yn gliriach yn ei sylwadau ar

---

[16] Islwyn Ffowc Elis, *Y Cymro* (30 Hydref 1953), t. 7.
[17] Ibid.
[18] Ibid.

nofel Kate Bosse-Griffiths, *Y mae'r Galon wrth y Llyw* (1957). Tybed na chlywir tinc lleddf cyfaddawd yn yr addefiad fod y nofel hon, yn y bôn, yn rhy soffistigedig i gipio'r wobr?

> Y mae'r nofel hon i'w chyhoeddi heb os, ond ni ellir, i'n tyb i, ddyfarnu'r wobr arbennig hon iddi, gan nad nofel boblogaidd ydyw, a'r gystadleuaeth yn gofyn am nofel boblogaidd. Y mae'n nofel na ellir cael popeth ohoni ar y darlleniad cyntaf, a'i phenyd am hynny yw ei chyhoeddi heb ei gwobrwyo.[19]

I'r cyd-destun cyffredinol hwn y perthyn Jane Ann Jones a'i gwaith. Fel y gwelir wrth drafod *Storïau Hen Ferch* a 'Pererinion', y rhain oedd y pynciau llosg a bennodd y derbyniad beirniadol a gafodd ei hymdrechion llenyddol – ei nofelau yn enwedig – ac a ddylanwadodd hefyd ar y modd yr oedd Jane Ann Jones yn prisio'i gwaith a'i chyfraniad ei hun.

   Ond rhaid ystyried un cyd-destun arall. Cofier y pennawd i sylwadau Islwyn Ffowc Elis am y 'Nofel Ganpunt': 'Merch eto yn ben'. Er mwyn llwyr werthfawrogi gwaith Jane Ann Jones, rhaid ei gosod mewn cyd-destun sy'n gorgyffwrdd â hwn, sef ysgrifennu menywod yng Nghymru. Oherwydd os yw'r cyd-destun cyffredinol a amlinellwyd uchod yn cynnig fframwaith ar gyfer deall paham yr esgeuluswyd gwaith Jane Ann Jones, yna y mae cyd-destun ysgrifennu menywod yn dangos paham y mae ei gwaith yn haeddu sylw o'r newydd. Y mae gweithiau Jane Ann Jones yn cyfrannu'n ddeinamig at naratif ysgrifennu menywod yng Nghymru ac yn ein gorfodi i ailystyried rhai o 'wirioneddau' stoc y naratif hwnnw.

Ysgrifennu menywod yng Nghymru
Bu menywod fwy neu lai yn anweledig yn hanes traddodiad barddol

---

[19] Ibid.

Cymru,[20] ond nid felly yn hanes y traddodiad rhyddiaith. Cawsant gyfleoedd niferus i ymarfer eu crefft yn gyhoeddus yn y bedwaredd ganrif ar bymtheg a hyn, efallai, sy'n cyfrif am eu hyder wrth drin a thrafod ffurfiau rhyddiaith rhagor na ffurfiau barddoniaeth. Yn sgil twf y wasg a datblygiad y wasg gyfnodol cafodd dynion a menywod gyfle i weld eu gwaith mewn print.[21] Cyfrannodd Fanny Edwards, Mary Oliver Jones, Winnie Parry, Sara Maria Saunders a Gwyneth Vaughan i gyhoeddiadau megis *Y Brython*, *Cymru*, *Y Drysorfa* ac *Yr Ymwelydd Misol*. Cynigiai'r cylchgronau *Y Gymraes* (1850–51; 1896–1934) a'r *Frythones* (1879–91) lwyfan pwrpasol i fenywod.[22] Un o'r ffigurau pwysicaf yn yr achos hwn oedd Sarah Jane Rees (Cranogwen; 1839–1916) a roes, yn rhinwedd ei swydd fel golygydd *Y Frythones*, gyfle ac anogaeth i fenywod eraill megis Mary Oliver Jones ac Ellen Hughes. Fel y dangosodd Megan Tomos, yr oedd y straeon a'r naratifau amrywiol a gyhoeddwyd yn y cylchgronau hyn, yn ogystal ag yn *Cymru* (1891–1927), yn sylfaen gadarn i *genre* y stori fer ac yn gyfle i fenywod ymarfer y grefft o lunio darnau rhyddiaith

---

[20] Elin ap Hywel, Kathryn Curtis, Marged Haycock, Ceridwen Lloyd-Morgan et al., 'Beirdd Benywaidd yng Nghymru cyn 1800', *Y Traethodydd* (1986), 12–27; Jane Aaron, '"Adnabyddus neu weddol anadnabyddus": cyd-awduresau Ann Griffiths yn hanner cyntaf y bedwaredd ganrif ar bymtheg', yn Geraint H. Jenkins (gol.), *Cof Cenedl XII* (Llandysul, 1997), tt. 103–35; Katie Gramich a Catherine Brennan, 'Introduction: Bitextuality in the Welsh Poetic Tradition', yn Katie Gramich (gol.), *Welsh Women's Poetry 1460–2001* (Llandybïe, 2003), tt. xvii–xlii; Cathryn A. Charnell-White (gol.), *Beirdd Ceridwen: Blodeugerdd Barddas o Ganu Menywod hyd tua 1800* (Llandybïe, 2005), tt. 23–44.

[21] Jane Aaron, *Nineteenth-Century Women's Writing in Wales: Nation, Gender and Identity* (Cardiff, 2007), tt. 132–60; eadem, *Pur Fel y Dur: Y Gymraes yn Llên Menywod y Bedwaredd Ganrif ar Bymtheg* (Caerdydd, 1998), 233–43. Hoffwn ddiolch i Rosanne Reeves am ei sylwadau gwerthfawr ar y pwnc hwn.

[22] Ceridwen Lloyd-Morgan, 'Anturiaethau'r Gymraes', *Y Casglwr*, 16 (Mawrth 1982), 11; Siân Rhiannon Williams, 'Y Frythones: portread cyfnodolion merched y bedwaredd ganrif ar bymtheg o Gymraes yr oes', *Llafur*, IV (1984), 45–9.

cryno a phwrpasol.[23] Gweithredodd y mudiad eisteddfodol hefyd fel magwrfa i awduron, gan feithrin doniau menywod mewn rhyddiaith ffeithiol a ffuglennol fel ei gilydd. Nid yn unig y cynigiai'r testunau gosod ysbrydoliaeth i fenywod, ond gan eu bod yn cystadlu'n ddienw, caent feirniadaeth deg a diduedd. Perthynai ysbryd democrataidd i'r cyfan a châi'r llenor profiadol yr un tegwch â'r llenor amhrofiadol. Tybed, felly, a oedd y sicrwydd o gael beirniadaeth ddiragfarn yn rhan o apêl cystadlu eisteddfodol i fenywod?

Erbyn yr ugeinfed ganrif, cawsai awduron benywaidd gryn lwyddiant eisteddfodol gyda'u casgliadau o straeon byrion,[24] ond yr oedd eu llwyddiant yn fwy trawiadol ym maes y nofel.[25] Daeth *Traed Mewn Cyffion* (1936) gan Kate Roberts yn gydradd gyntaf â nofel Grace Wynne Griffith, *Creigiau Milgwyn* (1935) yn Eisteddfod Castell-nedd, 1934 a lluniwyd *Ffynnonloyw* (1939) gan Moelona ar gyfer yr un gystadleuaeth.[26] Y mae sawl nofel eisteddfodol lwyddiannus gan fenyw bellach yn rhan o'r canon llenyddol Cymraeg: Elena Puw Morgan, *Y Wisg Sidan* (1939) ac *Y Graith* (1943); Eigra Lewis Roberts, *Brynhyfryd* (1959); Jane Edwards, *Dechrau Gofidiau* (1962); Rhiannon Davies Jones, *Fy Hen Lyfr Cownt* (1961) a *Lleian Llan Llŷr* (1965).[27] Yn wir, gellir dadlau mai menywod fu'n gyfrifol am gynnal momentwm rhyddiaith Gymraeg rhwng Daniel Owen (1836–95) a T. Rowland Hughes (1903–49).

---

[23] Megan Tomos, 'The Short Story', yn Dafydd Johnston (gol.), *A guide to Welsh literature c. 1900–1996* (Cardiff, 1998), tt. 204, 205.

[24] Ibid., t. 205.

[25] Islwyn Ffowc Elis, 'Yr Eisteddfod Genedlaethol a'r Nofel Gymraeg', tt. 135–53.

[26] Ni wyddys i sicrwydd a gyflwynwyd y nofel i'r gystadleuaeth yn y pen draw. Gweler ibid., t. 139 a Dafydd Jenkins, 'Y Nofel: Datblygiad y Nofel Gymraeg ar ôl Daniel Owen', t. 70. Trafodir y tair nofel gan Islwyn Ffowc Elis yn 'Nofelau Castell-nedd', yn J. E. Caerwyn-Williams (gol.), *Ysgrifau Beirniadol XVI* (Dinbych, 1990), tt. 158–83.

[27] John Gwynfor Jones, 'Cipdrem ar y Nofel Hanes Gymraeg', yn Gerwyn Wiliams (gol.), *Rhyddid y Nofel*, t. 96.

Yr oedd y nofel yn ffurf lenyddol a apeliai'n fawr at fenywod; cysylltir menywod megis Fanny Burney (1752–1840) a Jane Austen (1775–1817) â datblygiad y *genre* yn Lloegr o'r cychwyn cyntaf a gwelir patrwm tebyg yng Nghymru lle rhoddwyd stamp benywaidd ar y ffurf:

> … the development of the novel genre in Wales, from its beginnings in the latter half of the nineteenth century, did at last afford women a feasible entry into literary creativity, and one in which they could explore the ramifications of specifically female experience.[28]

Ond er gwaethaf cyfraniad 'cyn-neiniau' fel Cranogwen a Moelona, ni theimlwyd presenoldeb amlwg nofelwyr benywaidd tan y 1930au a'r 1940au, diolch yn bennaf i'r Eisteddfod. Cysylltir menywod â dau fath o nofel yn benodol: nofelau i blant a nofelau'n ymwneud â chylch profiad benywaidd. Yr oedd menywod yn flaenllaw ym maes llenyddiaeth plant ac, yn eu tro, daeth nofelau i blant yn elfen bwysig yn natblygiad y nofel Gymraeg.[29] Er enghraifft, dysgodd Elena Puw Morgan ei chrefft wrth lunio llyfrau i blant cyn troi at ffurf fwy uchelgeisiol y nofel,[30] a seilir enw llenyddol Winnie Parry ar *Sioned* (1906) ac *Y Ddau Hogyn Rheiny* (1928).[31] Cofier hefyd am nofelau didactig Moelona, *Teulu Bach Nantoer* (1913) a *Cwrs y Lli* (1927). Wrth i fwy o nofelwyr benywaidd ddod i amlygrwydd yn y 1930au

---

[28] Delyth George, 'The strains of transition: contemporary Welsh-language novelists', yn Jane Aaron, Teresa Rees, Sandra Betts a Moira Vincentelli (goln.), *Our Sisters' Land: The Changing Identities of Women in Wales* (Cardiff, 1994), t. 200.

[29] Dafydd Jenkins, 'Y Nofel: Datblygiad y Nofel Gymraeg ar ôl Daniel Owen', t. 61.

[30] Ibid., t. 68.

[31] Robert Palmer Parry, 'Astudiaeth o Addysg, Bywyd a Gwaith Sarah Winifred Parry ("Winnie Parry") 1870–1953, gan gynnwys Llyfryddiaeth o'i Gwaith' (traethawd M.Ed. anghyhoeddedig Prifysgol Cymru, 1980). Ailgyhoeddwyd *Sioned* gan Honno Gwasg Menywod Cymru yn 2003.

a'r 1940au, daeth testunau a oedd yn ymwneud â bywyd a phrofiadau menywod i ennill lle parchus yn y canon. I Delyth George, dyma un o'r gwahaniacthau rhyweddol (S. *gender differences*) sydd rhwng awduron gwrywaidd ac awduron benywaidd y cyfnod: rhagorai'r menywod ar fanyldeb seicolegol a theimladol ar gynfas ddomestig, tra ffafriai'r dynion gynfas gymdeithasol letach nad yw wastad yn caniatáu lle i drafod y bywyd emosiynol.[32] Datblygir y dimensiwn hwn gan Katie Gramich sy'n dangos sut yr aeth awduron benywaidd Cymru'r ugeinfed ganrif ati i drafod benyweidd-dra Cymreig a Chymreictod trwy ddefnyddio'r sffêr ddomestig a'r milltir sgwâr fel microcosm o Gymru gyfan.[33] Yr hyn sy'n bwysig wrth ystyried Jane Ann Jones a'i gyrfa yw bod llwyddiant yn magu llwyddiant. Tystia ei llythyrau ei bod yn ddarllenydd brwd ac, felly, yr oedd bod yn ymwybodol o draddodiad benywaidd – a nifer hunanaddysgedig yn eu plith – yn golygu nad oedd yn ormod o her i Louie Myfanwy Davies ddilyn eu hesiampl a'i thrawsffurfio'i hun yn Jane Ann Jones.

Go brin y gellir trafod cefndir ysgrifennu menywod yng Nghymru heb gyfeirio at Kate Roberts (1891–1985). Ar gorn ei straeon byrion a'i nofelau llwyddiannus, delir mai hi a osododd y sylfeini ar gyfer datblygu ysgrifennu menywod yn yr ugeinfed ganrif ac fe'i dyrchefir gan feirniaid ffeministaidd fel 'mam' cenhedlaeth newydd o nofelwyr benywaidd.[34] Yr oedd Elena Puw Morgan a Kate Bosse-Griffiths fwy neu lai yn cyfoesi â hi, ond o'r 1950au ymlaen, daeth eraill o dan ei dylanwad: Eigra Lewis Roberts, Catrin Lloyd Rowlands, Marged Pritchard, Irma Chilton a Jane Edwards. Erbyn y 1970au a'r 1980au

---

[32] Delyth George, 'The strains of transition: contemporary Welsh-language novelists', t. 201; eadem, 'Kate Roberts – ffeminist?', *Y Traethodydd*, 140 (1985), 185–202; Francesca Rhydderch, '"They do not breed de Beauvoirs here": Kate Roberts's Early Political Journalism', *Welsh Writing in English*, 6 (2000), 21–44.

[33] Katie Gramich, *Twentieth-Century Women's Writing in Wales: Land, Gender, Belonging* (Cardiff, 2007).

[34] Delyth George, 'The strains of transition: contemporary Welsh-language novelists', t. 200; eadem, 'Kate Roberts – ffeminist?', 185–202; Katie Gramich, *Twentieth-Century Women's Writing in Wales: Land, Gender, Belonging*, t. 88.

cyfrifir Angharad Tomos a Meg Elis ymhlith ei 'phlant' llenyddol hefyd. Y mae hi'n briodol dod â'r rhan hon i ben gyda safle breintiedig Kate Roberts oherwydd nid yn unig y mae hi'n rhan allweddol o naratif beirniadol rhyddiaith Gymraeg ond y mae hi hefyd yn rhan o stori Jane Ann Jones.

Jane Ann Jones a'r byd llenyddol

Y mae ceisio gwahaniaethu rhwng Myfanwy Davies a'i phersona llenyddol, Jane Ann Jones, yn peri cryn ddryswch! Yn wir, byddai Myfanwy Davies yn aml yn taro ei ffugenw ar waelod ei llythyrau personol, fel y gwnaeth yn y llythyr olaf a ysgrifennodd at Kate Roberts yn Ionawr 1968.[35] Gan ei bod yn cyhoeddi'n fwriadol o dan ffugenw, cyfeirir ati yn y rhagymadrodd hwn fel Jane Ann Jones wrth drafod ei bywyd a'i gwaith llenyddol, a Myfanwy Davies wrth drafod ei bywyd preifat. A hithau'n awdur straeon byrion a nofelau i oedolion ac i blant, y mae Jane Ann Jones, fel awduresau eraill a fu'n weithgar yn ystod y 1930au a'r 1950au, yn ddarn allweddol yn narlun jig-sô rhyddiaith Gymraeg. O fwrw golwg yn ôl ar hynt y stori fer a'r nofel yng Nghymru'r ugeinfed ganrif, gwelir mai menywod, i raddau helaeth iawn, a oedd yn gyrru'r ddau *genre* hyn yn eu blaen. Rhoddir lle canolog i Kate Roberts, brenhines honedig ein llên a'i dylanwad yn y naratifau beirniadol ar ryddiaith Gymraeg ond rhaid cofio hefyd ddylanwad cystadlaethau yr Eisteddfod Genedlaethol, sef sefydliad yr oedd Kate Roberts hithau yn ddyledus iddo am ddod â'i gwaith i sylw'r cyhoedd a'r beirniaid fel ei gilydd. Yn sicr, dyma'r byd y perthyn Jane Ann Jones iddo, ond ychydig o sylw a gafodd hi gan feirniaid a fu'n mapio hynt rhyddiaith Gymraeg. Nan Griffiths a Katie Gramich yw'r unig feirniaid sydd wedi rhoi sylw beirniadol haeddiannol iddi.[36] Fel llawer awdur benywaidd arall, dechreuodd ei

---

[35] Papurau Kate Roberts KR 1(I), 1570, L. Myfanwy Davies at Kate Roberts, [18 Ionawr 1968].

[36] Nan Griffiths, 'Prosser Rhys a'r Hen Ferch', *Taliesin*, 128 (Haf 2006), 85–101; Katie Gramich, *Twentieth-Century Women's Writing in Wales: Land, Gender, Belonging*, tt. 69–71, 107–08.

gyrfa trwy lunio straeon byrion a chafodd lwyddiant eisteddfodol: daeth *Diwrnod yw ein Bywyd* yn ail yn Eisteddfod Dolgellau, 1949 cyn dod i'r brig yng nghystadleuaeth y 'Nofel Ganpunt'. Erbyn 1955, gyda chyhoeddi *Plant y Foty*, yr oedd Myfanwy Davies yn barod i gyfaddef i'r byd a'r betws mai hi oedd Jane Ann Jones.

Fe'i cysylltir hefyd â maes benywaidd llenyddiaeth plant, ond yn hytrach na bwrw ei phrentisiaeth yn y maes hwn, troes Jane Ann Jones i ysgrifennu nofelau i blant yn ei chyfnod diweddar. Cyhoeddwyd *Plant y Foty* ac *Ann a Defi John* ar ôl iddi briodi Richard Thomas yn 1952, gyda golwg y mae'n debyg ar lenwi'r bwlch yn y farchnad ar gyfer llyfrau i blant, yn hytrach na bodloni ei llysblant a oedd eisoes wedi tyfu'n oedolion. Yn rhinwedd ei swydd fel clerc, yr oedd Myfanwy Davies yn ymwybodol o'r angen dybryd am lyfrau Cymraeg safonol i blant. Tua 1942 rhybuddiodd Morris T. Williams (Gwasg Gee) ac E. Prosser Rhys (Gwasg Aberystwyth) ynghylch bwriad Pwyllgor Addysg Sir Ddinbych i wario £200 ar gomisiynu llyfrau Cymraeg cyfaddas i'w defnyddio yn yr ysgolion.[37]

Nofelydd poblogaidd oedd Jane Ann Jones ac yr oedd hi ei hun yn cydnabod hynny ac yn ymwybodol o'r statws is a oedd ynghlwm wrth hyn. Yr oedd hefyd yn ymwybodol o'r rhwystrau proffesiynol a rhyweddol a wynebai menywod llengar. Ni thrafodir y rhain yn yr ychydig lythyrau o'i heiddo sydd wedi goroesi, ond ceir cliwiau yn ei ffuglen. Yn y stori 'Lol', *Storïau Hen Ferch*, breuddwydia Annie, y prif gymeriad, am ennill ffortiwn, enwogrwydd a rhyddid ar gorn ei nofelau a'i straeon rhamantus. Deallodd hefyd fod ysgrifennu straeon byrion yn fwy proffidiol na llunio nofelau:

> Cyn cyrraedd hanner y ffordd drwy ei nofel blinodd Annie ar 'Ronald Langdon'. Os oedd arni eisiau gwneud pres, gwell a fyddai iddi sgrifennu storïau byrion i'r papurau wythnosol dwygeiniog, a dechreuodd amryw. (tt. 70–71 isod)

---

[37] Papurau Kate Roberts KR 3, 3981, L. Myfanwy Davies at E. Prosser Rhys, llythyr diddyddiad. Y mae'r llythyr hwn yn cynnwys copi carbon o gofnodion y cyfarfod hwnnw, ynghyd ag adroddiad swyddogol printiedig.

Rhagor na hynny, y mae Annie yn ddigon hirben i sylweddoli mai trwy ysgrifennu yn Saesneg y gwireddai ei dymuniad. Y mae'r stori yn adlewyrchu'r hinsawdd lenyddol broffesiynol Gymreig a adwaenai Jane Ann Jones a'i hergyd eironig yw bod Annie yn methu'n lân â chyflawni ei photensial llenyddol. Fel arwresau'r nofelau rhamantus poblogaidd sydd at ei dant, y mae hi'n ysu am gwympo mewn cariad, ond unwaith iddi briodi a phlanta, rhwystrir hi rhag llenydda gan ei dyletswyddau teuluol a domestig. Chwelir ei huchelgais llenyddol gan ei gobeithion rhamantus. Uchafbwynt y stori yw'r olygfa lle y mae plant Annie yn darganfod ei hymdrechion llenyddol, ac Annie yn rhuthro i ddinistrio'r straeon yn fflamau'r tân:

'Be oeddan nhw, dŵad?' gofynnodd ei thad.
'O! dim ond rhyw hen lol,' meddai Annie, gan siglo'r babi yn ei breichiau. (t. 73 isod)

Y mae ateb Annie yn ddeufiniog: yr oedd ei gobeithion llenyddol mor ddisylwedd â'r nofelau rhamantus y bu'n eu darllen ac yn dyheu am eu hefelychu yn ei bywyd ac yn ei llenyddiaeth fel ei gilydd. Cosbir hi am fod yn llenor poblogaidd ac am iddi ildio i egwyddorion gwag y nofelau rhamantus – a Saesneg eu hiaith! – a'i plesiai. Yn hyn o beth, y mae ei thynged yn debyg i Selina yn y stori felodramataidd 'Bedd yr Hen Lanc' sy'n byw yn driw i feddylfryd y nofelau rhamantus gwag sy'n faeth emosiynol iddi, a hynny mewn modd nid annhebyg i gymeriad Monica Saunders Lewis. Peth rhyfedd yw gweld awdur yn dychanu'n gynnil, fetanaratifol, y math o lenyddiaeth yr oedd hi ei hun yn ei ysgrifennu a'r union themâu y byddai hi yn eu harchwilio yn ei nofelau diweddarach. O gofio mor galed y bu'n rhaid i E. Prosser Rhys weithio arni i'w chael i gyhoeddi'r straeon hyn yn y lle cyntaf, ai bradychu diffyg hyder llenyddol Jane Ann Jones a wna'r cyfeiriadau ymwybodol hyn at werth y fath lenyddiaeth?

Storïau Hen Ferch (1937)

Cyhoeddwyd *Storïau Hen Ferch* yr un flwyddyn â *Ffair Gaeaf* (1937) gan Kate Roberts. Y mae cymharu'r ddwy awdures yn anorfod felly. Y mae sylwadau preifat D. J. Williams a ddyfynnwyd gan Nan Griffiths yn y rhagymadrodd bywgraffyddol yn hallt: 'Un fach ifanc yw hi yn y grefft yn ddiamau.'[38] Nid oes dwywaith nad oedd D. J. Williams yn seboni Kate Roberts yn ddigywilydd ac y mae ei eiriau yn dyst i'w safle dyrchafedig fel 'brenhines ein llên'. Cyhoeddiad cyntaf Jane Ann Jones oedd *Storïau Hen Ferch*, ond erbyn iddi gyhoeddi *Ffair Gaeaf* yr oedd Kate Roberts eisoes yn adnabyddus fel llenor a newyddiadurwraig a fwynhâi gefnogaeth selog beirniaid fel D. J. Williams a Saunders Lewis. At hynny, yr oedd ei gweithiau llenyddol eisoes wedi ennill eu plwyf yn y canon Cymreig: *O Gors y Bryniau* (1924), *Deian a Loli* (1927), *Rhigolau Bywyd* (1929), *Laura Jones* (1930), *Traed Mewn Cyffion* (1936). Y mae cymharu Kate Roberts a Jane Ann Jones hefyd yn anorfod oherwydd bod straeon Kate Roberts wedi datblygu'n llinyn mesur llenyddol ar gyfer y rhan fwyaf o straeon byrion a luniwyd gan fenywod eraill. Yn ôl Megan Tomos, daeth straeon Kate Roberts, a'i straeon aeddfed yn enwedig, yn batrwm ystrydebol ar gyfer awduron benywaidd a rôi eu bryd ar lunio straeon byrion Cymraeg:

> The main character would almost inevitably be a female looking from behind a window at life passing her by, either because of unrequited love, bereavement or the restrictions of the traditional female role in a patriarchal bourgeois society.[39]

Ond er i Kate Roberts osod patrwm i awduron benywaidd fel Eigra

---

[38] Papurau Kate Roberts KR 1(B), 256, D. J. Williams at Kate Roberts a Morris T. Williams, 11 Rhagfyr 1937. Nid oedd ei feirniadaeth eisteddfodol o'r nofel *Diwrnod yw ein Bywyd* yn organmoliaethus chwaith. Gweler John Lloyd (gol.), *Eisteddfod Genedlaethol 1949 (Dolgellau) Cyfansoddiadau a Beirniadaethau*, t. 153.

[39] Megan Tomos, 'The Short Story', t. 226.

Lewis Roberts a Jane Edwards, prifiodd y cywion gan ddatblygu eu lleisiau llenyddol eu hunain.[40] Felly hefyd Jane Ann Jones.

Y mae disgrifiad Megan Tomos, uchod, yn crynhoi'r rhan fwyaf o *Storïau Hen Ferch* i'r dim, ond eto gwyrant oddi wrth batrwm cydnabyddedig Kate Roberts mewn sawl ffordd. Y mae i *Storïau Hen Ferch* gywair tra gwahanol i straeon Kate Roberts. O ran arddull, nid yw straeon Jane Ann Jones mor llenyddol ymwybodol â rhai Kate Roberts ac, er eu bod yn dafodieithol eu naws, nid ydynt yn defnyddio'r un cywair iaith uwchdafodieithol â hi. Y mae iddynt rwyddineb ymadrodd a werthfawrogir yn llawn yn ei deialog sionc. Y mae saernïaeth *Storïau Hen Ferch* yn dwt. Y mae llawer o deitlau'r gyfrol yn adleisio adnodau Beiblaidd ac, yn amlach na pheidio y mae'r straeon yn troi'n chwareus o amgylch y teitl, neu'n dehongli'r teitl â hiwmor gwyrgam, anghonfensiynol, fel y gwelir yn y stori 'Lol'.[41] Y mae Katie Gramich yn llygad ei lle wrth ddweud mai naws 'comedi eironig' sy'n nodweddu *Storïau Hen Ferch*.[42] Y maent yn nodedig ar gyfrif eu hiwmor chwareus a'u beiddgarwch, a hynny o ran eu bydolwg, eu themâu, a'u safbwynt rhyweddol. Fel Kate Roberts, trafoda Jane Ann Jones fenywod creadigol a theimladwy, a menywod sy'n dioddef dan ormes cymdeithas batriarchaidd, ond y sffêr emosiynol, ac nid y sffêr ddomestig ei hun yw ei diddordeb hi. O ddiogelwch ei ffugenw, gallai hefyd fentro ysgrifennu'n ddi-flewyn-ar-dafod ynghylch rhywioldeb a menywod godinebus, syrthiedig. Mewn gair, gallai drafod menywod a ystyrid yn 'gomon' ac fe ymddengys mai'r elfen fondigrybwyll hon a gododd wrychyn D. J. Williams pan gyferbyniodd 'blas gwin siop cemist mewn cwrdd cymundeb' *Storïau Hen Ferch* â 'gloyw win puredig' *Ffair Gaeaf*.[43]

Yn sicr, y mae cynnwys a themâu'r straeon hefyd yn ysgafnach na

---

[40] Ibid.

[41] Hoffwn gydnabod dy nyled i Jane Aaron am drafod y syniad hwn, ac eraill, gyda mi.

[42] Katie Gramich, *Twentieth-Century Women's Writing in Wales: Land, Gender, Belonging*, t. 70.

[43] Papurau Kate Roberts KR 1(B), 256, D. J. Williams at Kate Roberts a Morris T. Williams, 11 Rhagfyr 1937.

rhai Kate Roberts, ond nid yw hynny gyfystyr â dweud eu bod yn fwy arwynebol. I'r gwrthwyneb, y mae'r wên yn cuddio tristwch, a gellid dadlau bod straeon digrif-ddwys Jane Ann Jones yn fwy cymhleth eu gwead emosiynol. Dewisodd deitl ei chasgliad, *Storïau Hen Ferch*, yn fwriadol, nid yn unig er mwyn cyfleu rhywbeth am natur y straeon ond er mwyn chwarae â disgwyliadau'r darllenydd ynghylch agwedd y storïwr. Y mae amlygrwydd hen ferched yn ddrych i ffaith hanesyddol: wedi cyflafan y Rhyfel Mawr, crëwyd cenhedlaeth gyfan o hen ferched. Y mae'n wir fod y gyfrol yn cynnwys nifer o straeon am hen ferched ac am briodasau methiannus a fyddai'n debyg o apelio at hen ferched, ond yr oedd y teitl, y straeon a'u neges yn ddatganiad personol gan Myfanwy Davies i'w chariad 'G': fe'u cyflwynir iddo ef ac, yn llythyrau Prosser Rhys, awgrymir bod y gyfrol yn gyfle iddi fwrw allan ei chythreuliaid ei hun, fel petai:

> Nid wyf yn eich coelio ddim pan ddywedwch fod eich gyrfa ramantus drosodd … Ac y mae gennyf wrthwynebiad cydwybodol i'r teitl 'Storïau Hen Ferch'. Na, rhaid cael teitl mwy gwir na hynyna … Sylwais eisoes yn y storïau eich bod yn adnabod dynion yn dda iawn. Dywedwch i mi paham y mae eich holl ferched yn ganol oed, yn anneniadol, yn disillusioned ac fel rheol yn groes? Paham y mae eich holl briodasau wedi mynd yn stale, ac nad oes ramant ifanc yn yr un o'ch storïau na dyn hardd na geneth brydferth? Nid eich beio yr wyf. Rhaid i artist sgrifennu yn ôl ei gymhelliad, ac nid yn ôl dim arall – ond y mae hyn oll yn hynod ac eto yn ddiddorol iawn – yn enwedig pan gofiaf y llun![44]

Gellir ystyried y straeon yn fynegiant eironig o'i rhwystredigaeth a'i diflastod gyda'i chyflwr dibriod yn ogystal â'r label 'hen ferch'.

 Diau mai dyma paham y dangosir cyn lleied o dosturi tuag at yr hen ferched sy'n rhan o'r casgliad hwn. Hwynt-hwy a'u dychymyg

---

[44] E. Prosser Rhys at L. Myfanwy Davies, 4 Mai 1937 (casgliad personol Nan Griffiths).

sy'n gyfrifol am eu sefyllfa druenus yn y pen draw. Er enghraifft, y mae ffawd yn greulon wrth Selina, yr hen ferch yn 'Bedd yr Hen Lanc'. Ond eto i gyd, er iddi gael ei thwyllo gan Arthur, ei chariad marw, dangosir yn glir fod Selina hefyd yn euog o'i thwyllo ei hun. Nid yw hi, o ganlyniad, yn gymeriad y gellir closio ati. Dylanwad andwyol y ffuglen ramantus boblogaidd a ddarllena yw gwraidd y drwg, oherwydd Selina ei hun a'i hunanferthyrdod morbid yw canolbwynt ei drama ac nid y cariad marw:

> Bywyd llawn breuddwydion oedd bywyd Selina – prin y gallai gredu eto fod Arthur wedi marw a hithau ar bererindod i fan ei gladdu. Mewn un ystyr, diolchai fod ganddi fedd i ymweled ag ef. Yn ei hen ddyddiau gallai ddweud: 'Do, bu fy nghariad farw ychydig cyn dydd ein priodas. Mi fydda i'n mynd o hyd i edrych ar ôl 'i fedd o.'
> Na, nid gan bob merch oedd bedd cariad i wylio drosto...
> (t. 24 isod)

Cymeriad tebyg yw Miss Lizzie Price, chwaer i bregethwr, yn 'Tipyn o Newid'. Pan yw ar wyliau, gwêl ddyn tua'r un oed â hi yn bwyta ar ei ben ei hun yn y gwesty ac y mae hi'n cymryd yn ganiataol ei fod, fel hi, yn sengl. Ei dychymyg sy'n gyrru'r garwriaeth nad ydyw'n garwriaeth yn ei blaen i ddiweddglo siomedig anorfod. Ond pur anaml y mae'r straeon ynghylch hen ferched yn ymwneud â hen ferched yn unig. Ceir ynddynt haenau o ddychan cymdeithasol a chrefyddol hefyd. Er enghraifft, ar ôl cael ei siomi yng nghyflwr priodasol Lemuel Hughes, gofid cyntaf Miss Lizzie Price yw dyfeisio esboniad i'w ffrindiau ynghylch paham y bu'n rhaid iddi orffen gydag ef:

> Toc, fflachiodd goleuni yn ei llygaid. Byddai yn rhaid iddi ddweud ei fod yn ddyn neis iawn (neu fuasai hi ddim wedi mynd hefo fo), ond ar ôl cinio un noson yr oedd wedi ei ddal yn dyfod allan o dŷ tafarn. Ac ni fedrai chwaer i weinidog garu dyn oedd yn yfed, a fedrai hi? (t. 82 isod)

Yn y stori hon y ceir cymeriad *cameo* mwyaf chwerthinllyd Jane Ann Jones, sef y Saesnes nobl ac aflafar sy'n wraig i Lemuel Hughes, gwrthrych serch Miss Lizzie Price. Nid cymeriad gwastraff mohoni o gwbl oherwydd y mae ganddi effaith ddwbl yn y naratif: dychenir y Saesnes anfoesgar ond crynhoir mursendod Miss Lizzie Price i'r dim yn ei hadwaith corfforol iddi:

> '*Eh! Lem dear, ah thought ah'd jest pop over on t' boat ter see 'ow yer was blowin.*'
>
> Yr oedd Lizzie Price yn sefyll yn ei ymyl fel petai mewn llewyg, ond pan welodd ac y clywodd y wraig a aned ym Manceinion, rhedodd i fyny'r grisiau ac edrychodd Lemuel Hughes yn ofer amdani i'w chyflwyno i'w wraig... Crynodd wrth feddwl am y wraig dew a'r llais ofnadwy, ac aeth Lemuel Hughes i lawr yn ei golwg am iddo briodi'r fath ddynes. (t. 81 isod)

Stori Kate Robertsaidd ynghylch goruchafiaeth dawel Jane Ifans ar fateroliaeth bitw a dyheadau dosbarth-canol gwag ei chymydog yw 'Rhif 557 yn y Catalog'. Beirniedir gwaddol ysbrydol Diwygiad 1904 yn nioddefaint diangen hen ferch dduwiol, gymwynasgar ('Taledigaeth y Gwobrwy'), ac yn snobyddiaeth gymdeithasol a hunanoldeb dwy hen ferch oedrannus sy'n dangos mwy o gariad at y gath nag at y plentyn a adewir ar stepen eu drws yn agos i'r Nadolig ('Mab a Roddwyd i Ni').

Y mae nifer o straeon Jane Ann Jones yn archwilio ymwneud pobl â'i gilydd, ond nid o reidrwydd yng nghyd-destun perthynas ramantus bob tro. Diffyg asgwrn cefn tad Robin Bach, a styfnigrwydd mursennaidd ei wraig newydd sydd wrth wraidd y boen a achosir i brif gymeriad y stori 'Nain Robin Bach'. Dangosir camddealltwriaeth rhwng y rhywiau a'i ganlyniadau ar sawl lefel yn 'Gwragedd Clên' wrth i bedwar gŵr priod fynd gyda'i gilydd ar wibdaith i chwarae golff. Gosodir naws wrywaidd y stori gan sylwadau ffwrdd-â-hi ynghylch anallu cynhenid dynion a menywod i ddeall ei gilydd:

Y mae gwragedd yn iawn yn eu lle, ond nid ydynt yn
ychwanegu at bleser diwrnod o golff … Felly, os am ddiwrnod
o fwynhad, gedwch eich gwraig gartref. Wrth gwrs, nid wyf
yn eich cynghori i'w gadael ar ôl bob tro. Gellwch fynd â
hi a'r plant i lan y môr Ddydd Gŵyl Banc. A dyna wyliau'r
haf hefyd. Ni fedrwch osgoi'r rheini. Ond peidiwch â rhoi i
mewn ormod iddi … (t. 19 isod)

Stori ydyw am gwmnïaeth dynion a'r modd y maent yn cyfathrebu'n
wahanol ymysg ei gilydd. Ond y mae'r ysgafnder cychwynnol yn
diflannu pan ddaw un o'r dynion wyneb yn wyneb â chyn-gariad
iddo, merch y gwnaeth ef gam â hi dros ddeng mlynedd ar hugain
ynghynt drwy ddod â'u carwriaeth i ben yn swta:

'Ond pam oedd arnat ofn iddi dy nabod, a pham na faset ti'n
aros i siarad efo hi?'
    'Duw a ŵyr! 'i hofn hi, y mae'n debyg. Petawn yno ar fy
mhen fy hun, hwyrach y baswn i wedi tynnu sgwrs â hi – ond
diolch fyth nad oeddwn i ddim chwaith. Fedri di ddim egluro
pethau i ferch yr un fath ag i ddyn.'
    'Ond mi gafodd hi ŵr er i ti 'i hanghofio hi.'
    'Do siŵr. Ond wnâi hynny ddim gwahaniaeth. Isio gwbod
pam y mae gyna i wraig fase hi.'
    'Roedd hi'n edrych yn wraig reit glên – fase hi ddim yn
troi'n gas hefo thi.'
    'Na fase, y mae'n debyg. Ond y mae'n ganmil o weithiau'n
fwy anodd egluro petha wrth wragedd clên, wyddost.' (t. 22
isod)

Dadlenna Jane Ann Jones hunanoldeb dynion a dengys hefyd mor
ddiangen yw'r loes a achosir gan ddiffyg cyfathrebu. Portreadir
hunanoldeb dynion hefyd yn y stori ynghylch dod i oed, 'Marwolaeth
Plentyn'. Ar yr olwg gyntaf, stori yw hon am ffiniau a snobyddiaeth
gymdeithasol, wrth i Dilys, merch gweddw dlawd, fynychu parti ym
mhlasty ei ffrind freintiedig, Rhiannon. Ond try'r stori gynnil hon

ddisgwyliadau'r darllenydd ben i waered. Wrth ddawnsio gyda'r sgweier llysnafeddog, Capten Rowlands, y mae Dilys yn dysgu y bu'n naïf i feddwl y gallai berthyn i'r fath fyd. Yn bwysicach fyth, dysga gyda chryn fraw, rym rhywioldeb a chryfed ei grym hi fel menyw.

Y mae eironi Jane Ann Jones yn fwy deifiol fyth wrth drafod serch rhamantus, ac y mae ei sylwadau yn ddadansoddiad cyfewin o'r grymoedd rhyweddol a rhywiol sydd ar waith mewn priodas neu berthynas odinebus. Sefydliad patriarchaidd yw pob priodas a pherthynas yn ei straeon hi. Y stori fwyaf cadarnhaol am rym serch yw 'Yr Haul', sef stori am y cariad nas cyflawnwyd rhwng Mair a'r Iesu. Am y rheswm hwn, dyma stori fwyaf anghymharus y gyfrol hon. Ceir golygwedd anarferol ar briodas mewn stori Feiblaidd arall, 'Fel Angylion', lle'r ystyrir y pos oesol: os yw dyn yn y bywyd hwn yn ailbriodi ar ôl marwolaeth ei wraig, beth sy'n digwydd iddynt oll yn y byd a ddaw? Dyma'r her sy'n wynebu Sera Jones wedi iddi gyrraedd y nefoedd a dechrau chwilio am ei gŵr William – a'i wragedd Jemima ac Ann. Stori yw hon sy'n dangos nad yw gofalon dynol, gan gynnwys cenfigen rywiol, o reidrwydd yn diflannu yn y nefoedd. Y mae dychan ysgafn y stori hon hefyd yn cyffwrdd â beirdd Cymru ac aelodau'r Orsedd, carfan o bobl fel Sera Jones ei hun, na fu'n ddigon cydwybodol wrth rwbio 'eli cariad brawdol' i'w croen. Darlun mwy negyddol o lawer o briodas a bortreadir mewn straeon eraill. Priodasau sydd wedi oeri gan amser a bortreadir yn 'Ofer ichwi Foregodi', 'Porthi Nwydau' ac 'Y Blynyddoedd Canol'. Nid yw newid eu defod ddyddiol yn meirioli dim ar atgasedd y pâr priod at ei gilydd yn 'Ofer ichwi Foregodi':

Aeth i lawr y grisiau yn ddistaw, a phesychodd er mwyn i Martha ei glywed.

Troes hithau yn sydyn gan fwriadu dweud y drefn wrtho. Nid oedd arni eisiau ei gŵr yn ponsio o gwmpas yr iard a hithau'n golchi, ond cyn iddi gael cyfle i ddweud dim, dywedodd yntau: 'Wrth mod i'n effro mi feddylis y gwnâi o les imi fynd allan am dipyn o dro cyn fy mrecwast. Y mae

rhywun mor gaeth yn yr hen offis 'na.'
   Ac yr oedd hithau mor falch ei fod yn mynd allan o'i golwg
fel y cynigiodd wneud cwpanaid o de iddo. (t. 53 isod)

Diflastod bywyd priodasol rhwng gŵr a gwraig anghymharus o
ran eu personoliaeth a'u diddordebau a bortreadir eto yn 'Porthi
Nwydau'. Â'i byd yn culhau a hithau'n heneiddio, dyletswydd a'i
sirioldeb cynhenid sydd yn cadw Ann yn ei lle, er gwaethaf deniadau
nofelydd ifanc. Fel y priodasau trafferthus eraill a ddarlunnir yn y
casgliad hwn, y mae serch wedi oeri a'r pâr priod wedi anghofio sut
i gyfathrebu â'i gilydd yn effeithiol yn 'Y Blynyddoedd Canol'. Ond
y mae dimensiwn ychwanegol i'r stori, sef amheuon a chenfigen y
wraig at y forwyn sy'n gweini arnynt. Datguddir cenfigen gwraig
ganol-oed at ferch ifanc ynghyd â rhodres gwag y dosbarth canol
mewn haenau cynnil a gofalus yn y stori hon. Ond yr hyn sy'n
ddiddorol yw bod y straeon, fel y nofela 'Pererinion' hithau, yn
dangos diffyg cydymdeimlad llwyr â'r wraig ganol-oed:

> Eisteddodd ar ochr y gwely â'i het ar ei glin. Paham na fedrai
> fod yn hapus? A beth oedd o le yn y ffaith i John a Nansi gael
> te hefo'i gilydd a chadw ohonynt y llyfrau hefo'i gilydd? Ond
> ni fedrai anghofio'r teimlad o agosrwydd oedd rhyngddynt.
> Nansi ar ei gliniau wrth draed John yn procio'r tân. Ond beth
> oedd mewn procio'r tân? Nansi yn helpu John hefo'i gôt?
> Yr oedd cythraul bach ym mynwes gwraig y gweinidog. (t.
> 45 isod)

Y mae'r naws ddigrif-ddwys i'w gweld hefyd yn y straeon sy'n trafod
lle menywod yn y gymdeithas: 'Despite the comic tone, these stories
often have an edge of sadness and an unmistakeable feminist critique
of a Welsh patriarchal society', meddai Katie Gramich.[45] Menywod

---

[45] Katie Gramich, *Twentieth-Century Women's Writing in Wales: Land,
Gender, Belonging*, t. 70.

dan ormes tad neu ŵr yw llawer o'r cymeriadau. Tybed a oes elfen hunangofiannol yn y stori Gwladys Rhysaidd, 'Helaeth Fynediad'? Merch i siopwr a blaenor yn y capel yw Janet. Fe'i gorfodir i guddio'r gwirionedd ynghylch marwolaeth ei thad, sef iddo ddangos ofn ac nid gorfoledd yn wyneb angau. Nid yw'r twyll yn caniatáu iddi alaru'n ddiffuant amdano, ond tristach na hynny yw sylweddoliad Janet ei bod, wedi marwolaeth y patriarch, yn dal i fod yn gaeth i'r gymdeithas batriarchaidd a gynrychiolai ef:

> Dechreuodd ambell ddeigryn dreiglo i lawr ei gruddiau ond dagrau o hunandosturi oeddynt. Pam na adawsai ei thad iddi fynd i ffwrdd pan oedd yn ieuanc i lunio ei bywyd ei hun? Bellach yr oedd yn rhy hen i ddechrau o'r newydd a byddai'n rhaid iddi lynu wrth y siop a dal i fynd i'r seiat a'r cyfarfod gweddi er mwyn cadw ei chwsmeriaid. Llifodd y dagrau yn awr, ac o'r diwedd bodlonwyd y gwragedd a oedd yn edrych arni drwy gil eu llygaid. Nid gweddus oedd i ferch gladdu ei thad heb wylo. (t. 29 isod)

Soniwyd eisoes am Ann, gwraig a fygir gan ei gŵr duwiol a diddychymyg yn 'Porthi Nwydau'. Ond llwydda Ann i oroesi, diolch i'w hadnoddau mewnol ei hun, a diolch hefyd i drip siopa byrfyfyr sy'n ddihangfa iddi rhag diflastod ei bywyd beunyddiol a hynny mewn modd nid annhebyg i'r stori 'Diwrnod i'r Brenin' gan Kate Roberts yn *Ffair Gaeaf.*

Menywod syrthiedig yw'r tystion fwyaf ingol i greulondeb y gymdeithas batriarchaidd Gymreig a ddarlunnir ac y mae *Storïau Hen Ferch* yn drawiadol am ddangos cydymdeimlad tuag atynt. Wedi'r cyfan, onid oedd Myfanwy Davies ei hun yn feistres i ddyn priod ac wedi geni plentyn anghyfreithlon? I raddau llai na'r ddwy nofel *Y Bryniau Pell* a *Diwrnod yw ein Bywyd*, y mae'r straeon hyn yn adlewyrchu newid mewn agwedd at serch a rhywioldeb yn sgil colledion ac ansicrwydd dau ryfel byd. Hudoles ddiniwed yw prif gymeriad y stori 'Jane Elen' sy'n geni plentyn i drafaeliwr o dras Iddewig. Ond, mewn modd sy'n nodweddiadol o eironi crafog Jane

Ann Jones, y mae clo annisgwyl y stori yn awgrymu bod pechod a chwymp Jane Elen yn eilradd i wrth-semitiaeth gibddall ei nain a'i thaid capelgar: 'Edrychais ar y babi a oedd yn hanner Iddew, a gwenais wrth feddwl am nain Jane Elen yng nghapel hardd 'Jerusalem' yn moliannu Iddew arall!' (t. 32 isod). Dinoethir mympwy rhagfarn yn y stori 'Rags-an-Bôns!' lle gwelir penteulu hunanfoddhaus yn gorthrymu ei deulu a chrwydryn ifanc feichiog yn ddiwahân.

Rhoddai ei ffugenw hyder i Myfanwy Davies drafod y pynciau hyn ac yn yr un modd, yr oedd bod yn anhysbys yn ei rhyddhau i fod yn eironig ac yn chwareus gyda rhywedd (S. *gender*). Er gwaethaf teitl y gyfrol, dewisodd lais gwrywaidd ar gyfer llawer o'i straeon. Ychwanegodd hyn at y dirgelwch ynghylch ei hunaniaeth, oherwydd tybiai Gwilym R. Jones mai John Gwilym Jones neu E.Tegla Davies oedd yn cuddio y tu ôl i'r ffugenw.[46] Diau bod hyn yn rhan o ystryw Myfanwy Davies i gadw hyd braich rhyngddi hi a'i chynulleidfa, ond y mae hefyd yn dechneg lenyddol effeithiol. Unwaith eto, bwriad eironig sydd ganddi, oherwydd effaith sgwrs y golffwyr yn 'Gwragedd Clên' yw tanseilio'r weithred o fychanu menywod ac ystrydebu yn eu cylch. Yn hyn o beth, ymdebyga i'r awdures o Seland Newydd, Katherine Mansfield, a'r Gymraes Dorothy Edwards wrth ddefnyddio'r dechneg hon er mwyn caniatáu i gymeriadau gwrywaidd ei straeon ddatguddio eu rhagfarnau a'u ffaeleddau eu hunain.[47] Yr enghraifft fwyaf sinistr yw Josiah Jones, 'Rags-an-Bôns!':

Ond chwysu am ei fod yn dew yr oedd Josiah, oblegid gwnâi ei arian drwy eistedd mewn cadair ledr esmwyth. Nid nad oedd o'n onest, cofier, ond nid gwiw dangos tosturi os am hel dipyn o arian. Fe berchid ac fe ofnid Josiah Jones, y twrne, gan lawer; fe'i dirmygid gan amryw, ac fe'i cerid, efallai, gan

---

[46] Papurau Kate Roberts KR 1(B), 261, Gwilym R. Jones at Kate Roberts, 11 Chwefror 1938.
[47] Katie Gramich, *Twentieth-Century Women's Writing in Wales: Land, Gender, Belonging*, t. 70.

ei wraig, Grace … Wedi ei lenwi ei hun â'r cig, eisteddodd
Josiah Jones yn ôl yn ei gadair i edrych ar ei deulu. Edmygai
o waelod ei galon yr hen batriarchiaid gynt a reolai lwythau
mawrion. Hyd yn hyn yr oedd y plant yn ufuddhau iddo ym
mhob dim – yn ei ŵydd – ac ni allai ddychmygu am amser
pan na phlygent i'w awdurdod. Nid oedd ganddo amynedd
gyda'r rhieni gwan a ildiai i'w plant er mwyn cael llonydd. Ni
roddai goel o gwbl ar y ddadl mai gwell oedd gan y rhieni llac
hyn fod yn gyfeillion i'w plant nac yn elynion. (t. 95 isod)

Cymeriadau comig, truenus yw Fred Lloyd ('Ofer ichwi Foregodi'),
a'r ddau John Morris ('Y Blynyddoedd Canol' a 'Porthi Nwydau').

Y mae cymeriadau ffuglen Kate Roberts yn nodedig am eu
ceidwadaeth emosiynol ac am eu rhywioldeb rhwystredig,[48] tra bod
agwedd agored Jane Ann Jones ynghylch materion rhyweddol yn
debycach ei natur i Kate arall, Kate Bosse-Griffiths. A barnu oddi
wrth ymateb E. Tegla Davies i *Anesmwyth Hoen* (1941) gan Kate
Bosse-Griffiths,[49] y mae'n debyg nad oedd Cymru, na'r beirniaid
chwaith, yn barod am y math o drafod agored ar rywioldeb a gynigiai
Jane Ann Jones a hithau. Yn fwy na heb, bwrw golwg hiraethus yn
ôl ar gyfnod a chenhedlaeth ei mam – 'Arfon ei mytholeg', chwedl
Mihangel Morgan – a wnaeth Kate Roberts,[50] tra bod Jane Ann Jones
wedi mynd ati i daclo materion cyfoes a blaengar yn eofn.

Pererinion
Olrheiniodd Nan Griffiths ddechreuadau diddorol y nofela hon yn
y rhagymadrodd bywgraffyddol. Nofela hunangofiannol yw hi sy'n

---

[48] Francesca Rhydderch, 'Cyrff yn Cyffwrdd: Darlleniadau Erotig o Kate
Roberts', *Taliesin*, 99 (1997), 86–97; Delyth George, 'Kate Roberts –
ffeminst?', passim.

[49] Katie Gramich, *Twentieth-Century Women's Writing in Wales: Land,
Gender, Belonging*, t. 69.

[50] Mihangel Morgan, 'Kate yn y Cwm', yn Hywel Teifi Edwards (gol.), *Cwm
Cynon* (Llandysul, 1997), t. 304.

ymwneud, yn y bôn, â pherthynas Myfanwy â 'G'. Ond y mae hi hefyd yn stori gyfansawdd, sy'n ymwneud ag E. Prosser Rhys gymaint â'r 'G' anhysbys. Dywedodd Myfanwy Davies wrth R. Bryn Williams ei bod wedi cael 'G' allan o'i system erbyn 1944 pan orffennodd y nofela ar ei ffurf bresennol.[51] O ran E. Prosser Rhys, dilysrwydd 'Pererinion' – y 'candid autobiography' chwedl yntau – a apeliai ato, a gwerthfawrogai newydd-deb y weledigaeth yn ogystal â'r cynnwys:

Bydd y cronicl serch hwn yn rhywbeth drud mewn llenyddiaeth Gymraeg. Nid oes dim argoel treio ar dy ddawn, ac yn wahanol i'r mwyafrif ohonom sy'n ymhél a llenydda, y mae gennyt rywbeth real i'w gyflwyno, rhywbeth a darddodd o brofiad personol dwfn.[52]

Heb ei anogaeth gyson ef, tybed a fuasai Myfanwy Davies wedi trafferthu ail-lunio 'Pererinion' o gwbl? Teyrnged iddo ef, felly, ac i'r 'bywyd cyflawn' a arddelai yw 'Pererinion'.

Gwedda cynnwys a themâu'r nofela yn dda i *Storïau Hen Ferch*, ond y mae 'Pererinion' yn waith aeddfetach, cynilach ei naws; 'quieter stuff – something much more reticent', chwedl hithau.[53] Y mae'n fwy myfyrgar a thawel ac ni cheir ynddo'r un ffraethineb miniog â'r straeon byrion. O ran arddull, arbrofodd Jane Ann Jones â strwythur yn 'Pererinion': er bod gan y nofela naratif cyffredinol clir, y mae iddi strwythur argraffiadol sy'n pendilio rhwng y gorffennol a'r presennol, gan ddwyn i gof leoliadau ac ystyried digwyddiadau sy'n llawn arwyddocâd iddi hi a'i chariad. Ystyrir y digwyddiadau hyn o safbwynt y tri phrif gymeriad dienw: y Ferch, y Dyn a'r Wraig.

---

[51] Gweler Nan Griffiths, 'Prosser Rhys a'r Hen Ferch', 100.

[52] E. Prosser Rhys at L. Myfanwy Davies, llythyr diddyddiad (casgliad personol Nan Griffiths). Gweler hefyd, 'Y mae rhyw quality yn dy waith di sy'n gwbl wahanol i waith neb arall o sgrifenwyr Cymru – a hwnnw'n quality go brin a phrid,' (t. xviii isod).

[53] Dyfynnir yn ibid., 101.

Y mae pob pennod yn endid ynddi'i hun ac am y rheswm hwn, wedi i'w hyder yn y cyfanwaith sigo, ystyriodd Jane Ann Jones gyhoeddi'r penodau unigol ar wahân.[54] Ond o'u darllen o'u cwr, ffurfia'r penodau hyn naratif clir, sef 'pererindod' drwy uchafbwyntiau'r berthynas, sy'n caniatáu i'r Ferch weithio trwy ei galar am ei pherthynas â'r Dyn ac am eu plentyn marw. Er mai'r berthynas a'i heffaith ar y Ferch sydd flaenllaw, ni ellir gwahanu'r ddau brofiad. Y mae'r nofela yn agor ag atgofion am y cyfnod melys a dreuliasai'r ddau yn sir Faesyfed cyn geni'r plentyn: 'Yno, yn ystod y misoedd blin y bu'n aros am ei phlentyn, yr oedd wedi profi'r unig ddedwyddwch a ddaethai i'w rhan ar hyd y cyfnod helbulus hwnnw' (t. 3 isod). Ond pan ddaw'r berthynas i ben, y mae'r ergyd yn un ddwbl i'r Ferch, oherwydd wrth alaru am y berthynas â'r Dyn, fe'i gorfodir i ail-fyw ei phrofedigaeth gyntaf:

> Arhosodd y Ferch am beth amser heb symud. Pan fu'n rhaid iddi, chwe blynedd yn gynt, adael ei babi gyda dieithriaid a'i golli wedyn drwy farwolaeth tybiodd y pryd hynny na fedrai ddioddef mwyach, ond dyma ei chalon y funud yma mor friw ag erioed. (t. 11 isod)

Er gwaethaf y tristwch, llwydda'r Ferch i roi'r gorffennol y tu cefn iddi a wyneba'r dyfodol â chryfder newydd tawel. Pwysigrwydd y daith a'r hyn a ddysgir ar y daith yw hanfod 'Pererinion'. Beth, felly, a ddywedir am daith y pererinion hyn?

O safbwynt rhywedd, y mae pererindod y Ferch, y Dyn a'r Wraig yn ddadansoddiad unigryw o berthynas odinebus a'i deinameg. Megis y cyflwr priodasol yn *Storïau Hen Ferch*, trefniant sy'n ffafrio'r dyn yw perthynas o'r fath, ond ni welir unrhyw arlliw o chwaeroliaeth rhwng y Ferch a'r Wraig. Y Dyn yw canolbwynt eu bydysawd ac er nad ydynt erioed wedi cwrdd â'i gilydd, y maent

---

[54] E. Prosser Rhys at L. Myfanwy Davies, llythyr diddyddiad (casgliad personol Nan Griffiths).

ill dwy yn brwydro'n gyson i'w hawlio iddynt hwy eu hunain. Holl nod bywyd y Wraig oedd cysur y Dyn a dyma yw ei chri torcalonnus wrth amau ei ffyddlondeb: 'Ro' i mo'no fo i fyny i neb. Y fi pia fo.' (t. 9 isod). Braidd yn angharedig yw'r disgrifiadau o'r Wraig ganol-oed, ond eto i gyd, addefir mai 'Hyhi, efallai, oedd y mwyaf unig o'r pererinion.' (t. 14 isod). Nid yw ymsonau'r Ferch yn dangos unrhyw gydymdeimlad â'r Wraig ac ni cheir awgrym ychwaith ei bod yn teimlo euogrwydd am y cam a wnaeth â hi. Gofid hunanol yw gofid y Ferch: gofid fod ei hamser gyda'r Dyn mor brin a gofid mwy cyffredinol ynghylch y gwacter ysbrydol a ddaw yn sgil byw i'r funud. Pan ddaw'r berthynas i ben, y Dyn sy'n glanio ar ei draed: 'Dechreuodd wylo pan ganfu na fedrai ei gadw. Pam, o pam, yr oedd yn rhaid i'r ferch bob tro ildio i ddedfryd y dyn?' (t. 11 isod). Fodd bynnag, yn y pen draw, y Dyn sy'n dod allan ohoni waethaf, gan fethu yn ei ymchwil am dawelwch meddwl:

> Yr oedd yntau hefyd yn ceisio tynnu solas o'r syniad fod amser fel hyn i ddod eto. Wrth yrru'r car, edrychodd ar y Ferch yn sgrifennu yn ei ymyl. A oedd ef, tybed, wedi difetha ei bywyd? Ond yr oedd yn rhy hwyr bellach i feddwl am beth felly. A beth am ei Wraig a oedd yn treulio'i gwyliau hefo ffrindiau gant a hanner o filltiroedd oddi wrtho? Cant a hanner o filltiroedd. Cant a hanner o filltiroedd. Ond dyna'r pellter a oedd rhyngddynt yn barhaus er gwaethaf ei hymdrechion hi i nesu ato. 'O Dduw, faint rhagor o fywydau a wyf i'w dinistrio?' (tt. 6–7 isod)

Fodd bynnag, y mae'r Ferch yn benderfynol o beidio â gadael i'r Dyn ddifetha ei bywyd. Newidir hi gan y profiad a daw i adnabod ei hun yn well. Dysga na ellir byw ar atgofion yn unig ac mai trwy wynebu poen y gwastrodir ef ac yr enillir tawelwch meddwl. Ond y wers bwysicaf a ddysga'r Ferch ar hyd y daith yw mai camgymeriad oedd ymddiried ei hapusrwydd personol i unigolyn arall. Hynny yw, pechod i Jane Ann Jones yw byw yn ddirprwyol, a chryfder ei menywod hi, ac yn arbennig y rhai a ormesir, yw eu bod yn goroesi trwy ddibynnu ar eu hadnoddau mewnol eu hunain. Y mae rhai, fel Lydia yn ei nofel *Diwrnod yw ein Bywyd*, yn darganfod gwir ddedwyddwch, ond dygymod yn stoicaidd â'r scfyllfa sydd ohoni a wna'r rhan fwyaf, fel Grace yn y stori 'Rags-an-Bôns!'. Yn wir, y menywod a gosbir yw'r rheini, fel y ddwy chwaer ddibriod yn 'Mab a Roddwyd i Ni' ac Annie yn 'Lol', sy'n gwrthod y cyfleon annisgwyl a gynigir iddynt. Er gwaethaf peth doethinebu sentimental tua'r diwedd, y Ferch yw'r pererin hapusaf a mwyaf cadarnhaol. Fel y dywedodd dyn arall wrth hen ferch arall, pan oedd Pen Llŷn i'w weld yn glir yr ochr arall i Fae Ceredigion, 'nid y cyrraedd sy'n bwysig, ond y daith'. Gobaith y pererinion ar ddiwedd y daith yw edrych yn ôl a 'gwybod diben pob ymdeithio.' (t. 15 isod).

Casgliadau

Yr oedd Myfanwy Davies ei hun yn ddiymhongar iawn ynghylch ei gwaith. Swildod cynhenid y sawl na fanteisiodd ar addysg brifysgol, efallai? O ganlyniad, bu'n rhaid i E. Prosser Rhys ymdrechu'n llew i'w hargyhoeddi i arddel ei gwaith ei hun, fel y gwelir yn y dyfyniad ar dudalen x ynghylch teimlo'n hunanymwybodol fel awdur.[55] Er gwaethaf ei daerineb, mynnodd Myfanwy Davies gyhoeddi dan y ffugenw Jane Ann Jones. Nid oedd yn fodlon chwaith i Evan Thomas, y Wladfa, ddyfynnu ei llythyrau yn *Y Drafod*: 'Da chwi,' meddai ef wrthi, 'peidiwch â bod mor ffôl o ddweud eich bod yn oedi ysgrifennu oherwydd ofni i mi ddodi eich llythyrau yn *Y Drafod*!!!!'[56] Bron nad oedd hi'n ofni'r sylw a ddeuai yn sgil bod yn ffigwr cyhoeddus a hwyrach mai ôl ei magwraeth yn y Mans sydd y tu ôl i'w sylw lleddf wrth R. Bryn Williams ynghylch ei nofela hunangofiannol, 'Pererinion': 'ond a yw'n ddoeth "dangos" eich hun

---

[55] E. Prosser Rhys at L. Myfanwy Davies, 4 Mai 1937 (casgliad personol Nan Griffiths).

[56] LlGC 18220D (Papurau R. Bryn Williams), Evan Thomas at L. Myfanwy Davies, 7 Gorffennaf 1948.

fel hyn?'[57] Ofnai gael ei chollfarnu oherwydd natur ymfflamychol 'Pererinion'. Yr oedd dilysrwydd ac onestrwydd yn ei llenyddiaeth yn bwysig iddi, a golygai hynny ei bod yn ei dinoethi ei hun yn ei straeon, a 'Pererinion' yn enwedig. O gyhoeddi ei henw i'r byd, yr oedd ganddi hi (a 'G' yntau) lawer i'w golli! Ond eto, er gwaethaf ei gwyleidd-dra, ymfalchïai yn ei statws anhysbys fel awdur:

> Onid yw J. D. Powell yn edrych fel yr 'Hunchback of Notre Dame'? Tybed a glywodd ef erioed am Jane Ann Jones? A beth a ddywedai pe gwyddai ei bod yn eistedd yn ei ymyl yn edrych mor sobor ond pan ddigwyddai ddal llygad Dr. Thomas.[58]

Nid yn unig natur bersonol, sensitif ei deunydd crai a barai bryder i Myfanwy Davies. Clwyfwyd hi gan ymateb difrïol beirniaid ac adolygwyr i'w gwaith, ond yn ei ffordd ddihafal ei hun, byddai'n gyrru'r felan ar ffo drwy chwerthin. Gweler ei llythyr at Morris T. Williams ynghylch adolygiad anffafriol 'J. W.':

> Ceisiwch ddychmygu'r poen meddwl y dioddefais wrth ei deipio! Wel, wel, dyna fel y mae hi – rhwng adolygiadau o'r fath a chael fy nghyhuddo o lenladrad, ofnaf y bydd Jane Ann Jones druan yn rhoi i fyny'r ysbryd.[59]

Gallai fod yn hunanfeirniadol iawn hefyd. Soniodd mewn llythyr at Kate Roberts nad oedd 'ddigon o afael' yn ei nofel *Y Bryniau Pell*,[60]

---

[57] L. Myfanwy Davies at R. Bryn Williams, llythyr diddyddiad (casgliad personol Nan Griffiths).

[58] Papurau Kate Roberts KR 3, 3981, L. Myfanwy Davies at E. Prosser Rhys, diddyddiad.

[59] Papurau Kate Roberts KR 3, 3039, L. Myfanwy Davies at Morris T. Williams, 28 Mehefin 1938.

[60] Papurau Kate Roberts KR 1(C), 706, L. Myfanwy Davies at Kate Roberts, 21 Mehefin 1946.

a llugoer oedd ei hymateb i'w nofel (goll) olaf, 'Y Pren Almon'.[61] Hwyrach, felly, fod ei ffugenw yn ei hamddiffyn rhag hyn ac yn gweithredu fel ffin rhyngddi a'r byd? Hwyrach y lleihawyd y loes o wybod mai 'Jane Ann Jones' ac nid 'Louie Myfanwy Davies' oedd gwrthrych eu beirniadaeth?

Ond perthyn gwedd arall i'r ymateb snobyddlyd hwn i'w gwaith, sef enw a statws Kate Roberts. Ar ôl marwolaeth Myfanwy Davies, ysgrifennodd Catherine Parry at Kate Roberts. Soniodd am natur ddiymhongar Myfanwy a dyfynnodd o'i llythyr diwethaf a oedd yn disgrifio ymweliad T. Glynne Davies â hi yn yr ysbyty:

> … 'minnau'n dweud nad oedd Riws mewn rhoi rhywun mor wamal a J.A.J. [Jane Ann Jones] rhwng K.R. [Kate Roberts] a R.D.J. [Rhiannon Davies-Jones].' – stori wir, … nid stori Tylwyth teg! ac felly ymlaen.[62]

Er bod Catherine Parry hithau, o bosibl, yn ceisio plesio Kate Roberts, o ddarllen rhwng y llinellau synhwyrir bod Myfanwy Davies yn teimlo nad oedd Jane Ann Jones yn cyrraedd y nod a osodwyd gan Kate Roberts a Rhiannon Davies Jones. Anffawd Jane Ann Jones, felly, oedd ei bod yn ysgrifennu gweithiau a ystyrid yn boblogaidd yn hytrach nag yn llenyddol, a'i bod hefyd yn fenyw a oedd yn llenydda ar yr un adeg â menyw arall. Nid Jane Ann Jones oedd yr unig un i deimlo 'pryder dylanwad' ynghylch Kate Roberts. Fe'i rhoddwyd hi ar bedestl gan feirniaid megis D. J. Williams a Saunders Lewis ac fe amddiffynnent ei henw da yn ffyrnig. Ond y mae lle i gredu ei bod hi ei hun hefyd yn eiddigeddus iawn o'i statws fel 'brenhines ein llên'.

---

[61] 'Dim syniad a oes unrhyw werth ynddi – fel arfer yn teimlo y gallwn sgrifennu'r nesaf yn well', Papurau Kate Roberts KR 1(I), 1570, L. Myfanwy Davies at Kate Roberts, [18 Ionawr 1968].

[62] Papurau Kate Roberts KR 1(I), 1572, Catherine Parry at Kate Roberts, 1 Chwefror 1968. Gweler hefyd ei sylwadau hunanfychanol yn Papurau Kate Roberts KR 3, 3978A, L. Myfanwy Davies at E. Prosser Rhys, 26 Mai 1942.

Fel y dangosodd Nan Griffiths, nid oedd Myfanwy Davies yn naïf ynghylch ymarweddiad Kate Roberts tuag ati, ac yr oedd eraill yn feirniadol ohoni am fod mor llym ar fenywod llengar eraill a feiddiai 'herio ei gorsedd hi'.[63] Sonia Mihangel Morgan am ymddygiad oeraidd Kate Roberts tuag at ddwy ffrind lengar, Betty Eynon Davies a Margaret Price, yn ystod ei chyfnod yn Aberdâr.[64] Rhoes Elena Puw Morgan y gorau i lenydda cyn iddi droi'n ddeugain oed, er gwaethaf llwyddiant ei nofelau, *Nansi Lovell* (1933), *Y Wisg Sidan* (1939) ac *Y Graith* (1943). Y mae'n debyg mai amgylchiadau domestig a oedd wrth wraidd ei phenderfyniad, ond fel awdur benywaidd, gweithiai dan gysgod Kate Roberts a chawsai ei chymharu'n anffafriol â hi.[65] Fel Myfanwy Davies, ni chafodd Elena Puw Morgan addysg academaidd ffurfiol chwaith. Daeth Winnie Parry, Moelona a Dilys Cadwaladr o dan lach Kate Roberts.[66] Cafodd Winnie Parry drafferthion â hi wrth drafod y posibiliad o ailgyhoeddi *Sioned* gan Wasg Gee.[67] Ymhellach, fel Jane Ann Jones, ni fu'r beirniaid a addolai Kate Roberts yn garedig wrth Dilys Cadwaladr ychwaith:

> Un o bobl yr ymylon oedd hi ac fel un neu ddwy arall o ferched llengar ei chyfnod daeth o dan lach carfan o feirniaid. Cofiaf iddi sibrwd yn fy nghlust unwaith o ganol llwyfan yr Eisteddfod Genedlaethol,

---

[63] Dyfynnir yn Nan Griffiths, 'Prosser Rhys a'r Hen Ferch', 90.

[64] Mihangel Morgan, 'Kate yn y Cwm', tt. 285–308.

[65] Gweler John Rowlands, 'The novel', yn Dafydd Johnston (gol.), *A guide to Welsh literature c.1900–1996*, t. 171.

[66] Dyfynnir sylwadau cas Kate Roberts ynghylch Winnie Parry a Moelona gan Katie Gramich, *Twentieth-Century Women's Writing in Wales*, t. 16. Dyfynnir talpiau o adolygiad anffafriol Kate Roberts o waith Dilys Cadwaladr yn Eigra Lewis Roberts (gol.), *Merch yr Oriau Mawr: Dilys Cadwaladr (Mawrth 1902–Ionawr 1979)* (Caernarfon, 1981), t. 27.

[67] Gweler Robert Palmer Parry, 'Astudiaeth o Addysg, Bywyd a Gwaith Sarah Winifred Parry ("Winnie Parry")', tt. 6–7, 92–6, 109–10. Hoffwn ddiolch i Siwan M. Rosser am dynnu fy sylw at yr ymrafael hwn rhwng Winnie Parry a Kate Roberts.

'Pan fydd hwn-a-hwn farw, fe fydda' inna' yn tynnu fy
ngwaith allan o'r drôr.'[68]

Y mae'n debyg mai Kate Roberts a oedd ganddi hi mewn golwg pan
sibrydodd yng nghlust Rhiannon Davies Jones uchod.[69]

Dadleuodd Virginia Woolf yn *A Room of One's Own* (1929) fod
dirfawr angen ar awduron benywaidd i wybod am y traddodiad
benywaidd cryf a oedd yn gefn iddynt. Ond dengys hanes Jane Ann
Jones (ac eraill) nad yw mamau llenyddol wastad yn ymddwyn yn
famol ac, yn wir, dynion oedd mentoriaid caredicaf Jane Ann Jones:
E. Prosser Rhys a T. Glynne Davies. T. Glynne Davies fu'n gyfrifol
am hybu ei gyrfa gyda'r BBC. Recordiodd gydag ef sgwrs radio ar
ddychymyg mewn llenyddiaeth,[70] ac ymwelodd ef â hi yn yr ysbyty
yn ystod ei salwch olaf.[71] Gresyn i Jane Ann Jones golli cefnogaeth
E. Prosser Rhys. Beth bynnag oedd natur eu perthynas, bu'n fentor
ysgogol ac yn ffrind caredig iddi. Gwerthfawrogai newydd-deb a
gwreiddioldeb ei gwaith, a hynny heb arlliw o snobyddiaeth lenyddol.
A diau y byddai wrth ei fodd fod 'Pererinion', o'r diwedd, yn gweld
golau ddydd:

O'i chyhoeddi yn Gymraeg fe rydd y nofel hon sioc fawr,
ond eto, pe'i cyhoeddid yn Saesneg ni faliai neb, hyd yn
oed y Cymry darllengar. Rhaid i ni ddod allan o'r mwrllwch
afiach hwn a gall 'Pererinion' wneud rhywbeth at hynny, fel
y gwnaeth *Storiâu Hen Ferch* o'r blaen. Dylaswn fod wedi
argraffu 2,000 yn lle 1,000 o *Storiâu Hen Ferch* – byddent

---

[68] Eigra Lewis Roberts (gol.), *Merch yr Oriau Mawr: Dilys Cadwaladr
(Mawrth 1902–Ionawr 1979)*, t. 65.
[69] Gweler Nan Griffiths, 'Prosser Rhys a'r Hen Ferch', 90.
[70] Adroddir hanes y recordio gan Myfanwy Davies mewn llythyr at Kate
Roberts: Papurau Kate Roberts KR 1(I), 1570, L. Myfanwy Davies at Kate
Roberts, [18 Ionawr 1968]. Gweler hefyd Kate Roberts, 'Marw awdures',
Baner ac Amserau Cymru (1 Chwefror 1968), t. 4.
[71] Papurau Kate Roberts KR 1(I), 1572, Catherine Parry at Kate Roberts, 1
Chwefror 1968.

wedi gwerthu fel tân wyllt yn awr. A rhaid cael ailargraffiad rhywdro ond yn y cyfamser 'Pererinion'.[72]

Bellach y mae'r parchedig ofn a fwynhâi Kate Roberts wedi treio a chloriannwyd ei gwaith gan genhedlaeth newydd o feirniaid, a beirniaid ffeministaidd yn arbennig: Jane Aaron, Delyth George, Katie Gramich a Francesca Rhydderch. Y mae hybu ailasesu beirniadol o'r fath yn rhan o fandad Clasuron Honno. O gyhoeddi 'Pererinion' ac ailgyhoeddi *Storïau Hen Ferch*, daeth cyfle i ystyried cyfraniad Jane Ann Jones o'r newydd. Daeth cyfle hefyd i ailystyried tirlun rhyddiaith Gymraeg yr ugeinfed ganrif ac i herio unbeniaeth Kate Roberts ar y menywod. Yn ôl Rhiannon Davies Jones, yr oedd yr awdures a adwaenir fel Jane Ann Jones 'yn un o garfan o ferched, arloeswyr y tri a'r pedwardegau a roes eu sensitifrwydd yn waddol i genhedlaeth iau'.[73] Ond yn ei theyrnged iddi, ychydig iawn o sylw a roddodd Kate Roberts i weithgarwch llenyddol Myfanwy Davies, a chanolbwyntiodd yn lle hynny ar rinweddau ei phersonoliaeth: ei synnwyr digrifwch, ei chymwynasgarwch, ei haelioni wrth eraill, a'i dewrder yn wyneb salwch ac unigrwydd.[74] Y mae'r deyrnged grintachlyd hon yn ddadlennol, ac esbonnir y bwlch amlwg hwn gan sylw ymddangosiadol ddi-nod o'i heiddo: 'Y mae'n chwith iawn gennyf ei cholli o'm bywyd. Fe ddysgodd lawer imi.'[75] O ystyried y sylw a roes Kate Roberts i hunanadnabyddiaeth, cymhlethdodau ymwneud pobl â'i gilydd, ac i fywyd mewnol, emosiynol ei chymeriadau mewn gweithiau diweddarach megis *Stryd y Glep* (1949), *Y Byw Sy'n Cysgu* (1956) a *Tywyll Heno* (1962), tybed ai dyma a ddysgodd Jane Ann Jones i 'frenhines ein llên'?

Cathryn A. Charnell-White, Llanilar

---

[72] E. Prosser Rhys at L. Myfanwy Davies, Chwefror 1943 (casgliad personol Nan Griffiths).
[73] Gw. rhagymadrodd Nan Griffiths, uchod, t. xv.
[74] Kate Roberts, 'Marw awdures', t. 4.
[75] Ibid.

PERERINION

1.

'I ble'r awn ni nesa, dywed?

Yr oedd y Ferch yn hollol fodlon ar y byd bach yr oeddynt ynddo'n awr. Gwlad o hud a lledrith ydoedd ac yn bell iawn o'u cynefin bro.

Yma, nid oedd y trigolion nac yn Gymry nac yn Saeson a'u dull hamddenol o fyw eisoes wedi esmwytháu peth ar eu blinderau. Er i'r naill geisio celu rhag y llall ofnau'r galon, yr oedd y rheini'n ddigon amlwg i'r ddau. Onid oedd y Dyn neithiwr wedi cymryd arno mai picio allan yr oedd i nôl baco a'r Ferch yn gwybod mai i'r Post yr oedd yn myned i anfon cerdyn i'w Wraig?

Am fisoedd lawer bu'r ddau yn cynllunio'r daith hon, a'r Ferch a bennodd eu bod yn cychwyn yn Sir Faesyfed. Cawsant dario yn y fro honno un Hydref chwe blynedd yn ôl ac er na fuont yno ond tridiau, dyfnhau o hyd oedd yr atgof amdanynt yng nghalon y Ferch. Yno, yn ystod y misoedd blin y bu'n aros am ei phlentyn, yr oedd wedi profi'r unig ddedwyddwch a ddaethai i'w rhan ar hyd y cyfnod helbulus hwnnw. Methasant y tro hwn â chael lletty yn y gwesty unig ar lan yr afon; ond cawsant yno bryd o fwyd, a'r Ferch gyfle i benlinio ar fainc i edrych unwaith eto drwy'r ffenestr i'r ystafell lle y bu hi'n gwau ac yntau'n darllen gyda'r hwyr yr Hydref hwnnw, yn union fel pe bai ganddynt flwyddyn ar ôl blwyddyn tawel i'w mwynhau gyda'i gilydd.

Yn yr ardd honno, a hithau â'i llaw yn ei law, y sibrydodd ef:

'Does 'na ddim ffasiwn beth ag Amser, 'nghariad i.'

Doe, cerddasant eto i ben draw'r ardd lle y llifai'r afon.

Hyhi a ddwedodd y tro hwn, 'Does 'na ddim ffasiwn beth ag Amser.'

A phoen ac amheuon y chwe blynedd olaf yn diflannu gyda sŵn ei geiriau.

Wrth groesi'r lawnt, cofiodd y Ferch am y modd y daeth y gwestywr, a hithau'n eistedd ar fainc, â darn o bren i ddodi dan ei thraed rhag i farrug y bore beri niwed iddi.

'Ys gwn i lle y mae o rŵan?' ebe hi.

'Mi hola i pan a' i i dalu. Waeth imi fynd yrŵan o ran hynny.'

Wrth aros amdano yn y car dychmygai'r Ferch mai iddynt hwy yn unig y crëwyd y gwesty hwn; mai amdanynt hwy y bu'n aros ar hyd y blynyddoedd.

Cychwynnodd ef y car.

'Wel, mae'r hen greadur wedi mynd ffordd yr holl ddaear.'

'Be? Dydi o ddim wedi marw?'

'Ydi, ers blwyddyn. Yr oedd *cancer* arno.'

Ceisiodd y Ferch gael un golwg arall ar y tŷ a'r ardd. Felly, yr oedd dramâu eraill wedi eu hactio yma a thristaodd wrth feddwl am yr act olaf yn hanes y gwestywr caredig.

Cnociodd y Dyn ei getyn.

'Dwyt ti byth wedi ateb fy nghwestiwn i,' meddai ef.

Gwenodd yn edifeiriol arno.

'Wyddost ti, mi rydw i'n teimlo fel pe bawn am gofio am byth bob munud o'r dyddiau hyn. Wnei di addo y cofi dithau am byth glychau eglwys Kington yn canu heno, ninnau yn Llanfair Waterdine ddoe a...'

'Hei, howld on, mi rwyt ti'n dechrau mynd yn sentimental. Tyrd yn dy flaen i'th wely, 'r hen chwaer. Mi wela i na cha i fawr o sens gennyt heno.'

2.

'A dyma wlad newydd sbon eto,' ebe'r Ferch gan edrych o'i chwmpas.

Oddi tanynt yr oedd holl fro Ceredigion ac afon Teifi fel llinyn arian drwy'r tir.

'Be ddeudodd y bachgen 'na oedd enw'r bryn 'ma?' holodd hi.

'Pen y Bannau, rwy'n credu. Tyrd, mi gawn orffwys yn nes ymlaen.'

Dringodd y ddau fraich ym mraich.

'Wyt ti'n hapus, mêt bach?'

'Oes isio iti ofyn?'

'Os ca i fyw i fod yn gant,' meddyliodd y Ferch, 'fedra i byth fod yn hapusach nag yr ydw i yrŵan. Ai ystad o feddwl ydi o, wedi'r cwbl? A pham na fedra i fod fel hyn o hyd?'

Edrychodd ar ei wyneb ef a rhoes ochenaid fach. Oedd, yr oedd ei hapusrwydd yn gwbl ddibynnu ar gael bod yn ei gwmni ef. O Dduw, yr oedd yn gofyn cyn lleied... Dim ond cael bod gyda hwn.

Clywodd ef yr ochenaid.

'Be haru ti, was? Wedi blino?'

Gwenodd arno. Nid dyma'r amser i godi'r hen broblemau.

'Tyrd, gwna dy hun yn gyfforddus. Mi gawn orffwys am awr o leiaf.' A thynnodd allan ei getyn.

Edrychodd y Ferch tua'r dyffryn islaw.

'Pwy fase'n meddwl bod Ystrad Fflur mor hardd!'

Yn hollol annisgwyliadwy y daethant ar draws Ystrad Fflur.

Gweld enw Pontrhydfendigaid ar fynegbost a barodd iddo ef arafu'r car.

'Pontrhydfendigaid,' darllenodd ef yn araf.

'Diaist i!' meddai wedyn, 'mae'n rhaid fod Ystrad Fflur yn ymyl. Hoffet ti weld y lle?'

Hyd yn hyn, enw swynol ar fap oedd Ystrad Fflur iddi hi.

Yr oedd y funud yma yn cofio fel y daeth ar draws yr enw ar fap yn un o lyfrau Cymraeg yr ysgol.

A'r ddau yn cerdded ar hyd y lôn, ceisio cofio yr oedd ef linellau Hedd Wyn i'r lle.

'Daria, maen nhw ar flaen fy nhafod i hefyd – rhywbeth am "gnwd o fwsog melfed".'

Ond ni fedrai hi ei helpu. Ni wyddai ef na hithau bryd hynny eiriau hyfryd Gwynn Jones:

Pan rodiwyf ddaear Ystrad Fflur,

O'm dolur ymdawelaf.

Eithr yr oedd amser i ddod pan fyddai'r cof iddynt sefyll ennyd yn
y fan hon megis balm i'w hysbryd.

A deuddeng Abad yn y gro

Yn huno yno'n dawel.

Yn ymyl un o feddau'r rhain yr oedd hi wedi penlinio. Yno,
yn heulwen y prynhawn, y daeth y sicrwydd iddi nad oedd angen
pryderu byth mwy.

Yr oedd cariad yn dragwyddol a phopeth er daioni. 'O Dduw,'
gweddïodd, 'gad imi gofio hyn am byth.'

Eithr yr oedd mor wan ei ffydd fel yr wylodd y noson honno yn
ei freichiau.

'O! be wna i? Be wna i? Fedra i ddim byw hebot.'

Ceisiodd ef ei thawelu.

'Treia fod yn ddiolchgar, 'nghalon i, am yr hyn yr ydyn ni'n 'i
gael.'

Ond nid oedd cysur iddi yn ei eiriau. Cwsg yn unig a leddfodd y
boen.

3.

'Rhaid inni ddŵad y ffordd hyn eto,' cbe'r Ferch.

Yr oedd y ddau wedi dotio at lan môr Sir Benfro.

'Trefdraeth,' sgrifennodd hi yn sigledig yn ei dyddlyfr wrth iddynt
fyned heibio i'r lle bach hyfryd hwnnw.

'Yma y down ni,' meddai hi. ''Tase ni ddim ond yn cael gweld ein
gilydd am wythnos bob blwyddyn byddai bywyd yn werth ei fyw.'

Yr oedd yntau hefyd yn ceisio tynnu solas o'r syniad fod amser fel
hyn i ddod eto. Wrth yrru'r car, edrychodd ar y Ferch yn sgrifennu
yn ei ymyl. A oedd ef, tybed, wedi difetha ei bywyd? Ond yr oedd
yn rhy hwyr bellach i feddwl am beth felly. A beth am ei Wraig a
oedd yn treulio'i gwyliau hefo ffrindiau gant a hanner o filltiroedd
oddi wrtho? Cant a hanner o filltiroedd. Cant a hanner o filltiroedd.
Ond dyna'r pellter a oedd rhyngddynt yn barhaus er gwaethaf ei

hymdrechion hi i nesu ato. 'O Dduw, faint rhagor o fywydau a wyf i'w dinistrio?'

'Be haru ti? Mi rwyt yn edrych yn sobor. Isio diod sydd arnat?'

'Y thydi yn fwy tebyg sydd isio te. Mi chwiliwn ni am rywle yrŵan.'

Uwchben eu te, meddai ef:

'Gan ein bod ni yn y rhan yma o'r wlad, beth feddyliet ti pe baem yn galw yn Nhyddewi? Fûm i 'rioed yno o'r blaen, ac y maen nhw'n deud y dylai pob Cymro fynd yno o leia unwaith yn ei oes.'

Yr oedd hi yn hollol fodlon. Cael bod gydag ef yn rhywle oedd ei nefoedd hi.

Fel y miloedd pererinion o'u blaen aeth rhyw ias drwyddynt wrth ganfod yn sydyn yr hen adeilad hardd. Ni fynnent neb i'w harwain ac efallai iddynt felly golli llawer o wybodaeth werthfawr, ond cawsant rywbeth arall na chollasant fyth.

'Edrych i fyny,' sibrydodd ef.

Rhyfeddodd y ddau at fireingwaith y nenfwd a synasant hefyd at harddwch y ffenestri lliw.

Yng nghapel Dewi Sant yr oedd offeiriad ifanc yn penlinio.

Safodd y ddau i wylio arno.

'Ydi o…,' dechreuodd y Ferch.

'Sh!' meddai'r Dyn gan ei thynnu ymaith.

Yn y car mynnai hi mai peth hollol allanol oedd addoli fel yna.

Nid oedd ef mor siŵr.

'Doedd o ddim ond ifanc,' aeth hi ymlaen. 'Wyt ti'n meddwl 'i fod o'n iawn iddo ymwadu â holl bleserau bywyd? Yr ydan ni yma i fyw.'

'Wyddom ni ddim o'i hanes, wel' di, ond mi fedrwn gymryd fy llw bod hwnyna'n onest. Welaist ti mor llwyd oedd 'i wedd o? Fedri di ddim edrych fel yna heb dy fod wedi bod yn ymgodymu â rhywbeth mawr.'

'Ond wyt ti ddim yn meddwl 'i fod o'n bechod i droi cefn ar fywyd?'

'Ond beth ydi bywyd, 'nghariad i? Dwn i ddim. Yn unig mi wn mai gyda thi yr ydw i'n teimlo mod i'n fyw, ond hwyrach mai rhyw ddiffyg yno' i sy'n peri nad yw bywyd wastad yn beth real imi. Mae 'na'r fath beth â bywyd yr ysbryd, wyddost.'

Gwingodd, fel erioed, wrth ei glywed yn sôn am fywyd yr ysbryd.

Fel y cyflymai'r car ar hyd y ffordd fawr, daeth syrthni drosti a chafodd gryn drafferth i gadw'n effro, ond wedi cyrraedd y gwesty ac arogli'r bwyd da bywiogodd y ddau.

Uwchben eu gwin, meddai hi:

'Wyt ti ddim yn falch dy fod yn cael mwynhau y rhain?'

Cododd ei wydr ac yr oedd ei wên yn ateb digonol.

'Mi rydw i'n credu 'i fod o'n bechod i beidio â mwynhau popeth mewn bywyd.' Tra'n llefaru daeth wyneb yr offeiriad o flaen ei llygaid.

'Pa fwynhad y mae'r offeiriad 'na yn 'i gael drwy ymwadu ac addoli?'

'Dyna'r unig ffordd y mae o'n cael mwynhad, mae'n debyg.'

'O'r argien!' meddai hi, a throdd y sgwrs.

Yn y gwely'r noson honno a hithau'n gosod ei hun i gysgu yn ei ymyl gwelodd eto yn y foment honno rhwng cwsg ac effro yr wyneb llwyd.

Aeth ias drwy ei chorff a symudodd yn nes ato ef. Fe deimlodd yntau hi'n symud a throdd y ddau at ei gilydd. Yr oedd yntau hefyd yn ceisio dianc rhag yr wyneb llwyd.

4.

'Ydach chi byth yn barod?'

'Cychwynnwch chi ill dwy. Mi fydda i ar eich ôl chi'n union,' galwodd y Wraig ar ei ffrindiau a oedd yn aros amdani ar waelod y grisiau.

'O'r gore 'te. Mi wyddoch lle i'n cael ni – ar y pier.'

Clywodd ddrws ffrynt y tŷ lojin yn cau ar eu hôl. Er na wyddent hwy mo hynny yr oedd yn hollol barod i gychwyn ac eisteddodd wrth ffenestr yr ystafell wely i wylio'r postman. Fel rheol, yr oedd post y prynhawn yn cyrraedd tua phedwar, a heddiw yr oeddynt wedi penderfynu cael te yn y *café* newydd ar y pier. Rhaid iddi gychwyn, rhaid yn wir. Byddai'n ôl ym mhen awr neu ddwy a gallai aros hyd hynny, siawns, am lythyr neu gerdyn oddi wrth y gŵr a briododd ddeunaw mlynedd yn ôl. Eto, oedodd. Cododd i edrych arni ei hun yn y drych. Gwelodd yno wraig heb fod yn ifanc nac yn hen.

'Mae'n debyg mai canol oed ydw i,' meddai wrthi ei hun.

'A dyma be ydi bod yn ganol oed,' meddai wedyn, wrth graffu ar ei llun. Nid oedd bellach gymaint o liw yn ei gwallt na'i gruddiau ac yr oedd rhychau bach, bach i'w canfod yn ymyl ei llygaid.

'Ond o bell…,' meddai a symudodd gam yn ôl. Na, nid oedd fawr o'i le arni wrth edrych arni ei hun o'r fan hon. Ni bu iddi blant ac yr oedd wedi llwyddo i gadw ei siâp.

Yn rhyfedd iawn, ni fu arni erioed eisiau plant, nac yntau ychwaith, yn ôl yr hyn a ddywedai. Ond pe buasai ganddynt blant ni fuasent yn awr yn treulio eu gwyliau ar wahân. Am foment, gwelai'r Dyn yn diogi ar *deck chair*, papur newydd yn cuddio'i wyneb a hithau'n codi troed crwtyn bach brown i'w sychu â thywel… O Dduw, lle'r oedd hi wedi methu? Holl nod ei bywyd oedd ei gysur ef, ond yr oedd o hyd yn mynd yn bellach oddi wrthi.

Yr oedd un rhan ohoni yn ceisio dychmygu amdano'r dyddiau hyn yn crwydro'n llawen yng nghwmni dynion eraill, ond yr oedd rhyw lais annifyr yng ngwaelod ei chalon yn holi, holi'n barhaus.

'O, be wna i, be wna i os mai hefo rhyw ferch arall y mae o? Ro' i mo'no fo i fyny i neb. Y fi pia fo.' A daeth dagrau i'w llygaid.

'Rhaid imi beidio â chrio chwaith ar yr awr yma o'r dydd,' a cheisiodd wenu ar y llun yn y drych. 'Dyna welliant,' meddai, ac wrth ei chlywed yn tripio i lawr y grisiau pan glywodd sŵn y postman ni freuddwydiai neb nad oedd hi yn wraig briod hollol ddedwydd.

Lled agorwyd drws y gegin.

'Mae popeth yn iawn, Mrs Jarvis. Un i mi odd 'na. Mi rydw i ar 'i hôl hi braidd.'

'Daria post y pnawn,' meddai dan ei hanadl. Ond dyma beth oedd i'w ddisgwyl ac yntau gant a hanner o filltiroedd oddi wrthi; cant a hanner o filltiroedd…

Rhwygodd ymylon y *letter card*. ('Pam, ys gwn i, y mae o mor hoff o'r hen *letter-cards* gwirion 'ma? Mi fase'n well o lawer gyna i gael cerdyn â llun yn lle mae o ynddo na rhyw rith o lythyr fel hyn.')

Wedi'r cwbl, nid oedd fawr o ddiben mewn aros amdano. Rhyw air neu ddau am y tywydd; yr oedd ef a'i ffrindiau wedi dod ar draws aml i le tlws yn Sir Faesyfed, braidd yn rhy ddistaw iddi hi, efallai.

('Sut y gŵyr o? Does arno fo ddim isio treio fy nabod i.')

Gobeithiai ei bod yn ei mwynhau ei hun; yr oedd, fel arfer, yn anfon ei gofion.

Cofion. Cofion. Cofion. Cerddodd at lan y môr yn sŵn y ddeusill yna, a rhywfodd daeth y sŵn â chysur iddi. Onid oedd y *letter card* diramant yn brawf ei fod o leiaf yn cofio amdani?

5.

'Fedra i ddim dal ati fel hyn. Y mae'n rhaid inni roi gora i'n gilydd,' ebe'r Dyn.

Er i'r Ferch ei glywed yn llefaru'r un geiriau droeon o'r blaen aethai'r ddedfryd fel saeth drwy ei chalon. Hawdd gweld ei fod o ddifrif. Yr oedd ôl poen meddwl ar ei wynepryd a sŵn blinder yn ei lais.

'Paid â phoeni gymaint,' anogodd hi. 'Gad lonydd i bethau.'

'Y mae dyn, wel' di yn apt o adael i bethau gymryd eu cwrs am flynyddoedd ond y mae adeg yn dod pan mae'n rhaid iddo fo ddewis.'

'Ac yr wyt yn dewis fy ngadael i?'

Edrychodd y ddau ar ei gilydd yng ngolau'r lloer. Yr oedd sŵn Hydref yn y gwynt, a chlosiodd y Ferch yn nes ato.

'Na, paid â gwneud pethau'n fwy anodd, mêt bach. Cofia, os bydd hi'n ddrwg arnat ti, mi fydd hi'n llawn mor ddrwg, os nad gwaeth, arna i. Rhyw fywyd o actio'n barhaus fydd hi. Wnei di dreio fy helpu?'

Nid atebodd. 'Pam raid i mi actio yrŵan,' meddyliai. 'Does arna i ddim isio rhoi gora iddo fo a pham raid i mi gymryd arna' mod i'n barod i ymwadu er mwyn rhywbeth, er mwyn rhywun, Duw a ŵyr beth.'

Dechreuodd wylo pan ganfu na fedrai ei gadw. Pam, o pam, yr oedd yn rhaid i'r ferch bob tro ildio i ddedfryd y dyn?

'Paid â chrio, 'nghalon i. Mi fydda i'n meddwl amdanat yn barhaus. Cofia hynny, a threia fod yn wrol.'

Tybiodd am foment y buasai ei dagrau yn ei gadw yn ei hymyl am ysbaid ond sibrydodd, 'Nos da, a bendith arnat.' Ac ymaith ag ef.

Arhosodd y Ferch am beth amser heb symud. Pan fu'n rhaid iddi, chwe blynedd yn gynt, adael ei babi gyda dieithriaid a'i golli wedyn drwy farwolaeth tybiodd y pryd hynny na fedrai ddioddef mwyach, ond dyma ei chalon y funud yma mor friw ag erioed. Onid oedd rhyw feddyginiaeth rhag y fath ddyrnodau? Yr oedd yn barod i gydnabod iddi'n aml brofi llawenydd hyd yr eithaf ond bellach nid oedd ganddi ddim na neb i fyw erddo. Mor braf a fuasai cael mynd i gysgu heno heb orfod deffro mwyach! Ond yn ôl pob argoel yr oedd ganddi flwyddyn ar ôl blwyddyn o ddiffeithwch i'w treulio, heb obaith na chân yn ei chalon. Os mai rhodd i ddyn oedd bywyd yr oedd yn hollol barod i'w hepgor. Pa werth oedd mewn byw a'r gorau yn y gorffennol?

6.

Ceisiodd y Ferch drwy bob moddion yn ei gallu i drechu'r loes yn ei chalon; trwy waith; trwy geisio anwybyddu lluniau a lleisiau'r gorffennol; dro arall drwy gofleidio holl wynfyd a gwae y dyddiau a fu. Eithr ni thyciai ddim. I'r byd dangosai wyneb eithaf siriol ac yr oedd ganddi ateb parod i bawb a'i holai ond oddi tanodd nid oedd ond hiraeth dwys a rhyw deimlad diffrwyth drwyddi oll. Ceisiai gofio'r cwbl a gafodd pan nad oedd dim ar goll, ond O! ond O! nid digon yn awr oedd cofio'r llawenydd a fu. Paham na châi eto'r ymdeimlad ei bod yn fyw; unwaith eto fwynhau'r sicrwydd a brofodd yn Ystrad Fflur fod bywyd o'i phlaid a phopeth er daioni?

Synnai droeon fod y pigyn yn ei chalon yn gallu para cyhyd.

Rhy esmwyth oedd geiriau'r ffilosoffyddion fod amser yn lliniaru pob poen.

'Wel, os nad oes dim arall yn digwydd mi rydw i'n mynd yn hŷn bob dydd,' meddai wrthi ei hun. 'A dyna be sy arna i isio – cael gwared â'r blynyddoedd orau galla i.' Gwyddai fod rhywbeth annheilwng yn ei hagwedd tuag at fywyd ond, yn ei byw, ni allai deimlo'r un blas at ddarllen, at ymgomio, at drin manion ei bywyd beunyddiol.

Un haf daeth awydd drosti i fyned ei hunan i wlad y Gororau.

Nid oedd yn ddigon dewr i gerdded eto'r hen lwybrau ond aml i dro, wrth grwydro drwy Sir Amwythig, cafodd ei hun yn agos iawn i'r broydd lle y buont gynt mor hapus, a synnodd braidd nad oedd gweld enw cynefin ar fynegbost yn peri mwy o boen iddi. 'Hwyrach mod i ar fai yn ffoi; mai gadael i'r gorffennol ddod yn rhan o'r presennol y dylwn.' Gwelodd mai'r gorffennol, er da neu ddrwg, a'i gwnaeth yr hyn ydoedd.

Wrth sefyll ar bont Llwydlo a syllu i'r afon islaw cofiodd fel y dywedasant ill dau yn eu tro: 'Does 'na ddim ffasiwn beth ag Amser.'

Ac, yn wir, pan allai fforddio i aros yn llonydd, gwyddai fod y pethau a ddigwyddodd ddeng mlynedd yn ôl mor fyw yn ei chalon â helynt ddoe.

Yr oedd y gorffennol yn ei thynnu, ei thynnu'n barhaus a hithau fel pe'n cael ei gorfodi i edrych yn ôl, er bod pob dydd o'r daith unig hon yn llawn diddordeb. Hoffai wylio pawb a'i pasiai ac wrth sylwi ar wedd ambell un bron na chlywai lais y Dyn yn sibrwd: 'Pawb a'i groes ydi hi yn yr hen fyd 'ma, wel' di.'

A lle'r oedd o yn awr, tybed? O diar, rhaid iddi beidio â dechrau meddwl amdano eto, ond beth a roesai am gael ei glywed hyd yn oed yn fflamio'i ddannedd gosod? Gwenodd pan ganfu bod modd hiraethu hyd yn oed ar ôl dannedd gosod rhywun annwyl.

Yr oedd yn dda cael seibiant fel hyn er ceisio gwneud trefn ar ei bywyd. Yr oedd bellach wedi gweld y ffolineb o ddibynnu ar arall am hapusrwydd fel y gwnaethai hi gyda'r Dyn. Digon hawdd oedd taeru yn y gorffennol nad oedd modd caru heb ddibynnu ond gwyddai'n awr na fedrai undyn na charu na byw yn iawn heb ddysgu'n gyntaf fod yn ffrindiau ag ef ei hun. Unig yw pob un, a pha mor bell neu mor aml y ceisiai dyn ffoi oddi wrtho'i hun, yn ôl yr oedd yn rhaid dod at yr hunan hwnnw os am dawelwch meddwl.

Tawelwch meddwl! Dyna ei chais bellach ac, ⟨
bu'n rhy ddiwyd yn ei hymchwil. Megis cawod ⟩
harddwch mewn diffaith dir.

7.

Bu'r Dyn a'r Wraig hefyd am wyliau gyda'i gilydd yr haf hwnnw,
eithr yr oedd y naill a'r llall yn falch o gael troi tuag adref. Nid nad
oeddynt wedi eu mwynhau eu hunain ond efallai iddo ef a hithau
ymdrechu yn rhy galed i fod yn foesgar.

'Lle gawn ni fynd heddiw?' gofynnai ef.

'O, i rywle leiciwch chi fynd,' atebai hithau, a'r un o'r ddau yn
siŵr a oedd yn plesio'r llall.

'Wel,' ebe'r Dyn wrtho'i hun, gan fynd allan ar ôl tamaid i weld sut
lun a oedd ar yr ardd gefn, 'mi wyddwn o'r gore mai bywyd o actio a
gawn.' Yr oedd digon i'w wneud yn yr ardd ond nid oedd hynny yn ei
ddigalonni. Yr oedd yn haws o lawer actio'r gŵr dedwydd o gwmpas
y tŷ a'r ardd na phan yn eistedd yn ymyl ei wraig ar sêt haearn am
awr bwygilydd. Peidio â meddwl o gwbl am y gorffennol oedd ei
feddyginiaeth ef, ond er iddo lwyddo'n o dda ni fedrai byth fod yn
siŵr pryd y deuai rhyw lun o flaen ei lygaid i brofi bod pob tric, pob
smic o eiddo'r Ferch o hyd yn ei galon.

Nid oedd yn awr yn gofyn y cwestiynau mawr: Beth yw byw? Beth
yw marw? A pha ddiben sydd mewn dioddef? Yr oedd wedi dewis
ei ran a digon bellach oedd byw o ddydd i ddydd. Yr oedd wedi talu
pris uchel am fwyniant y gorffennol a rhaid yn awr oedd talu am
dawelwch meddwl. Tawelwch meddwl? Ai hwnnw oedd y wobr a
geisiai pob dyn? Diffoddodd ei getyn ac aeth ati i chwynnu.

Wrth ei weld yn rhoddi ei getyn yn ei boced gwenodd y Wraig
wrth edrych arno drwy ffenestr yr ystafell wely. Gwyddai mai allan
y byddai yrŵan hyd amser swper ac aeth ymlaen gyda'r gwaith o
ddadbacio. Y blynyddoedd hyn gwyddai lle yr oedd bron bob awr
o'r dydd a'r nos ond er hyn oll nid oedd yn teimlo'i hun fymryn
yn nes ato. Yr oedd yn hollol ofalus ohoni ac nid oedd ganddi le

ġwyno oherwydd ei ymddygiad tuag ati. Yn wir, buasai'n haws dygymod pe bai ef ond yn grwgnach dipyn, yn erbyn undonedd bywyd; yn ei herbyn hi, os mynnai. Er byw mor agos ato prin yr oedd yn ei adnabod a rhaid bellach oedd dysgu byw heb ddisgwyl wrtho. Plygodd ei wasgod yn daclus cyn ei dodi yn y drôr ac wrth glywed arogl ei dybaco daeth rhyw don o ddigalondid drosti. Hyhi, efallai, oedd y mwyaf unig o'r pererinion.

8.

'I ble 'dach chi'n mynd eleni?' holai ffrindiau'r Ferch.

'Dwn i ddim eto. Pam?'

'Un dda ydi hon,' ebr un ohonynt, 'yn gofyn "Pam?" ac y mae hi'n fis Gorffennaf yn barod.'

A meddai un arall, 'Mi fedre hi fwynhau ei hun ym Mlaenau Ffestiniog 'tase rhaid!'

'A pham lai?' ebe'r Ferch, gan wenu.

Wrth gofio eu herian gyda'r hwyr sylweddolodd y Ferch mor wir oedd eu geiriau. 'Dyma fi'n greadures fodlon o'r diwedd,' meddai. Ni fedrai ddweud pryd y bu iddi roi heibio i ymgodymu â'i rhan. Yn wir, bu mor brysur ar brydiau fel nad oedd ganddi amser i ystyried ei chyflwr.

'Mor wirion y bûm,' meddai, 'yn cwyno bod bywyd yn beth diflas. Ynof i yr oedd y drwg ar hyd yr amser.'

Cofiai fel y chwenychai gael gwared â'r blynyddoedd, a'r rheini'n awr yn myned heibio yn rhy gyflym. Yn allanol, nid oedd fawr o bwys yn digwydd iddi. Yr oedd bron y cwbl o'i ffrindiau wedi priodi a rhai â phlant ganddynt, ond er cymaint eu cyfoeth teimlai fod ei bywyd hithau yn llawn mor gyfoethog gan ei bod bellach yn gallu caru heb ofyn dim yn ei le. Yr oedd pob mam fel pe'n chwennych rhywbeth gwell i'w phlentyn ei hun nag a gawsai plant y drws nesaf, ac yr oedd ôl y cystadlu blin ar eu bywydau. Pam, tybed, na ddysgant fod yn fodlon ar yr hyn sydd ganddynt? synnai'r Ferch, heb gofio mor hir y bu hi yn dysgu bod pob colled a wynebir yn eofn yn cyfoethogi bywyd. Colli er ennill. Oedd, yr oedd wedi ennill rhywbeth a hwnnw wedi dod iddi yn hollol ddi-stŵr. Ai felly y daw llawenydd i'r galon? Nid peth i fod yn ddwys o'i blegid oedd bywyd ond rhywbeth i ymfalchïo ynddo. Rhodd yw pob awr, a phawb ond y ffôl yn ei chofleidio.

Nid oedd o bwys lle yr aethai eleni. Ond rhyw ddydd, rhyw ddydd yr oedd am fyned eto i Dyddewi. Er iddi efallai fethu â chyrraedd yn ôl y corff, gwyddai y deuai dydd yn ei hanes, fel yn hanes pob pererin, pan gâi brofi hedd y fangre honno a gwybod diben pob ymdeithio.

Mehefin 1944

STORÏAU HEN FERCH

Gwragedd Clên

Yr oedd y car yn rhedeg yn fendigedig, a'r pedwar ohonom yn cael hwyl eithriadol. Pedwar gŵr priod ar eu ffordd am ddiwrnod o golff wrth lan y môr a'r pedair gwraig wedi eu gadael ar ôl. Onid oedd popeth yn awgrymu ein bod am gael diwrnod hapus? Y mae gwragedd yn iawn yn eu lle, ond nid ydynt yn ychwanegu at bleser diwrnod o golff. Yr ydych yn eu siarsio i fod yn y fan a'r fan am un o'r gloch i gael tamaid o ginio. Wrth gwrs, y mae yn nes at ddau erbyn i chwi gyrraedd y lle, ac ni fedrant hwy, drueiniaid, amgyffred mai amhosibl ydyw gadael rownd o golff heb ei gorffen. Yn union fel petasech yn gallu codi eich bag bum munud i un am ei bod yn amser cinio! Ac os digwydd ichwi gyrraedd y lle mewn pryd nid ydyw'r gwragedd yno. 'Ddaru ni ddim meddwl y buasech chi'n dŵad mor fuan,' meddant, heb ymddiheuro. Ac wedi eistedd i lawr wrth y bwrdd y mae un ohonynt (fy ngwraig i fy hunan fel rheol) yn dechrau gweithio ei ffroenau fel cwningen. 'Hy! dyna chi eto. Yn gorfod cael cwrw hyd yn oed ganol dydd!' Ond ni ellir disgwyl i wraig, pa mor raslon bynnag y bo, sylweddoli nad oes dim mwy bendigedig na glasiaid o gwrw da ar ôl rownd o golff, a chinio blasus ym mhen rhyw ddeng munud.

Felly, os am ddiwrnod o fwynhad, gedwch eich gwraig gartref. Wrth gwrs, nid wyf yn eich cynghori i'w gadael ar ôl bob tro. Gellwch fynd â hi a'r plant i lan y môr Ddydd Gŵyl Banc. A dyna wyliau'r haf hefyd. Ni fedrwch osgoi'r rheini. Ond peidiwch â rhoi i mewn ormod iddi…

A dyna ni'n pedwar ar fore braf ym mis Mehefin yn gwibio drwy'r dyffrynnoedd wrth droed yr Wyddfa, heibio i Feddgelert (lle cawsom un glasiaid o gwrw bob un) ac ymlaen i gyfeiriad y Rhyd-ddu.

Gall Wil Owen yrru car a siarad yr un pryd yn well na neb y gwn i amdano. Eisteddwn i yn ei ymyl yn y ffrynt a Jac a Bob y tu ôl.

'Wyddoch chi be, hogia,' meddai Wil pan agosaem at Gaernarfon, 'mi fyddwn yn caru hefo hogan o'r ffordd hyn ers talwm. Ma' 'na dros ddeng mlynedd ar hugain er hynny ac rown i'n gweithio yng Nghaernarfon ar y pryd.' Llenwodd ei getyn ag un llaw a phwyntiodd at lidiart yn arwain at dyddyn bach.

'Dyna fo'r lle,' meddai gan wenu, ac i ffwrdd â ni yn bedwar gŵr priod ar ein ffordd i Nefyn.

(Fflachiodd darlun drwy fy meddwl o wraig Wil Owen. Dynes ddi-liw oedd – a dideimlad yn fy marn i – ychydig dros yr hanner cant, ac yn flin yr olwg. Nid rhyfedd bod Wil druan wedi colli cymaint o'i wallt! Beth fyth a barodd iddo ei phriodi? Ond cofiais glywed fod ganddi bres).

'Be ddaeth ohoni, Wil?' gofynnais.

'Wel, mi ges fy symud i Loegr ac mae isio iti garu'n gythgiam iti allu caru am fisoedd drwy'r post.'

Diwedd digon swta, meddyliais, ond dyna fel y diwedda popeth mewn bywyd o ran hynny.

Cyraeddasom Nefyn erbyn tua hanner dydd.

'Cinio amdani rŵan, hogia,' meddai Wil, 'ac wedyn am guro Jac a Bob!'

Yr oedd blas da ar bopeth; ac wedi mynd allan yr oedd blas hyd yn oed ar yr awel.

Blas halen ar eich gwefusau. Y môr a'r awyr yn las a phorfa werdd dan droed. Beth arall sydd ar ddyn ei eisiau? Ac wedi chwarae drwy'r pnawn a chael te, ymdrochasom yn hamddenol yn yr hafan lonydd.

Wedyn cyrchu tuag adref at ein pedair gwraig.

Ond cyn cyrraedd Betws-y-coed cododd newyn a syched mawr arnom.

'Ham ac wyau yn y Betws,' meddem ag un llais, a disgynasom o'r car.

Yr oedd aroglau cinio yn y gwesty, ond am ham wedi ei dorri yn dew a dau neu dri o wyau bob un y blysiem ni.

Wedi ein bodloni, yr oedd yn rhaid i Wil dynnu sgwrs â'r wraig oedd yn tendio arnom. Un felly ydyw Wil, a gwell ganddo gael rhywun ifanc i dendio arno. 'Maen nhw'n rhoi mwy o fwyd iti os gwnei di dipyn ohonyn nhw,' meddai.

Ond yr oedd hon yn hŷn na'r cyffredin, yn siriol yr olwg a gwallt tywyll ganddi yn dechrau britho.

Dywedodd nad oedd ond newydd ddechrau ar y gwaith. Ie, gwraig weddw oedd hi.

'Dydach chi ddim yn annhebyg i rywun oeddwn i'n ei nabod tua Chaernarfon ers talwm,' meddai.

'Wel dyna i chi beth rhyfedd. Un o'r ffordd yna ydw i. Maggie Jones oedd fy enw cyn imi briodi.'

Gwelwn yr un olwg yn llygaid Wil ag sydd ynddynt pan fyddo'n meddwl galw am gwrw, a sylweddolais yn sydyn mai hon oedd ei hen gariad y soniasai amdani yn y bore.

Chwarae teg i'r hen Wil! Yr oedd ganddo chwaeth go lew pan oedd yn ifanc, a dyma hi o'i flaen eto, ac yn dal i edrych yn ddeniadol. Tybed a oedd hi wedi ei adnabod? Os oedd, ni ddangosodd hynny mewn unrhyw fodd.

Beth ddywedai Wil wrthi, tybed? Ond yr oedd Wil wedi codi, ac ar frys eisiau cychwyn.

'Dowch o 'na, hogia, neu fyddwn ni ddim adre tan y bore,' a heliodd ni allan.

'Nos dawch a diolch ichi,' meddai wrth y wraig oedd yn clirio'r llestri.

'Nos da ichi i gyd,' meddai hi, ond ar Wil yr edrychai wrth siarad.

Gyrrodd Wil y car yn ffyrnig am rai milltiroedd heb ddweud yr un gair.

'Wel dyna ichi beth od,' meddai, ac i ffwrdd â ni fel y gwynt.

'Wyt ti'n meddwl 'i bod hi wedi fy nabod i?' gofynnodd mewn sbel.

'Pwy?' gofynnais yn ddigon diniwed.

'Y wraig 'na, siŵr, y ffŵl.'

'O! honna oedd yn tendio arnon ni?'

'Ddaru ti ddim amau felly pwy oedd hi?' Ac wrth ofyn y cwestiwn gadawodd i'r car arafu ryw ychydig.

'Wel mi'r oeddwn i braidd. Yr hen gariad 'na fuost ti'n sôn

amdani'r bore 'ma?'

'Ia, siŵr. Ond mae'n debyg y baset ti'n amau pwy oedd hi a minnau wedi bod yn sôn amdani. Rhyfedd i mi 'i gweld hi eto ar ôl cynifer o flynyddoedd, yntê? Ond wyt ti ddim yn meddwl 'i bod wedi fy nabod i?'

''R argien fawr! dwn i ddim. Wyddost ti ar y ddaear be sy'n mynd drwy feddwl dynas pan mae hi'n siarad â thi.'

Edrychais ar ben moel Wil a sylwais gymaint lletach yr oedd rownd ei ganol yrŵan na phan adwaenwn i ef gyntaf. Anodd credu iddo erioed fod yn ugain oed…

'Ond pam oedd arnat ofn iddi dy nabod, a pham na faset ti'n aros i siarad efo hi?'

'Duw a ŵyr! 'i hofn hi, mae'n debyg. Petawn yno ar fy mhen fy hun, hwyrach y baswn i wedi tynnu sgwrs â hi – ond diolch fyth nad oeddwn i ddim chwaith. Fedri di ddim egluro pethau i ferch yr un fath ag i ddyn.'

'Ond mi gafodd hi ŵr er i ti 'i hanghofio hi.'

'Do siŵr. Ond wnâi hynny ddim gwahaniaeth. Isio gwbod pam mae gyna i wraig fase hi.'

'Roedd hi'n edrych yn wraig reit glên – fase hi ddim yn troi'n gas hefo ti.'

'Na fase, mae'n debyg. Ond mae'n ganmil o weithiau'n fwy anodd egluro petha wrth wragedd clên, wyddost.'

Daethom i olwg pentref.

'Duw mawr! mae 'ngheg i'n sych,' meddai Wil. Edrychodd ar y cloc bach, ond yr oedd yn rhy hwyr…

Bedd yr Hen Lanc

Yr oedd Selina Williams wedi blino. Cerddasai dair milltir ac yr oedd ganddi filltir arall i fynd. Yr oedd y pryfed yn ei blino. Mae'n rhaid fod ei chôt ddu yn eu denu a meddyliodd unwaith am ei thynnu, ond yr oedd ei dwylo yn llawn. Yn ei llaw dde dygai flodau hardd ac yn ei llaw chwith yr oedd ei bag a pharsel bach papur brown. Ychydig frechdanau oedd yn hwnnw ac yr oedd am eu bwyta ar y ffordd adref.

O'r diwedd, gallai weld y fynwent ar ben y bryn ac edrychodd yn ôl i ystyried pa faint a gerddasai. Mewn siop ddillad y gweithiai Selina, a hwn oedd ei hanner diwrnod gŵyl. Pymtheg ar hugain oed ydoedd, ond edrychai yn hŷn na hynny. Yr oedd yn dal ac yn denau ac yn crymu tipyn. Pe gwelsai doctor hi dywedai y deuai bronceitus i'w blino yn y man, ond nid oedd gan Selina druan yr ysbryd i frwydro hyd yn oed yn erbyn hwnnw.

Yr oedd ei chariad wedi marw.

Am flynyddoedd gwariasai Selina y rhan fwyaf o'i harian – arian a ddylasai fod wedi mynd at well bwyd – ar nofelau rhad. Ac yng ngolau'r gannwyll cyn mynd i orffwys byddai'n gwledda arnynt. Tan rhyw ddwy flynedd yn ôl yr oedd wedi anobeithio am gael cyfarfod ag un o arwyr y nofelau hyn – y dynion y gwirionai merched arnynt. Ond yn sydyn, yn y gwanwyn, galwodd trafaeliwr tua deugain oed yn y siop. Aeth yn sgwrs rhyngddynt a deallodd Selina mai Cymro oedd Arthur Morris. Oherwydd hynny, rhoddwyd ef ar unwaith mewn dosbarth ar ei ben ei hun. Yr oedd amryw o drafaelwyr o Saeson yn y gorffennol wedi ceisio ei hudo, eithr caeai Selina ei gwefusau yn dynn ac edrych yn ddig.

Ond yr oedd Arthur Morris yn wahanol. Yn un peth, cawsai ei gyfeiriad ganddo – yr oedd yn byw gyda'i chwaer a oedd yn briod

– a dwywaith neu dair yr oedd Arthur wedi gwahodd Selina i'r tŷ. Y troeon eraill aethai â hi yn y car bach a cheisio ei thoddi. Ond am dair blynedd ar ddeg ar hugain cadwasai Selina ei theimladau dan glo, ac nid oedd wedi medru ei hanghofio'i hun tan rhyw dri mis yn ôl. Er na soniai Arthur am briodi yr oedd Selina yn eithaf bodlon. Ni phrynai'r un nofel rad y dyddiau hynny, ond hoffai eistedd yn llonydd am hydoedd wrth y ffenestr. Ni allai ddweud beth oedd ei theimladau, ond yr oedd yn hapus iawn.

Un bore ychydig wythnosau'n ôl, daeth nodyn oddi wrth chwaer Arthur i ddweud ei fod yn wael iawn.

Cafodd Selina ganiatâd i adael y siop yn gynharach nag arfer ac aeth ar ei hunion gyda'r trên i edrych amdano. Nid oedd Arthur yn ei hadnabod, ac mewn diwrnod neu ddau daeth llythyr i ddweud ei fod wedi marw o'r niwmonia. Prynodd Selina ddillad du ac aeth i'r angladd. Wedi iddi gyrraedd yn ôl yr oedd pawb yn y siop yn garedig iawn wrthi, a dechreuodd hithau fyw ar ei hatgofion. Yr oedd ganddi fwy na rhai merched, a diolchodd am yr hyn a gafodd.

Ni roddasai Arthur fodrwy iddi ond gwisgai Selina yn awr fodrwy ei mam ar drydydd bys ei llaw chwith, oblegid yr oedd yn sicr yn ei meddwl y bwriadai Arthur druan ei phriodi pe bai wedi cael byw.

Bywyd llawn breuddwydion oedd bywyd Selina – prin y gallai gredu eto fod Arthur wedi marw a hithau ar bererindod i fan ei gladdu. Mewn un ystyr, diolchai fod ganddi fedd i ymweled ag ef. Yn ei hen ddyddiau gallai ddweud: 'Do, bu fy nghariad farw ychydig cyn dydd ein priodas. Mi fydda i'n mynd o hyd i edrych ar ôl 'i fedd o.'

Na, nid gan bob merch oedd bedd cariad i wylio drosto…

Hwn oedd y tro cyntaf iddi fynd ar y bererindod ar ôl dydd yr angladd. Ni hoffai fel rheol fynd am dro ar ei phen ei hun a gwelai'r ffordd yn hir iawn. Y tro nesaf hwyrach y deuai â Miss Lloyd o'r siop gyda hi ond rhoddai'r ffaith iddi fyned ar y siwrne drist am y tro cyntaf ar ei phen ei hun gryn fodlonrwydd iddi.

Yr ochr draw i Fae Ceredigion newidiai lliw bryniau Meirionnydd o aur i borffor tywyll fel y deuai'r cymylau dros yr haul ond ni welai Selina ddim yn lliwiau natur. Hwyrach pe bai Arthur neu rywun arall yno i'w dangos iddi y gwelai rywbeth ynddynt. Ni chlywai ddim yng nghân y môr ychwaith. Yr oedd yn fyddar i'w dristwch. Ond yr oedd gan y fynwent rywbeth i'w ddweud wrthi. Onid oedd pridd cysegredig yno?

Agorodd y llidiart ac aeth i mewn. Yr oedd y borfa wedi tyfu'n fawr a chlwyfodd hynny galon Selina. Gallai weld y bedd. Yr oedd rhywun yn penlinio yn ei ymyl.

Ai chwaer Arthur oedd hi, tybed? Na, yr oedd hon yn rhy ifanc i fod yn chwaer i Arthur. Meddyliodd Selina ei bod wedi ei gweld yn y cynhebrwng. Efallai mai perthynas oedd hi. Ond yr oedd Selina yn rhy swil i fynd ati ac aeth o gwmpas y beddau eraill nes iddi fynd.

Aeth y ferch o'r diwedd, a symudodd Selina at y bedd. Yr oedd y blodau a roddasai hon ar y bedd yn harddach ac yn fwy drudfawr na'r eiddo Selina. Plygodd Selina i weld beth oedd ar y cerdyn a gwelodd: '*Gyda gofid dwys a hiraeth oddi wrth eich cariad, Gwen.*' Teimlodd Selina yn ddiffrwyth drwyddi. Troes oddi wrth y bedd yn ei dagrau a bu bron iddi faglu. Syrthiodd ei blodau ar fedd rhywun arall, ac nid arhosodd Selina i weld mai hen ferch a fu farw hanner can mlynedd yn ôl a orweddai yno. Wedi cyrraedd y llidiart taflodd y parsel brechdanau dros y wal a llyncwyd hwy ar unwaith gan y môr.

'Helaeth Fynediad'

Pymtheg oedd yn y Seiat ond yr oedd tri yn blant, ac nid edrychent hwy fel pe baent yn cymryd llawer iawn o ddiddordeb yng nghyngor William Jones, Siop Newydd, 'i fod yn barod am na wyddent y dydd na'r awr y deuai Mab y Dyn.' Yr oedd John a Robert Henry Morris yn eistedd un o boptu eu mam. Gwell oedd ganddynt hwy gyfarfod gweddi pan gawsent ddal rhyw fath o gymundeb tu ôl i'w chefn.

Aeth William Jones ymlaen i sôn am yr hen saint a gafodd 'helaeth fynediad i'r ddinas dragwyddol'. Onid oedd Christmas Evans a Thomas Aubrey a llu mawr o'r hen arwyr wedi marw dan orfoleddu? Cododd yr hwyl ac eisteddodd y mamau yn ôl a golwg hapus ar eu hwynebau. Eisteddai Janet, merch William Jones, ym mhen y sêt ac edrychai yn aml ar y cloc mawr. Yr oedd ganddi awr o waith ar lyfrau'r siop ar ôl mynd adref, ond ni fynnai ei thad glywed gair o sôn am aros gartref i'w gorffen yn lle mynd i'r seiat. Ond y mae diwedd hyd yn oed i seiat. Aeth y bobl mewn oed allan fel defaid a'r tri phlentyn fel ŵyn yn prancio. O ryddid bendigedig! Ni wyddai'r plant nas gorfodid i fynd i'r seiat ystyr y gair rhyddid. A lle iawn oedd y seiat i gael amser i feddwl am chwaraeon newydd sbon.

Gadawodd Janet y gwragedd a oedd yn sgwrsio ar yr allt a rhedodd i mewn i'r tŷ. Gosododd y bwrdd yn barod i swper ac aeth i orffen ei gwaith yn y siop. Gwyddai y byddai ei thad a'r ddau flaenor arall yn sgwrsio am amser maith. Am beth y siaradent, tybed? Am farwolaeth a'r helaeth fynediad, ynteu am brisiau cig moch? Ond ni thalai iddi ddechrau meddwl, ac agorodd y llyfrau. Arni hi yr oedd y cyfrifoldeb i gyd. Wrth gwrs, yr oedd ei thad yno i siarad â'r cwsmeriaid. Yr oedd yn tynnu at ei ddeg a thrigain, a dywedai ei fod yn haeddu tipyn o lonyddwch oddi wrth yr 'hen fyd a'i bethau', a bod Rhagluniaeth yn siŵr o ofalu am Janet fel y gofalodd amdano ef yn y gorffennol. Ni sylweddolai mai Janet oedd y Rhagluniaeth a'i cadwodd ef, ei dŷ a'i siop mewn trefn ar ôl marw ei wraig.

Yr oedd ei thad yn y gegin erbyn iddi orffen ei gwaith ar y llyfrau.

'Eis i ddanfon Wmffre Morris adref,' meddai gan danio ei getyn.

'Wel wir, 'Nhad, ddylech chi ddim mynd mor bell, ac mae 'na waith tynnu i fyny ofnadwy i'r Walwen.'

'Twt lol, 'ngeneth i. Ewch i forol am swper, a ffriwch dipyn o ham ac ŵy imi – mae gyna i eisiau bwyd.'

Gwyddai Janet nad gwiw iddi oedd dweud wrth ei thad nad oedd ham ac ŵy yn swper cymwys i hen ddyn, neu byddai yn siŵr o fynnu cael dau ŵy. Yn fuan, llanwyd y gegin ag arolgau hyfryd, a chafodd y ddau eu swper.

Wedi golchi'r llestri, aeth Janet i'r ardd gefn i edrych am y gath. Er bod mwy o datws nag o flodau yn tyfu yno, eto yr oedd rhyw brydferthwch o gwmpas yr ardd yng ngolau'r lleuad. Cerddodd heibio i'r tatws i edrych dros y wal i berllan Tŷ Gwyn. Nid oedd hanes am y gath. Nid oedd dim i'w glywed ond bref ambell i fuwch yn y pellter.

Aeth Janet yn ôl i'r tŷ yn hamddenol, ac i mewn i'r gegin. Nid oedd ei thad wrth y bwrdd, a rhoddodd ei chalon dro pan welodd ei fod ar ei liniau yn ymyl y gadair. Oedd o'n gweddïo, tybed? Nac oedd. Oblegid yr oedd y cetyn yn ymyl ei law yn olau.

''Nhad, be 'di'r mater?'

Rhedodd Janet ato. Yr oedd ei wyneb yn llwyd, a châi boen wrth anadlu.

'O! na fase 'na ddiferyn o frandi yn y tŷ,' meddai Janet, gan geisio ei godi. (Pan oedd ei wraig yn sâl ni chaniatâi William Jones iddi gael dim diod gadarn.) Ond yr oedd William Jones yn rhy drwm i Janet ei godi, a cheisiodd ei ddodi i orwedd ar lawr. Meddyliodd Janet mai'r peth gorau a fyddai iddi redeg allan am help i rywle, ond ni adai William Jones iddi fynd o'i olwg. Sipiodd y dwfr poeth a roesai Janet iddo.

'Brandi,' meddai rhwng anadliadau poenus, ac yr oedd y braw yn ei lygaid yn ddychrynllyd i edrych arno.

Yr oedd Janet yn crynu o'i chorun i'w sawdl. Ceisiodd roi rhywbeth
wrth ei gefn, ac yr oedd pob munud fel awr.

'Ffŵl – heb – frandi – yn – y – tŷ,' meddai wedyn.

Ond y funud nesaf gorffennodd yr anadliadau poenus, ac yr oedd
yn dda gan Janet am hynny er y gwyddai fod ei thad wedi marw.
Ni buasai wedi medru aros ei hun gydag ef drwy'r nos heb fynd
yn wallgof. Gwyddai y cofiai am byth yr ofn poenus yn ei lygaid.
Edrychodd at y ffenestr a gwelodd ddau lygad yn edrych arni, a bu
bron i'w chalon hithau stopio. Ond y gath oedd yno yn gofyn am gael
dod i mewn. Yr oedd Janet wedi cael cymaint o fraw fel yr aeth i grio
ac i chwerthin bob yn ail, a rhedodd o'r tŷ am ei bywyd.

* * * *

Cafodd William Jones gladdedigaeth barchus. Yr oedd rhywbeth allan
o'r cyffredin mewn marw yn sydyn, a daeth yr holl ardal i'w gladdu
gan feddwl y byddai rhywbeth gwahanol mewn claddedigaeth un a
oedd wedi marw yn union ar ôl bod yn y seiat ac yn sôn am 'fod yn
barod' a 'marw dan orfoleddu'. Teimlai'r rhai hynny a fu yn y seiat
y noson honno fel petai rhyw fawredd wedi disgyn arnynt hwythau
hefyd. Ond ni ddywedai Janet ddim. Onid oedd ei thad wedi sôn am
yr un peth mewn ugeiniau o seiadau cyn hynny, a heb farw? Doctor
Jones oedd yr unig ddyn call yn y lle. Ei thad bron yn ddeg a thrigain
yn bwyta'r fath swper ar ôl cerdded i fyny'r allt i'r Walwen! Ac yn
ysmygu o flaen ac ar ôl ei swper!

'Piti garw nad oedd gynnoch chi ddiferyn o frandi i'w roi iddo,'
meddai'r Doctor, a lledwenodd Janet.

Ymgynhaliodd Janet drwy'r gwasanaeth maith yn y Capel cyn
mynd i'r fynwent. Clywodd y gweinidogion yn sôn yn aml am
'helaeth fynediad' ei thad. Ond ni welsant hwy ei lygaid a'r ofn
dychrynllyd oedd ynddynt. Wedi marw, diflannodd yr ofn yn llwyr
o'r wyneb, a dywedai pawb ei fod yn 'gorff hardd'. Daethai llawer i
syllu arno yn ei arch ac i gydymdeimlo â Janet.

Yr oedd amryw wedi gofyn iddi beth oedd ei eiriau olaf, ond
dywedodd wrthynt nad oedd wedi siarad. A theimlodd os oedd ei

thad yn ei chlywed o ryw nefoedd, ei fod yn diolch iddi am ddweud celwydd drosto. Ni wnâi'r tro i bobl wybod bod eu pen-blaenor wedi ei alw ei hun yn ffŵl am beidio â chadw brandi yn y tŷ ac yntau ar fin mynd i'r bywyd tragwyddol!

Aeth yr orymdaith yn araf i'r fynwent, a sychodd Janet ei llygaid wrth weld cymaint o'i chwmpas yn wylo. Cofiodd y byddai yn rhaid iddi agor y siop yr wythnos wedyn ac y dibynnai ar y bobl hyn am ei bywoliaeth.

Dechreuodd ambell ddeigryn dreiglo i lawr ei gruddiau ond dagrau o hunandosturi oeddynt. Pam na adawsai ei thad iddi fynd i ffwrdd pan oedd yn ieuanc i lunio ei bywyd ei hun? Bellach yr oedd yn rhy hen i ddechrau o'r newydd a byddai'n rhaid iddi lynu wrth y siop a dal i fynd i'r seiat a'r cyfarfod gweddi er mwyn cadw ei chwsmeriaid. Llifodd y dagrau yn awr, ac o'r diwedd bodlonwyd y gwragedd a oedd yn edrych arni drwy gil eu llygaid. Nid gweddus oedd i ferch gladdu ei thad heb wylo.

Jane Elen

Byddwn yn mynd i'r sanatorium bob prynhawn dydd Sadwrn i edrych am fy ffrind, ac yno y deuthum i adnabod Jane Elen.

Yr oedd Gwen, fy ffrind, yn hoff iawn o Jane Elen.

'Wyddost ti be,' dywedai wrthyf, 'mae pawb yn y fan yma yn cymryd mantais ar Jane Elen druan. Mae hi mor ddiniwed, ac mi â ar ei phen i wneud cymwynas i rywun.' Ac yna byddai yn galw Jane Elen atom i gael sgwrs.

Ni ddeuai neb i edrych am Jane Elen. Yr oedd ei thad a'i mam wedi marw, a than yr aeth yn wael ei hiechyd, gwnâi ei chartref gyda'i thaid a'i nain. Ond er gwaethaf popeth, dal i wenu wnâi Jane Elen. Nid oedd yn dal iawn ond yr oedd yn od o chwim ar ei throed. Gwallt go dywyll oedd ganddi, ac ar ei bochau yr oedd y darfodedigaeth wedi peintio dau sbotyn coch, ond nid oedd am funud yn bwriadu marw. Onid oedd y darfodedigaeth yn beth cyffredin iawn? A soniai am lawer o'i hardal hi oedd dan ei afael ac wedi byw i fod yn hen iawn. Cafodd fynd adref o flaen Gwen, fy ffrind, a chawsom aml i lythyr difyr oddi wrthi.

Wedi i Gwen ddychwelyd adref, pasiodd amser maith heb inni gael gair ganddi. 'Dyna fel mae pethau,' meddwn wrth Gwen, 'fedri di ddim disgwyl clywed o hyd a chithe ddim yn gweld eich gilydd.'

'O! Roedd Jane Elen yn hen hogan go driw,' atebodd Gwen. 'Mi yrra i lythyr arall ati i weld ddaw 'na ateb.'

Ond ni ddaeth ateb am fis neu ddau. Pan ddaeth, soniodd Jane Elen am bopeth dan yr haul yn y tri tudalen cyntaf, ond cyn terfynu, ysgrifennodd fel hyn:

'Wel di, Gwen, mae gyna i newydd go ryfedd i'w roi iti. Os bydd yn well gen ti beidio ysgrifennu ata i eto, dyna fo. Bydda i yn dallt. Mi rydw i yn mynd i gael babi, a fedra i ddim priodi'r dyn, ond paid â thrwblo ar fy nghownt i. Rydw i'n teimlo'n ôl-reit. Ond cofia, rydw i'n siŵr o ddallt os na byddi di'n ateb hwn.'

Yr oedd Gwen a minnau wedi ein syfrdanu. A dyna Gwen yn torri allan i grio. 'Wn i ddim pam rydw i mor wirion,' meddai, gan chwilio am ei hances boced. 'Ond yr hen Jane Elen o bawb! Rhywun wedi dal mantais arni eto, ac rydw i'n siŵr na ddaw hi drwyddi.'

Ceisiais ei chysuro, ac aethom ati i wneuthur parsel i fyny i Jane Elen. Yr oedd ar Gwen eisiau prynu'r gorau o bopeth a bu'n rhaid i mi ildio.

Cawsom lythyr yn ôl gyda throad y post. Yr oedd Jane Elen yn diolch o waelod ei chalon ac eisiau inni beidio â phoeni amdani.

Ymhen amser daeth nodyn i Gwen i ddweud bod bachgen wedi ei eni. 'Mae Nain wrth ei bodd,' meddai, 'ond mae'n cymryd arni fod yn ddig ofnadwy efo fi pan gofith hi.'

'Rhaid inni dreio mynd i edrych amdani rywbryd,' meddai Gwen wrthyf.

Ond y peth nesaf a glywsom oedd fod Jane Elen wedi cael lle fel morwyn yn un o dai mawr glan y môr. Yr oedd yn cael mynd adref unwaith y mis, a hwyrach y deuem i'w gweld gydag un o dripiau rhad y Sul.

Felly y bu. Cyraeddasom ben ein taith tua phump o'r gloch, ac aethom i chwilio am de rhag rhoi trafferth i Jane Elen. Ac anodd oedd cael hyd i rywun a wnâi de inni. Yr oedd y stryd hir yn wag oddigerth ambell i fodur a wibiai heibio. Yr oedd Jane Elen wedi dweud wrthym am edrych am gapel mawr, a 'Jerusalem' yn ysgrifenedig ar ei dalcen. Yn ymyl yr oedd rhes o dai bychain, ac yn y tŷ agosaf i'r capel yr oedd ei thaid a'i nain yn byw.

Cawsom hyd i'r tŷ a Jane Elen a'r babi. Ni chofiem weld Jane Elen yn edrych mor dda, ac yr oedd y babi yn ei breichiau.

Bu'r tair ohonom yn sgwrsio am amser maith, a'r babi yn edrych yn syn arnom.

'Piti na buaset ti wedi medru priodi,' meddai Gwen.

'Wel ia, mae'n debyg,' atebodd Jane Elen, ac yr oedd yn ddistaw am funud.

'Mi ddeuda i wrthach chi ill dwy ond does neb arall yn gwybod hyn – hyd yn oed Taid a Nain – fedra i ddim priodi'r dyn am nad ydw i'n gwybod lle mae o, na'i enw fo yn iawn. Ia, mae'n debyg eich bod chi yn meddwl fy mod yn ffŵl hurt ond dyna'r gwir. Un o'r Iddewon 'ma sy'n mynd o gwmpas i brynu aur a phethau felly oedd o, ac roedd o'n aros yn y dre am ryw dri mis.'

Ni wyddai Gwen na minnau yn iawn beth i'w ddweud, a chwaraeodd Gwen efo dwylo'r babi. Am ba hyd y daliai iechyd Jane Elen heb dorri i lawr eto oedd y cwestiwn a âi drwy ein meddyliau. A phwy a edrychai ar ôl y babi wedyn?

Ond yr oedd Jane Elen wedi sirioli eto.

'Mae gyna i le da,' meddai, 'ac maen nhw am fy nghadw i drwy'r gaeaf ac mi ga i ddigon o amser i orffwys y pryd hynny. Ond wiw i Nain gael gwybod mai Iddew oedd ei dad o – mae'n gas ganddi bob Iddew.'

'Lle mae'ch nain rŵan?' gofynnais.

'O, mae hi a 'Nhaid wedi mynd i'r Capel. Mi fyddan allan ar hyn. Clywch! Maen nhw'n canu.' Ac agorodd y drws.

Edrychais ar y babi a oedd yn hanner Iddew, a gwenais wrth feddwl am nain Jane Elen yng nghapel hardd 'Jerusalem' yn moliannu Iddew arall!

'Fel Angylion'

Agorodd Sera Jones ei llygaid yn araf deg a methodd ddyfalu sut y syrthiodd i gysgu ar ochr y ffordd. Cododd a brwsiodd y llwch oddi ar ei dillad a chydiodd yn ei bag a'i hymbarél. Cerddodd yn ei blaen tan y daeth at groesffordd lle oedd mynegbost ac arno'r geiriau hyn: 'DYMA'R FFORDD I'R NEFOEDD WEN.'

Beth, mewn difrif, oedd wedi dyfod drosti? Yr oedd yn cerdded ar ei phen ei hun ar hyd ffordd ddieithr. Cerddodd ymlaen, a thoc daeth at giatiau o aur.

'Wel, wir, mae'n rhaid 'mod i wedi marw heb yn wybod i mi fy hun,' meddai, a safodd o flaen y giatiau gan edrych arnynt ag edmygedd. Os oedd wedi marw, nid rhyfedd ganddi oedd ei chael ei hun yn y nefoedd. Ar hyd ei bywyd daearol bu ei holl fryd ar gael mynd i'r nefoedd, a dyma hi wedi cyrraedd o'r diwedd. Ond yr oedd wedi meddwl yn siŵr y byddai William, ei gŵr, yno yn ei chyfarfod a chôr o angylion â thelynau aur. Daeth ton o ddigalondid drosti pan sylweddolodd ei fod, efallai, gydag un o'i wragedd eraill. Hi oedd ei drydedd wraig a thra ar y ddaear nid oedd y ddwy wraig flaenorol wedi poeni llawer ar ei meddwl, ac ni soniai William amdanynt. Ond gan eu bod hwy wedi marw o flaen William, tebyg eu bod wedi cael gafael arno ers talwm.

Gwelodd gloch, ac yr oedd yn mynd i'w chanu pan ddaeth bachgen bach tua deuddeng mlwydd oed i'r golwg.

'Isio dŵad i mewn sy gynnoch chi?' gofynnodd iddi.

'Wel ia, os gwelwch yn dda. Rydw i yn ddiarth iawn a dwn i ddim lle i fynd.'

'Mi agora i y giatiau ichi rŵan,' a phasiodd Sera Jones i mewn.

'Os dowch chi'r ffordd yma, mi wna i'ch dwyn chi at Pedr. Roedd o'n cael tipyn o gyntun jest rŵan, ond mae'n debyg ei fod o wedi deffro erbyn hyn.'

'Pwy 'dach chi?' gofynnodd Sera Jones.

'Wili Bach maen nhw'n fy ngalw i yma. Rydw i yn was bach i Pedr. Mae gyna fo chwaneg wrth gwrs, ond fy nhro i oedd mynd i weld oedd 'na rywun o gwmpas y pnawn 'ma.'

'Wel, wir, dydi'r nefoedd ddim byd tebyg i be o'n i'n meddwl y bydde fo,' meddai Sera druan â siom yn ei llais.

'Welsoch chi mo'r mynegbost 'na â "DYMA'R FFORDD I'R NEFOEDD WEN" arno?' gofynnodd Wili Bach.

'Do siŵr.'

'Wel, ar ein ffordd i'r nefoedd ydan ni rŵan. Mae'r cwbwl yn dibynnu ar faint o nefoedd fedrwch chi ddal. Mae rhai heb fedru ond dal tipyn bach ac yn gorfod aros yma am ganrifoedd. Ond mae Pedr yn deud mod i'n dŵad ymlaen yn reit ddel ac y ca i fynd i'r nefoedd iawn efo fo yn fuan. Mae o a llawer o'r angylion eraill yn mynd yn ôl ac ymlaen, wrth gwrs.'

Yr oeddynt yn nesu at dŷ hardd a blodau amryliw yn y gerddi o'i gwmpas.

Brysiodd Sera Jones.

'Wel, mae hwn yn edrych yn dipyn tebycach i'r nefoedd,' meddai, gan gydio'n dynn yn ei hymbarél.

Edrychodd Wili Bach ar ei hymbarél.

'I be oedd gynnoch chi isio dod ag ymbarél efo chi?'

'O! mi fydda i'n mynd â hi hefo mi i bob man. Fedrwch chi byth fod yn siŵr wnaiff hi ddal,' meddai Sera gan edrych ar yr awyr.

Crafodd Wili Bach ei ben.

'Rydw i'n dallt. 'Fydde'r nefoedd ddim yn nefoedd i chi heb ymbarél.'

Synnodd Sera wrth glywed y gwirionedd hwn. Wrth sôn am ei hymbarél yr oedd wedi anghofio mai ar y ffordd i'r nefoedd yr oedd hi. Eto, teimlai'n fwy cartrefol yn cario ymbarél dan ei chesail na thelyn.

Aeth ar ôl Wili Bach i fyny'r grisiau ac agorodd yntau'r drws iddi. Edrychodd yn ei bag am hances a sychodd y chwys oddi ar ei hwyneb. Yr oedd ei choesau yn crynu wrth ei chael ei hun mewn lle mor grand.

Daeth hen ŵr mwyn allan o un o'r ystafelloedd, a gwenodd arni.

'Dyna fo, Wili Bach. Cewch fynd i chwarae rŵan.'

Cymerodd Pedr fraich Sera Jones ac aeth â hi i mewn i un o'r ystafelloedd.

Gwyddai Sera Jones y gallai ddweud unrhyw beth wrth yr hen ŵr caredig hwn, ac edrychodd arno â'i hwyneb ar un ochr.

'Mi faswn i'n leicio dod o hyd i 'ngŵr,' meddai.

'Rhaid ichi roi'r holl fanylion imi ac mi edrycha i yn y Cofrestrau. 'Steddwch i lawr.'

Cafodd Pedr mai Sera Jones oedd ei henw a'i bod yn bedair ar bymtheg a deugain oed, a darfod ei rhagflaenu gan ei gŵr, William Jones, bum mlynedd yn gynt.

Eisteddodd Pedr yn ôl yn ei gadair.

'O! rydw i fel taswn i'n cofio William Jones rŵan. Yr Ysgol Sul a Chyfarfod Canu a Sioe Flodau oedd ei hoff bethau fo, yntê?'

'Ia, dyna fo i'r dim,' meddai Sera yn llawen.

Y funud wedyn cofiodd am ei ddwy wraig arall, Jemima ac Ann, a soniodd amdanynt yn bryderus wrth Pedr.

Erchodd Pedr arni edrych ar y wal a dangosodd iddi ysgrifen wedi ei brodio a'i rhoi mewn ffrâm. Dyma beth a ddarllenodd Sera:

'*Oblegid yn yr Atgyfodiad nid ydynt yn gwreica nac yn gwra;*
Eithr y maent fel angylion Duw yn y Nef.'

'Ydw, mi rydw i yn cofio'r adnod 'na,' meddai. 'Ond nid fel 'na mae spelio "atgyfodiad"' a "gwreica" ac "angylion" yn fy Meibil i. Mae 'na ddwy "c" yn "gwreica",' meddai yn bendant, heb ystyried meddwl yr adnod.

'O! mae hynny'n ôl-reit. Wedi cael y Testament Newydd yn yr Orgraff Newydd 'ma rydan ni, ac fe yrrodd rhyw hen ddynion sydd wrthi o hyd yma yn dadlau am iaith a phetha gwirion felly betisiwn i ofyn inni newid yr adnod ar y wal. Un o Sir Fôn 'na sydd yn gwneud fwyaf o stŵr, ac fe gostiodd i rai o'r merched yn y dosbarth gwnïo frodio un newydd inni.'

Gwawriodd rhywbeth ym meddwl Sera Jones.

'Wel, felly, dydi Wiliam ddim efo Jane ac Ann?'

'Nac ydi, ddim o angenrheidrwydd, os medrent fwynhau'r nefoedd heb fod yng nghwmni ei gilydd.'

'Dydw i ddim yn meddwl y bydde fo efo'r *ddwy*,' meddai Sera, yn araf deg.

'Gwell ichi arwyddo'ch enw yn y fan yma, Sera Jones, ac mi gana i'r gloch er mwyn i un o'r angylion 'ma i ddod i egluro ichi beth sydd i'w wneud nesaf.'

Tynnodd Sera ei maneg cid du, a chyda'i phen ar un ochr eto, sgrifennodd ei henw.

Daeth angel hardd i mewn i'r ystafell â blodau yn ei gwallt. Gwenodd ar Sera a chymerth ei llaw. Aeth â hi drwy ystafelloedd heirdd eraill tan y daethant i le agored a llyn yn ei ganol lle yr ymdrochai nifer o bobl.

'Cyn dechra chwilio am eich nefoedd, rhaid ichi ymdrochi,' eglurodd yr angel hardd. 'Er mwyn i chi gael ymwared â phob teimlad o genfigen a chasineb.'

'Diar mi,' meddai Sera nad oedd erioed wedi ymdrochi yn ei bywyd. Ni bu ganddi fath yn yr un o'r tai y bu'n trigo ynddynt, a phob nos Sadwrn byddai'n ymolchi fesul tipyn yn y llofft.

'Mi arhosa i tan y dowch chi allan,' meddai'r angel yn amyneddgar.

'Be? Oes isio imi dynnu oddi amdana' o flaen yr holl bobl 'ma?'

'Oes, siŵr. Pam?'

''Fedra i byth. Rhaid imi aros yma heb fynd ddim pellach 'te,' meddai Sera gan edrych o'i chwmpas am rywle i eistedd.

Edrychodd yr angel arni yn ofidus.

'Mi'r oeddwn i'n gobeithio y basech chi wedi mynd i mewn heb ddim lol,' meddai. 'Does dim byd tebyg i fynd i mewn dros eich pen er mwyn cael gwared o'r hen deimladau cas 'na. Rŵan, mi fydd yn rhaid imi'ch dwyn chi i'r tŷ i gael bath ar eich pen eich hun, ond dydi o ddim hanner cystal,' ac ysgydwodd ei phen. 'Mae'n debyg na cha i ddim dŵad i mewn hefo chi i weld eich bod chi yn molchi'n iawn?'

Cydiodd Sera yn ei sgert.

'Os gwelwch chi'n dda,' meddai Sera mewn llais bach, 'mi fase'n well gyna i fod ar fy mhen fy hun. Ond mi rydw i'n siŵr o folchi yn iawn,' meddai, gan obeithio ei bod yn plesio'r angel hardd.

'Piti garw: ond does mo'r help,' meddai'r angel. 'Ac roedd gyna i eli i rwbio i mewn i'ch corff chi hefyd,' a thynnodd focs o'i boced a dangosodd ef i Sera. Craffodd Sera arno a gwelodd y geiriau 'Cariad Brawdol – i'w Rwbio ar ôl Ymolchi' arno.

'O! rydw i yn siŵr o'i rwbio i mewn,' meddai Sera yn ddifrifol. 'Mi rydw i wedi hen arfer â rhwbio oel Morris Ifans i 'nghefn.'

'Wel, rhaid ichi neud y gora ohoni dan yr amgylchiadau.'

Dangosodd yr angel ystafell fechan â bath ynddi i Sera Jones, a gadawodd hi.

Yr oedd Sera yn goch yn ei hwyneb pan ddaeth allan o'r ystafell ac edrychodd o gwmpas am yr angel ond yr oedd wedi diflannu. Yn sydyn, canfu Sera Wili Bach yn y pellter a gwaeddodd 'Cŵ-ŵ' arno gan chwifio'i hymbarél.

Rhedodd Wili Bach ati.

'Mae yn dda gyna i eich gweld chi,' meddai Sera. 'Hwdiwch,' ac estynnodd fferins iddo o'i bag.

'Be dwi i neud nesaf? Mae gyna i ofn mod i wedi digio'r angel hardd 'na?' ac edrychodd yn betrusgar dros ei hysgwydd rhag ofn bod yr angel yn ymyl.

'Wel, lle sy gynnoch chi isio mynd?' gofynnodd Wili Bach. 'At y beirdd neu'r cerddorion neu rywrai felly?'

'Nace wir, yn eno'r diar. Gadewch imi fynd at fy ngŵr, William Jones, yn gyntaf. Mi ddeudith o wrtha i lle i fynd.'

'Ys gwn i lle mae o,' meddai Wili Bach, gan grafu ei ben.

'Wel, roedd yr Apostol Pedr yn sôn rhywbeth am yr Ysgol Sul a'r Cyfarfod Canu.'

'O! fan'no mae o? Dowch hefo mi,' a chynigiodd gydio yn ei llaw.

Rhoes Sera Jones ei bag dan ei chesail a'i hymbarél ar ei braich, ac aeth y ddau law yn llaw. Trodd ei hwyneb yr ochr arall pan aethant heibio i'r llyn lle'r ymdrochai'r dorf, ac yr oedd yn dda ganddi weld eu bod yn dyfod at gaeau gleision a gwartheg yn pori ynddynt.

'Dyn annwyl! Mae'r fuwch 'na'n debyg i un fydde gyno ni gartre ers talwm,' meddai Sera gan sefyll i edrych arni.

'Wel hwyrach mai honna ydi hi. Beth oedd 'i henw hi?'

'Blacan.'

Aeth Wili Bach at y fuwch a dywedodd 'Blacan, Blacan' wrthi ac atebodd y fuwch i'w henw.

Prin y medrai Sera fynd yn ei blaen oherwydd ei syndod.

Mewn lle arall yr oedd cŵn yn eu mwynhau eu hunain – rhai yn chwarae a rhai yn claddu esgyrn ac eraill yn atgyfodi esgyrn.

'Maen nhw'n treio cadw'r anifeiliaid ar wahân yma,' eglurodd Wili Bach wrth Sera.

Yn ymyl, yr oedd cathod mawr a bach, tew a thenau, wrth eu bodd. Yma, eto, meddyliodd Sera ei bod yn adnabod un ohonynt, a galwodd 'Pws, Pws,' a rhedodd cath lwyd, denau ati.

Tynnodd Wili Bach yn ei braich.

'Rhaid inni fynd neu fe fydd yr Ysgol Sul drosodd,' meddai. Ac yn wir yr oeddynt yn canu'r emyn olaf pan gyraeddasant.

Gwelodd Sera ei gŵr ar unwaith ac amneidiodd arno. Gwenodd yntau arni hithau ac wedi iddynt orffen canu a gweddïo daeth ati yn llawen.

'Mi glywes eich bod chi ar eich ffordd yma, Sera bach. Sut 'dach chi'n teimlo?'

'Yn o lew, wir, a chysidro popeth, William. Ond yn tydi'r nefoedd yn lle rhyfedd?'

'Nid hwn ydi'r nefoedd iawn, cofiwch. Ond mi rydw i'n gobeithio y ca i fynd yno yn o fuan.'

'Peidiwch â mynd hebddo i, William,' meddai Sera, â dagrau yn ei llygaid.

'O! mi ddowch yno ar f'ôl i yn reit fuan. Peidiwch â phoeni, Sera bach. Ond rhaid ichi yn gyntaf ffeindio allan pa nefoedd sy'n eich siwtio chi ora.'

Cofiodd Sera am ei wragedd eraill.

'Lle mae Jemima ac Ann?' gofynnodd.

'O! mae Ann yma hefo mi. Hi sy'n canu'r organ inni yn y Cyfarfod Canu, ac rydan ni wedi codi côr ar gyfer y Sasiwn. Mae Jemima yn helpu efo'r bwyd, ond dydw i ddim wedi 'i gweld hi'n ddiweddar.'

Yr oedd amryw o ferched yn nosbarth Ysgol Sul William Jones yn aros amdano, a synnodd Sera pan welodd pwy oeddynt. Hen wragedd oedd yn hen pan oedd hi'n blentyn, a rhai plant hefyd.

'Pwy 'di'r ddynas efo'r wyneb neis 'na?' gofynnodd Sera gan bwyntio â'i hymbarél.

'Ydach chi ddim yn cofio imi ddeud wrtha chi ers talwm am ryw ddynas yn agor drws y sêt yn y capel imi adeg y Cyfarfod Pregethu a minnau'n hwyr yn mynd i mewn?'

Ceisiodd Sera gofio ond ni fedrai.

'Be 'dach chi'n neud ar wahân i'r Ysgol Sul?' gofynnodd iddo.

'O! mae gyna i ardd fechan, a byddaf yn trin honno yn y bore. Rhaid ichi fynd yn eich blaen cyn iddi nosi er mwyn ichi weld lle 'dach chi am aros.'

'Cha i ddim aros efo chi, William?'

'Wel, dydw i ddim yn meddwl y byddech chi'n teimlo yn gartrefol iawn yma. Fuoch chi 'rioed yn rhyw hoff o ddiwinyddiaeth.'

Pan glywodd Sera y gair 'diwinyddiaeth' troes at Wili Bach.

'Well inni fynd yn ein blaenau 'te. Ond mi ddo i i edrych amdanach chi'n fuan.'

Er bod ganddi draed drwg, ni theimlai Sera yn flinedig wrth gerdded. Yn wir, anghofiasai'r cwbl am ei chyrn.

'Dyna i chi le hardd,' meddai, gan bwyntio at afon yn rhedeg drwy feysydd gwyrddlas a choed o boptu'r afon.

'Fan yna y mae'r beirdd a'r cantorion,' meddai Wili Bach. 'Fasech chi'n leicio'u gweld nhw?'

Nodiodd Sera ei phen.

Aethant drwy'r coed a rhoes calon Sera dro pan welodd ddynion a merched yn cerdded o gwmpas yn noeth.

Caeodd ei llygaid, ac yr oedd am droi yn ei hôl.

'Be 'di'r mater?' gofynnai Wili Bach.

'Wel mae o'n rhyfedd fod y Brenin Mawr yn gadael i bobl gerdded o gwmpas yn noethlymun, yn tydi?'

'O! dydan ni ddim yn meddwl am rywbeth felly yma. Beirdd ysbrydol ydi'r rheina heb ddillad. Mi ddangosa i rai eraill ichi. Dacw nhw!' meddai gan bwyntio at ddynion a merched yng ngwisg Gorsedd Beirdd Ynys Prydain. 'Dydi Duw ddim yn hoff iawn o'r rheina. Cystadlu maen nhw'n barhaus, a rydan ni'n gorfod rhoi eli'r

"*Cariad Brawdol*" iddyn nhw o hyd.'

'Diar mi! Mae'n anodd dallt pethau. Ond does gyna i ddim isio aros fan yma.'

Aethant yn ôl i'r ffordd. Toc, gwelodd Sera adeilad hardd a llamodd ei chalon.

'Capel ydi hwnna, Wili Bach?'

'Ia, dyna lle maen nhw'n cynnal y Sasiwn. Fasech chi'n leicio mynd i mewn?'

'Baswn yn wir,' a dechreuodd Sera drotian.

Clywent lais y pregethwr yn codi ac yn disgyn a dechreuodd Sera deimlo'n gartrefol ar unwaith. Agorasant y drws yn ddistaw a syllodd Sera. Yr oedd y capel mawr yn llawn ac adwaenai amryw yno.

Pwniodd Wili Bach â'i phenelin.

'Drychwch ar yr hen James Jones, ein gweinidog ni, yn porthi fel yna! Pan oedd o ar y ddaear fedre fo ddim diodde gwrando ar neb arall yn pregethu.'

'Yn tydi o wedi cael yr eli?' dechreuodd Wili Bach.

'Hitiwch befo'r hen eli 'na,' meddai Sera. 'Ewch â mi i'r festri i weld fedra i helpu efo'r bwyd.'

Edrychodd Wili Bach arni'n siomedig.

'Oes gynnoch chi ddim isio mynd ymhellach? Mae 'na lot o blant draw ffordd yna, ac maen nhw'n cael chwarae drwy'r dydd.'

'Na, na. Mae plant yn f'ypsetio i. Ewch â mi i'r festri.'

Yr oedd y merched yn falch iawn o gael help Sera, a brysiodd hithau i dynnu ei chôt. Rhoes ei hymbarél a'i bag a'i menig yn ofalus dan ei chôt, ac aeth at y byrddau.

Daeth gwraig ati ac ysgwyd llaw.

'Jemima ydw i,' meddai. 'Fe anfonodd William deligram ata i jest rŵan i ddeud eich bod chi ar eich ffordd. Ac roedd o'n meddwl mai yma y basech chi'n dŵad.'

'Wel dyma'r tebyca i'r nefoedd rydw i wedi'i weld hyd yn hyn,' meddai Sera. 'Ac mae yn dda gyna i'ch cyfarfod chi.'

'Be fasech chi'n leicio neud? Torri i fyny neu olchi llestri?'

'Wel, torri bara menyn fyddwn i wastad yn 'i neud yn ein Capel ni. Ond mi faswn i'n leicio cael ffedog.'

'Mi nola i un ichi'r funud 'ma,' ac aeth Sera ar ôl Jemima yn llawen.

Aethant i gyfarfod yr hwyr gyda'i gilydd, ac ar ôl y cyfarfod daeth William ac Ann i'r festri i gael bwyd.

Edrychai Ann yn hardd, a teimlai Sera'r mymryn lleiaf o genfigen wrth edrych arni gyda William, ond nid oedd wiw iddi ddangos hynny rhag ofn iddynt ddarganfod nad oedd wedi rhoddi'r eli ar bob rhan o'i chorff.

Wedi iddynt fwyta, daeth Ann at Sera a diolchodd iddi am helpu i baratoi'r bwyd.

Cynhesodd calon Sera tuag ati. Yr oedd Sera erioed yn hoffi i bobl frolio ei bwyd.

Siaradodd y ddwy am sbel, ac yn sydyn dyma Sera yn cydio ym mraich Ann.

'Dydw i ddim yn leicio gofyn i neb yma – ond yn tydi o'n beth rhyfedd nad ydi Iesu Grist ddim o gwmpas? Roeddwn i'n meddwl yn siŵr mai fo fydde'n pregethu heno.'

'Yn tydi o yn ei calonnau ni, Sera bach? Wyddech chi ddim?'

'O!' meddai Sera gan edrych yn syn.

Y Blynyddoedd Canol

A oes rhywbeth yn fwy digalon na chinio dydd Llun? Cig oer, picls a thatws wedi eu berwi, a phob tro yr agorir y drws aroglau diwrnod golchi o'r cefn. Wrth gwrs, dylai'r gŵr gofio nad ydyw'r wraig ychwaith yn gorfoleddu am mai dydd Llun ydyw.

Yr oedd dydd Llun yn waeth i'r Parch. John Morris nag i rywun arall a âi allan yn y bore i ennill ei damaid. Nid oedd ddihangfa hyd yn oed yn y stydi oddi wrth aroglau diwrnod golchi. Weithiau câi gipolwg ar Annie, ei wraig, yn ystod y bore ac yr oedd cipolwg yn ddigon. Nid oedd yr awyrgylch yn fanteisiol i fyfyrdod. O'r cefn yr oedd lleisiau Annie a Mrs Griffiths, a ddeuai i mewn i helpu, i'w clywed yn gymysg â sŵn manglo a sŵn swilio dŵr. Na, doedd dim i'w wneud ond eistedd i lawr i ddarllen y papur a chael mygyn. Yr un peth oedd yn mynd ymlaen yn holl dai aelodau ei eglwys – felly nid oedd ddiben mewn mynd allan i ymweled. Ac nid oedd ganddo'r galon i fynd am dro ar ei ben ei hun ar fore dydd Llun, o bob bore. Wrth gwrs, y peth a ddileai holl anfanteision diwrnod golchi i'r Parch. John Morris fyddai iddo gael ei frecwast yn ei wely a chodi tua hanner dydd, ond nid oedd erioed wedi beiddio awgrymu hyn i Annie. Ni ddaeth i'w meddwl hithau fod yn gas gan ei gŵr fore dydd Llun.

Cododd Annie oddi wrth y bwrdd cinio i weld a oedd Mrs Griffiths wedi cael digon i'w fwyta yn y gegin. Daeth yn ôl â phwdin reis dydd Sul wedi ei aildwymo.

Yr oedd John Morris yn ofalus iawn beth a ddywedai wrth ei wraig amser cinio bob dydd Llun. Nid oedd hynny yn golygu bod Annie yn ddynes flin, ond yr oedd braidd yn bigog.

Ceisiodd John gofio dywedyd wrthi beth oedd yn y papur newydd a fyddai o ddiddordeb iddi. Ond yr oedd Annie yn edrych ar ei phlât â golwg pell iawn yn ei llygaid.

'Fedra i ddim dal ati fel hyn. Mae 'ma waith diddiwedd yn yr hen le 'ma,' meddai.

'Wel peidiwch â glanhau cymaint, Annie bach. A fedra i ddim deall lle'r ydach chi'n cael cymaint o bethau i'w golchi bob wythnos, a dim ond ni ill dau yma.'

'Hy! Dyna'r cwbwl wyddoch chi amdani. Beth am y bobol dragwyddol o'r wlad sy'n galw yma tuag amser te? A rhaid ichi gadw'r lle 'ma'n dwt. Wyddoch chi ddim pwy naiff alw.'

'Wel, pam na chewch chi forwyn i'ch helpu?'

'Dyna chi eto. A lle mae'r pres i ddŵad? Fedrach chi ddim cael morwyn am gyflog bychan rŵan. Twt lol,' a dechreuodd glirio'r bwrdd.

Aeth John Morris allan yn y prynhawn ac erbyn amser te, yr oedd ei wraig wedi gwisgo amdani, chwedl hithau, fel petasai wedi bod o gwmpas heb ddillad tan hynny.

Pan oedd y ddau ar ddechrau eu te, dyma gnoc ar y drws.

'Dyna nhw yn dechra hel yma pan mae hi'n amser bwyd,' ebe Annie wrth godi i ateb y drws.

Daeth yn ôl a'r hen William Puw yn ei chanlyn.

'Na, wna i ddim aros, diolch yn fawr, Mrs Morris. Dŵad ag ychydig o wyau ffres ichi ydw i. Yr oedd gan Elin, y wraig acw, isio ychydig o betha o'r dre a dyna sut y dois i mor gynnar ar yr wythnos… Wel, gan eich bod chi mor garedig, mi gyma i gwpanaid yn fy llaw.'

Wedi i William Puw fynd, tynnodd John ei getyn allan.

'Rydw i wedi bod yn meddwl, Annie, y dylech chi gael rhyw forwyn fach. Mae gan Wil, fy nghefnder, lond tŷ o blant ac rydw i'n siŵr y byddai'n dda gyna fo i un o'r genethod ddŵad yma am ei bwyd a thipyn o bres poced. A dydi o ddim fel petase nhw'n perthyn yn agos.'

Dechreuodd Annie wrando ar ei gŵr. Mor braf fyddai rhoi te i Mrs Jones-Williams, yr Oaklands, a'r forwyn yn tendio arnynt mewn ffedog wen!

A pho fwyaf y meddyliai am y peth gyda'r hwyr mwyaf yr amlhâi'r lluniau yn ei meddwl o dŷ'r gweinidog â morwyn o gwmpas y lle, yn enwedig i ateb y drws. A phan fyddai gweinidogion eraill yn aros yno, gallai fynd i'r capel fore Sul a gadael y forwyn i wneuthur cinio.

Gwenodd yn siriol ar John. 'Pryd y gwnewch chi sgrifennu?'

'Heno, os liciwch chi.'

Ac felly y bu. Y canlyniad ymhen rhyw bythefnos a fu i'r 'bobol dragwyddol o'r wlad' gael eu tywys i mewn i dŷ'r gweinidog gan forwyn fach landeg a chap gwyn ganddi.

Yr oedd Annie wrth ei bodd. Meddai gryn dipyn yn fwy o amser ar ei dwylo. Weithiau ar ôl cinio âi ar y gwely i orffwys am ychydig. Yr oedd bum mlynedd yn hŷn na'i gŵr ac yn dechrau edrych ei hoed. Byddai yn darllen 'Tudalen y Merched' yn y papur newydd yn ddyfal, ac aeth cyn belled â phrynu rhyw stwff i rwbio i mewn i'w hwyneb. Cyn noswylio yr oedd arni eisiau gwneuthur hyn ond ofnai rhag i John ei gweled. Ofn iddo chwerthin ar ei phen oedd arni fwyaf. Felly rhaid oedd rhwbio'r crêm i mewn ar ôl cinio a gorffwys wedyn. Ond os bu gwelliant yn ansawdd ei chroen, ni sylwodd John arno.

Aeth blwyddyn ddedwydd heibio a Mrs John Morris naill ai allan i de neu yn gwadd rhywun ati yn fynych.

Yr oedd John hefyd yn fodlon iawn. Nid oedd eisiau iddo, fel yn y gorffennol, gario glo i mewn a sychu llestri a gwneud rhyw fân swyddi. Gwnâi Nansi, y forwyn, ei gwaith yn rhagorol, ac yr oedd yn wastad yn siriol. Pan âi'r Parch. John Morris allan yr oedd Nansi yno i'w helpu efo'i gôt ac i estyn ei het. Yr oedd ei esgidiau bob amser wedi eu glanhau ac yn barod iddo yn y cwpwrdd. Yr oedd yn nefoedd ar y ddaear yn wir!

Weithiau pan ddigwyddai Annie ddyfod adref yn gynnar o un o'i hymweliadau, byddai John a Nansi yn cael eu te efo'i gilydd. Ond nid oedd Annie yn hoffi gweld Nansi yn estyn cwpan John iddo, ac eto nid oedd reswm dros ei diflastod. Ond pa bryd y gwelwyd gwraig yn gallu rhesymu? Ni allai rwgnach ar wasanaethgarwch Nansi iddi hi ei hun. Rhedodd Nansi i gael cwpan arall er mwyn i'w meistres gael cwpanaid o de yn ei llaw.

'Dyna fo Nansi. Gellwch glirio'r llestri 'ma rŵan.'

Ac ni sylwodd John na Nansi ei bod yn bigog.

Yr oedd y gwanwyn wedi dyfod ac amser glanhau'r tŷ.

Gorchmynasai John nad oedd neb i gyffwrdd â'i lyfrau heb iddo ef fod yn y fan a'r lle.

'O'r gorau. Rhaid i Nansi eich helpu pan fydda i allan heno,' meddai Annie.

Ar ôl te, dechreuodd y ddau ar eu gwaith, ond nid oedd na llwch na gwaith yn blino Nansi. Mor wahanol i'r adegau pan wnâi Annie y gwaith gydag ef! Sylweddolodd na chlywsai ef erioed Annie yn canu yn ystod wythnosau'r *spring cleaning*.

Yr oedd Nansi yn sefyll ar gadair a John yn estyn y llyfrau yn ôl iddi pan ddaeth Annie i mewn i'r ystafell. Diflannodd yr awyrgylch hapus ac eisteddodd Annie i edrych arnynt yn gorffen eu gwaith.

Rhedodd Nansi i baratoi swper ac aeth Annie i fyny'r grisiau yn araf deg. Eisteddodd ar ochr y gwely â'i het ar ei glin. Paham na fedrai fod yn hapus? A beth oedd o le yn y ffaith i John a Nansi gael te hefo'i gilydd a chadw ohonynt y llyfrau hefo'i gilydd? Ond ni fedrai anghofio'r teimlad o agosrwydd oedd rhyngddynt. Nansi ar ei gliniau wrth draed John yn procio'r tân. Ond beth oedd mewn procio'r tân? Nansi yn helpu John hefo'i gôt? Yr oedd cythraul bach ym mynwes gwraig y gweinidog. Cododd a chribodd ei gwallt cyn mynd i lawr i swper.

Ar ôl swper, a Nansi wedi golchi'r llestri a mynd i'w gwely, daeth Annie â'i chadair at y tân.

Yr oedd John yn darllen a'i ddiddordeb gymaint yn y llyfr nes diffodd o'r cetyn yn ei law. Ni feddai Annie y ddawn i eistedd yn llonydd, ond yr oedd John wedi hen ddygymod â'i ffyrdd erbyn hyn.

'Pam na siaradwch chi dipyn hefo fi?' meddai, gan estyn ei thraed at y tân, a syllu arnynt.

Daeth ei llais â John yn ôl i'r byd a'r bywyd presennol, a rhoddodd y llyfr i lawr yn union.

'Rydych chi o hyd â'ch pen mewn rhyw hen lyfr neu rywbeth,' meddai gan ddal i edrych ar ei thraed.

Taniodd John ei getyn. Beth a wnâi dyn heb yr hen gyfaill hwn?

'Wyddoch chi, John, rydw i'n meddwl y medra i neud heb forwyn. Y mae Mrs Jones-Williams eisiau morwyn ac mi fydde yn lle da i Nansi.'

Tynnodd John ei getyn yn synfyfyriol.

'Ond sut newch chi hefo'r golchi a phetha felly, Annie bach?'

'O! mi fydd yn llawn cyn rhated imi anfon y petha mawr allan i'w golchi. Wn i ddim pam na feddylis i am y peth ers talwm.'

Edrychodd Annie ar John. Ni chymerai ef arno ei fod yn poeni llawer am fod Nansi yn mynd, ond yr oedd yn un da am guddio'i deimladau. Daliai'r cythraul bach i neidio yng nghalon Annie.

Rhyfeddu a wnâi John oherwydd ffyrdd gwragedd. Dyna Annie wedi bod yn gweiddi am forwyn er pan briodasai, ac wedi iddi gael morwyn berffaith, yn gadael iddi fynd. Beth oedd dyn i'w wneuthur o rywbeth felly?

Daeth Annie i eistedd ar fraich ei gadair.

Gwyddai John mai'r peth nesaf a wnâi a fyddai rhoi ei bysedd drwy ei wallt, ac os oedd rhywbeth a gasâi, gwaith rhywun yn cyffwrdd â'i wallt oedd hwnnw – ond rhaid oedd dioddef...

'Ydach chi yn fy ngharu i, John?'

'Wel ydw siŵr.'

Gadawodd i'w lyfr ddisgyn. Plygodd i'w godi ac felly dihangodd o afael Annie. Gwyddai mai'r cam nesaf a fyddai iddi ofyn am gusan. Symudodd i gyfeiriad y drws.

Agorodd ddrws y ffrynt ac edrychodd allan i'r ardd. Uwchben yr oedd y sêr yn disgleirio a synnodd John Morris wrth feddwl cyn lleied o amser a dreuliai i wylio'r sêr.

'Caewch y drws 'na, John, mae 'na ddrafft ofnadwy,' cwynai Annie.

Cofiodd am Annie a chofiodd am y nosweithiau flynyddoedd yn ôl, a'r un sêr uwchben, pan dybiai fod cusanu Annie yn agor porth y nefoedd iddo.

Marwolaeth Plentyn

Rhedodd Dilys at y drws pan glywodd y postman yn rhoi'r llythyrau trwodd. Un i'w mam ac un iddi hithau. Rhoes mam Dilys ei llythyr o'r neilltu ac aeth i lenwi'r tebot. Ceisiai Dilys ddarllen ei llythyr a thostio bara o flaen y tân yr un pryd.

'Gad i mi orffen gwneud y tôst neu'r wyt ti'n siŵr o'i losgi,' meddai ei mam.

Nid oedd ond tri mis er pan fu farw tad Dilys. Bu'n rhaid i Dilys ymadael â'r ysgol, ac yr oedd wedi penderfynu mynd yn nyrs mewn ysbyty plant er nad oedd ond newydd droi dwy ar bymtheg.

'Gwrandwch, Mam. Mae gan Rhi isio imi fynd i aros efo hi am ychydig o ddyddiau cyn imi ddechrau gweithio.'

Ffrind pennaf Dilys oedd Rhi – neu Rhiannon fel y'i bedyddiwyd. Yr oedd ei thad yn gyfoethog iawn ac yn byw mewn hen blasty hardd rai milltiroedd o gartref Dilys. Yr oedd yn Gymro eiddgar a cheisiai ailgychwyn yn y pentref rai o'r hen grefftau Cymreig, er mai colli arian a wnâi ar y rhan fwyaf o'i anturiaethau. Ac yn awr, ar ddechrau'r gaeaf, yr oedd am gael 'Noson Lawen' yn yr hen blasty.

'Wn i ddim beth i'w ddweud yn wir,' meddai mam Dilys. 'Does gyna ni mo'r modd rŵan iti bara yn ffrindia efo pobol mor fawr. Well iti roi'r gora iddyn nhw rŵan.'

Edrychodd Dilys yn drist.

'Ond, Mam, mae pethau wedi newid rŵan. Dydi Rhi na'i thad ddim yn snobs ac maen nhw'n gwbod mod i am fynd i weithio.'

'Wel, be gei di wisgo, 'te? Rhaid iti fod yn dwt. A dwn i ddim ydio'n iawn iti fynd allan o ddu mor fuan.'

'O! mi fedra i neud ffrog ddu fy hunan. A hwyrach y medrwn i gael rhyw rosyn coch i roi ar yr ysgwydd,' ac edrychodd Dilys yn obeithiol ar ei mam.

'Wel, ti sy'n gwbod. Ond cofia y byddi di isio dillad newydd i fynd i ffwrdd i weithio hefyd.'

Ond nid oedd dim a ddywedai ei mam yn digalonni Dilys. Am y tro cyntaf er pan fu farw ei thad canodd wrth wnïo ond tawodd yn fuan rhag i hynny frifo teimladau ei mam. Yr oedd marw ei thad yn ddigon ynddo'i hun ond gwnaethpwyd pethau yn llawer iawn mwy torcalonnus pan ddarganfuwyd ei fod wedi marw yn weddol dlawd a hwythau wedi arfer â byd braf.

Yr oedd Dilys yn ifanc ac yn edrych ymlaen at ei bywyd newydd yn yr ysbyty. Hoffai ei mwynhau ei hun a gwyddai y câi amser hapus gyda Rhi.

*   *   *   *

Daeth Rhi i'w nôl yn y modur ac yr oeddynt wedi cyrraedd Plas Mawr mewn llai nag awr.

Cafodd y ddwy de gyda'i gilydd a mawr fu'r sgwrsio rhyngddynt. Y noson wedyn yr oedd y 'Noson Lawen' i fod, a rhaid oedd i Dilys helpu i addurno'r ystafell eang. Daethpwyd â blodau a goleuadau o bob lliw, a thad Rhi yn crwydro'n ddedwydd o gwmpas tra oedd pawb arall yn gweithio. Yr oedd ei wraig wedi marw ers blynyddoedd bellach, ond yr oedd Rhi wedi dod yn ddigon o faint yn awr i edrych ar ôl trefniadau'r tŷ, ac yr oedd mynd ar bopeth a gynhaliwyd yn y plas.

Daeth yn amser i'r genethod wisgo amdanynt ac edrychodd Dilys gyda dirmyg ar ei ffrog ddu. Yr oedd tad Rhi wedi dweud y cawsent ddawnsio ar ôl y canu a'r adrodd, ac ni wnâi hyd yn oed y rhosyn coch fawr o wahaniaeth i'r ffrog ddu.

Daeth Rhi i mewn i'r ystafell pan oedd Dilys yn edrych ar y ffrog.

'Piti bod yn rhaid ichi wisgo du, yntê? Mae gyna i ffrog binc sy'n rhy dynn i mi – rhaid imi beidio â byta cymaint – mi fase jest y peth ichi.'

Disgleiriodd llygaid Dilys.

'Mam oedd yn deud bod hi'n rhy fuan imi fynd allan o ddu.'

'Wel treiwch hon. Does dim drwg yn hynny.'

Safodd Dilys yn ei phais tra rhoddodd Rhi y ffrog binc yn ofalus dros ei phen. Edrychodd Dilys arni ei hun yn y drych a chlapiodd Rhi ei dwylo. 'Mae'n rhaid ichi ei gwisgo. Does dim isio i'ch mam gael gwbod. 'Taswn i'n ddyn mi faswn yn eich byta chi yn gyfa,' meddai Rhi, oedd yn ddwy flynedd yn hŷn na Dilys, a rhedodd i wisgo ei hun.

Teimlai Dilys yn eneth wahanol yn y ffrog binc. Yr oedd ganddi fwy o liw yn ei bochau a daeth i'w gwallt liw newydd. Nid edrychodd wedyn ar y ffrog ddu.

Wedi hir syllu arni hi ei hun yn y drych aeth i ystafell Rhi. Yr oedd Rhi yn edrych am hosanau i fynd efo'i ffrog, ac wedi chwalu a chwilio daeth o hyd i bâr a'i bodlonai.

Cerddodd y ddwy i lawr y grisiau fraich ym mraich, ac wrth weld bod rhai o'r gwahoddedigion wedi cyrraedd teimlai Dilys yn swil iawn, a cheisiodd guddio y tu ôl i Rhi. Ond ni fynnai tad Rhi iddi gilio o'r golwg, a chyflwynodd hi i bawb o'i gwmpas.

Daeth y delynores a'r cantorion i mewn, ac yn fuan llanwyd y neuadd. Yr oedd pawb yn gyfeillgar ac anghofiodd Dilys ei swildod.

Ar ôl y canu, aethant i ystafell arall i gael bwyd, a chliriwyd y neuadd yn barod i'r ddawns.

Yr oedd gwin ar y byrddau i'r rhai a'i mynnai. Sipiodd Dilys ychydig, a theimlodd ryw fflam ryfedd yn rhedeg drwy ei chorff. Edrychodd ar ei ffrog binc ac yr oedd yn anodd ganddi gredu mai hi oedd Dilys Owen a ofnai ganu ychydig ddyddiau yn ôl. Am funud, cofiodd am ei mam yn unig ac yn hiraethus o flaen y tân, ond cydiodd rhywun yn ei braich ac aeth y cwmni yn ôl i'r neuadd dan chwerthin.

Ni bu Dilys mewn dawns o'r blaen oddi eithr ambell i ddawns fach ddigon diniwed a gawsent yn yr ysgol ar ben tymor. Clywodd y miwsig a dechreuodd y fflam gerdded drwyddi'r eilwaith.

Cydiodd tad Rhi yn ei braich a dywedodd wrthi:

'Dyma Sgweier Plas Llwyd, Dilys, ac yn gofyn a gaiff o ddawnsio efo chi.'

Ac i ffwrdd â Dilys ym mreichiau Capten Rowlands, y Sgweier. Yr oedd yn ddyn tal, tua deugain oed. Cymaint smartiach yr edrychai na'r llanc a ddawnsiai gyda Rhi!

'Dydw i erioed wedi'ch gweld chi yma o'r blaen, Miss Owen,' meddai'r Sgweier.

'O! rydw i wedi bod yn aros noson yma ddwywaith neu dair, Capten Rowlands.'

'Wel, rydw i'n gwybod na faswn ddim yn eich anghofio chi petawn i wedi'ch gweld unwaith.'

Ni wyddai Dilys beth i'w ateb. Yr oedd yn mwynhau dawnsio gydag ef. Druan o Rhi efo'r gwas ffarm a sathrai ar ei thraed o hyd.

'Lle gawsoch chi'r lliw prydferth 'na ar eich bochau? Nid allan o focs, dyffeia i!'

Edrychodd Dilys i fyny i'w wyneb i weld a oedd o ddifrif. Disgleiriai ei llygaid a daeth ychwaneg o liw i'w hwyneb pan welodd yr edmygedd yn ei lygaid ef.

'Rydach chi'n edrych yn rhy ifanc i fod yn dawnsio yr adeg yma o'r nos.'

Ffeindiodd Dilys ei thafod.

'O! rydw i'n ddwy ar bymtheg.'

Chwarddodd yntau.

'Wel, 'r hen wraig, mae'r ddawns yma drosodd a rhaid imi gael y nesaf efo chi.' Cyn i honno orffen yr oedd yn rhaid i Dilys addo'r ddawns olaf iddo hefyd.

Dihangodd hithau o'r neuadd. Yr oedd ei bochau yn llosgi a'i chorff fel petai ar dân.

Pam yr oedd ef eisiau siarad ac edrych arni fel yna? Nid oedd yr un dyn wedi edrych arni fel yna o'r blaen. Wrth gwrs, yr oedd hogiau mewn parti Nadolig wedi ceisio cipio cusan ganddi dan chwerthin, ond nid oedd hyn yr un peth.

Eisteddodd ar gadair o'r golwg.

Cerddai rhai o'r cyplau ar y teras tu allan a gallai Dilys eu clywed yn siarad ac yn chwerthin gyda'i gilydd.

Cydgyfarfu rhai o'r cyplau ac arhosasant i sgwrsio.

Nid oedd Dilys yn ymwybodol ei bod yn gwrando, ond clywodd un ohonynt yn sôn am 'ffrog binc'.

'Mae'n sbort gweld yr hen Sgweier efo geneth ddiarth! Mi ddawnsiodd efo hi ddwy waith ac mae'n debyg 'i fod o'n gwasgu hi yn y twllwch rŵan. Welis i mo'r ffrog binc pan ddois i allan,' meddai un o'r hogiau.

Teimlodd Dilys ei gwaed yn fferru. Pa hawl oedd ganddynt i siarad fel yna amdani? Bu bron iddi grio ond meddyliodd am yr effaith ar ei hwyneb, er nad oedd yn malio llawer am ei hwyneb yn awr. A'r Sgweier wedi edrych arni gyda'r fath edmygedd! I lygaid pa sawl merch yr edrychasai ef yn gyffelyb? Dwsinau, mae'n debyg, yn ôl y siarad.

Rhaid oedd mynd yn ôl i'r neuadd, onid e deuai un ohonynt i chwilio amdani. Yr oedd wedi gwelwi cryn dipyn a rhedodd Rhi ati.

'Lle buoch chi mor hir? Ydach chi ddim yn dda?'

'Tipyn o gur pen, dyna'r cwbwl. Mae o'n well rŵan,' a rhoes Dilys ei llaw ar ei thalcen. Caeodd ei llygaid am eiliad, ond yr oedd gwneud hynny yn boen oherwydd y mwg baco yn yr ystafell. Rhaid iddi gofio peidio â'u cau eto.

'Dyma ichi Mr Philip Jones,' meddai Rhi, a gofynnodd ef i Dilys am y ddawns nesaf. Ond yr oedd ei thraed yn teimlo'n drwm ac ni chlywai ddim swynol yn y miwsig.

Tybed ai Philip Jones oedd un o'r hogiau a siaradai tu allan? Ni chawsai byth wybod hynny a phrin yr atebai hi ei gwestiynau.

'Wel dyna ichi eneth swil,' meddai ef wedyn wrth Rhi.

'Mae hi newydd golli ei thad ac roeddwn i'n meddwl y gwnâi o les iddi gael tipyn o newid. Mae hi am fod yn nyrs. Ddaru ei thad ddim gadael llawer o bres ar ei ôl.'

Yr oedd Dilys yn ceisio dyfalu sut y gallai osgoi dawnsio gyda'r Sgweier ond daeth yn sydyn o'r tu ôl iddi.

'Wel, dyma fy eneth fach i o'r diwedd! Lle buoch chi yn cuddio ar hyd yr amser?'

Cymerth ei braich ar gyfer y ddawns, a lledwenodd y ferch ifanc yn y ffrog binc arno.

Edrychodd y Sgweier yn ofer am ei 'eneth fach'.

Ofer ichwi Foregodi

Agorodd Fred Lloyd un llygad a theimlodd yn y gwely am ei wraig. Nid oedd hi yno. Agorodd y llygad arall a gwelodd ei bod yn cerdded o gwmpas yr ystafell ar flaenau ei thraed. Edrychodd ar y cloc. Hanner awr wedi chwech! Beth oedd ar y ddynes? Ond cofiodd ei bod yn ddiwrnod golchi.

Yr oedd Martha, ei wraig, yn cau'r botwm olaf, a gwelodd bod ei gŵr yn effro. Er hynny, ni wnaeth yr un o'r pethau hynny y disgwyliech i wraig ei wneuthur wrth gyfarch ei gŵr yn y bore. Edrychodd yn ddig arno, gan ddweud: 'Does dim isio i *chi* godi. Dydi hi ddim ond hanner awr wedi chwech. Mae gyna i isio trio cael y golchi allan cyn brecwast,' ac aeth allan o'r ystafell ar frys.

Yr oedd Martha wedi agor ei ffenestr ac wedi tynnu'r cyrtenni.

'Daria'r ddynes 'na,' meddai Fred. 'Sut mae hi'n disgwyl i ddyn gysgu efo'r holl wynt 'ma,' a chododd i gau'r ffenestr.

Erbyn mynd yn ôl i'w wely, yr oedd yn hollol effro ac nid oedd angen iddo fod yn ei waith tan naw o'r gloch. Hyd yn ddiweddar, byddai'n codi i helpu tipyn ar ei wraig, er ei bod hi yn aml yn dweud ei fod yn fwy o rwystr nag o help. Ond yn awr yr oedd y plant yn ddigon o faint i'w helpu.

Caeodd ei lygaid a cheisiodd gysgu ond clywai ei wraig yn cerdded o gwmpas.

Mor braf oedd cael y gwely i gyd iddo fo'i hun! Yr oedd Martha ac yntau wedi trymhau cryn dipyn er pan brynwyd y gwely. Wrth gwrs, byddai'n garddu ond beth oedd trin darn bach o dir bob prynhawn dydd Sadwrn? Byddai rhai o'r hogiau o'r offis yn dweud y byddent yn mynd am dro cyn eu brecwast a chofiai iddo eu galw yn bethau od. Eto, hwyrach bod rhywbeth yn y peth. Beth petai'n mynd allan heddiw am unwaith? Cododd ac eisteddodd ar ymyl y gwely. Piti bod ei goesau mor fyr! Ond pe collai ychydig o bwysau fe edrychai gryn dipyn yn dalach. Teimlodd ei ên, a phenderfynodd siafio ar ôl dychwelyd. Rŵan oedd yr amser i fynd allan.

Aeth i lawr y grisiau yn ddistaw, a phesychodd er mwyn i Martha ei glywed.

Troes hithau yn sydyn gan fwriadu dweud y drefn wrtho. Nid oedd arni eisiau ei gŵr yn ponsio o gwmpas yr iard a hithau'n golchi, ond cyn iddi gael cyfle i ddweud dim, dywedodd yntau: 'Wrth mod i'n effro mi feddylis y gwnâi o les imi fynd allan am dipyn o dro cyn fy mrecwast. Mae rhywun mor gaeth yn yr hen offis 'na.'

Ac yr oedd hithau mor falch ei fod yn mynd allan o'i golwg fel y cynigiodd wneud cwpanaid o de iddo.

Yfodd y te yn ddiolchgar, ac allan ag ef efo'i ffon.

Anadlodd yn ddwfn fel y'ch dysgir i wneud gan y llyfrau meddygol, ond stopiodd yr anadliadau dwfn yn sydyn pan welodd fod Jones ac Edwards o'r offis allan o'i flaen. Teimlai'n swil iawn, a phenderfynodd fynd drwy'r caeau rhag eu cyfarfod. Yr oedd Fred Lloyd yn wastad yn meddwl bod rhywun yn gwneud sbort am ei ben, a cherddodd yn ysgafn tan y daeth at y gamfa. Cerddodd yn gyflym drwy'r cae cyntaf a phan ddaeth at yr ail gamfa eisteddodd arni i gael ei wynt ato. Edrychodd ar ei draed a gwelodd fod ei esgidiau yn wlyb. Nid oedd wedi cofio am y barrug, ond ni fedrai droi yn ôl rhag ofn iddo gyfarfod Jones ac Edwards, a gwyddai na chawsai groeso gan ei wraig os âi adref mor fuan. Felly nid oedd dim amdani ond dal i gerdded. Dyna'r unig ffordd i osgoi annwyd, yn ôl y meddygon.

Edrychodd o'i gwmpas. Yr oedd yn fore bendigedig. Yr awyr yn las a phersawr y ddraenen wen yn ei ffroenau. Ailddechreuodd anadlu'n ddwfn. Teimlodd fod rhywbeth ar goll. Beth tybed? Ci, wrth gwrs! Mor braf fyddai mynd am dro bob bore a rhyw hen gi bach wrth ei sodlau! Byddai rhyw bwrpas mewn mynd am dro wedyn a phenderfynodd gael ci. Ci gwyn a sbotyn du arno. Allan yn yr awyr agored teimlai y gallai wrthsefyll holl wrthwynebiadau Martha i'r ci. Wedi meddwl am y ci bach am sbel daeth awydd iddo am smôc. Teimlodd yn ei boced arferol ond nid oedd ei getyn yno.

'Daria,' meddai Fred Lloyd. 'Daria,' meddai wedyn pan ffeindiodd fod ganddo focs matsys.

Wel, doedd mo'r help. Chwibannodd allan o diwn wrth fynd yn ei flaen a throes y defaid gan edrych yn wirion arno cyn rhedeg o'i ffordd. Os âi i ben y bryn gallai fynd adref ar hyd y ffordd fawr. Torrodd laswelltyn a sugnodd hwnnw am dipyn. Collodd ei wynt wrth fynd i fyny'r allt a bu'n rhaid iddo dynnu ei het gan ei fod yn chwysu cymaint. Yr oedd yn chwysu'n braf. Dyna'r ffordd i golli pwysau! A daeth rhyw deimlad hyfryd o fodlonrwydd drosto. Cerddodd yn hamddenol i lawr i'r ffordd fawr a phwysodd am yn hir yn erbyn y giât a arweiniai i'r ffordd. Torrodd sŵn traed ceffyl ar ei synfyfyrdod, a chafodd fraw pan welodd mai dyn y llefrith oedd yn dod. Doedd yn bosibl ei fod wedi wyth! Teimlodd am ei watsh ond nid oedd honno ganddo ychwaith. Dyna'r drwg o beidio â gwneud pethau yn y drefn arferol. Erbyn iddo deimlo ei bocedi yr oedd dyn y llefrith wedi mynd heibio a'i unig obaith am gael bod yn ôl mewn pryd wedi diflannu, er na wnâi'r tro i ddyn o'i safle ef gael ei gario adref yn y car llefrith. Buasai'n rhaid iddo ofyn i'r dyn ei osod i lawr cyn cyrraedd y tai, ac ni thalai iddo frifo teimladau dyn y llefrith ychwaith.

Erbyn hyn yr oedd yn dechrau colli blas ar brydferthwch natur. Yn awr, yr oedd ei anadliadau yn fyr ac yn fuan; ac yr oedd y plant yn cychwyn i'r ysgol pan gyrhaeddodd y tŷ.

'Dyn annwyl! Rown i'n meddwl eich bod chi wedi mynd i'ch gwaith heb frecwast. Lle buoch chi mor hir?' gofynnodd Martha.

'Anghofio cymyd fy watsh ddaru mi,' ebe yntau, ac edrychodd ar ei esgidiau.

Edrychodd Martha arnynt hefyd.

'Jest drychwch ar eich traed. Tynnwch eich sgidiau a'ch socs y munud 'ma. 'Dach chi'n gwybod mor handi 'dach chi i gael annwyd.' Ac aeth Martha i edrych am socs glân iddo. Teimlodd Fred Lloyd ei ên am yr ail dro y bore hwnnw. Yr oedd yn chwarter i naw, felly nid oedd amser i siafio. Bwytaodd ei uwd yn nhraed ei hosanau. Yr oedd yr uwd yn glaear ac yn lympiog, ond yr oedd Fred yn ddigon call i beidio â chwyno.

Rhoddodd ei esgidiau am ei draed ac aeth yn ôl at ei frecwast. Ni chafodd lawer o flas ar y cig moch a'r ŵy, ac nid oedd amser iddo gael hyd yn oed gipolwg ar y papur newydd. Gwyddai y byddai'n siŵr o gael diffyg treuliad ar ôl bwyta mor gyflym, ac nid oedd ganddo amser i alw yn siop y cemist ar ei ffordd. Cydiodd yn ei het ac i ffwrdd â fo. Yr oedd y plant yn canu emyn pan basiodd yr ysgol. Erbyn iddo gyrraedd yr offis yr oedd yn ugain munud wedi naw. Fred Lloyd, y clerc mwyaf prydlon yn y lle, yn cyrraedd mor hwyr! Beth oedd yn bod? Cododd pob pen mewn syndod pan ddaeth i mewn ond ni roddodd reswm am fod yn hwyr. Brysiodd i'w le, ac edrychodd drwy ei lythyrau heb sylwi ar neb. Ni fedrai ddweud bod Martha yn sâl rhag ofn bod Jones ac Edwards wedi ei weld allan. Yr oedd yn ymwybodol nad oedd wedi siafio a phenderfynodd fynd allan i siop y barbwr tuag un ar ddeg.

* * * *

'Rydw i'n mynd allan am ryw bum munud,' meddai wrth y lleill, ac wrth fynd allan dychmygai glywed Jones ac Edwards yn chwerthin.

Dechreuodd disian ar ei ffordd i siop y barbwr.

'Daria,' meddai. 'Rydw i'n siŵr o gael annwyd ar ôl gwlychu 'nhraed,' a rhedodd ci bach rhwng ei goesau.

'Daria rhyw hen gŵn o gwmpas traed rhywun,' a rhoddodd gic i'r ci bach du a gwyn tebyg i'r un a chwenychai ei gael ychydig oriau yn gynt.

Porthi Nwydau

Yr oedd John ac Ann Morris wedi priodi ers saith mlynedd ac yr oedd ef gryn ddeng mlynedd yn hŷn na hi: ond o ran hynny ni bu ef erioed yn ifanc iawn. Gŵr cyfrifol oedd ac yn batrwm i holl weinidogion yr ardal. Gallech yn wastad ddibynnu ar John Morris, Llannerch ond am Ann, wel! Ac fe edrychai pob gweinidog gyda gwên fodlon ar ei wraig ei hun wrth feddwl amdani. Wrth gwrs, pe caniateid dwy wraig i bob dyn, ni byddai gan yr un ohonynt wrthwynebiad i un o'i wragedd fod fel Ann, a'r llall yn debyg i'r un a oedd ganddo. Dewisasent hwy wragedd call, tawel – mor bell ag y gellir galw unrhyw wraig yn dawel – a hyd y gallasent, rai â thipyn o arian neu o eiddo ganddynt. Ond am Ann, plentyn amddifad oedd hi, heb ddim ar y ddaear ganddi ond gwên ar ei hwyneb ac y mae'n rhaid mai syrthio mewn cariad â'i gwên a wnaeth John Morris. Fel y cerddai pob blwyddyn heibio, âi John Morris dipyn yn ddistawach, ac ychydig iawn a gâi Ann allan ohono heblaw rhyw gŵyn neu'i gilydd – prin bod na'r tywydd na'r prisiau byth wrth ei fodd.

'Dydi'r ffarm 'ma ddim yn talu,' meddai John bob tro y gofynnai Ann am rywbeth newydd i'r tŷ neu iddi hi ei hun.

'Wel, gadewch inni gadw *visitors* yn yr ha fel mae pobol Bryn Du yn gneud,' awgrymai Ann.

'*Visitors* wir! Be sy gyna i isio efo pobol ddiarth yn crwydro o gwmpas y lle yn difetha popeth? Dyna ddigon ar y mater. Mi nawn heb bethau newydd os bydd raid.'

'Dyna le braf fyddai hwn i bobol ddiarth,' meddyliai Ann wrth olchi'r llestri. Trwy ffenestr y gegin gefn, yr oedd dolydd ir Dyffryn Clwyd i'w gweld, a draw yn y pellter rimyn glas, a'r môr oedd hwnnw. Ym mis Awst a mis Medi yr oedd y bryniau o gwmpas y ffarm wedi eu harddu gan y grug a'r eithin, ac os eisiau tawelwch oedd ar ddyn, dyma un lle i'w gael.

Un prynhawn yn nechrau'r haf, daeth llond car o bobl ddiarth i'r Llannerch i ymofyn llaeth, ac wedi sgwrsio dipyn gydag Ann, dywedent eu bod wedi syrthio mewn cariad â'r lle. Oni fyddai yn bosibl iddynt gael aros yno am ychydig?

Nid oedd Ann yn hapus yn siarad Saesneg, ond llwyddodd i egluro nad oedd ei gŵr yn rhyw fodlon iawn iddi gadw pobl ddiarth. Ond wedi addo ohonynt y byddent allan y rhan fwyaf o'r amser, ac wedi i Ann redeg i mewn ac allan i'r gegin at John ddwywaith neu dair (ac yntau yn brin o bres) cytunwyd iddynt ddyfod i aros ddechrau'r wythnos ganlynol. A dyna ddechrau ar gadw *visitors*, ac nid oedd gan John, hyd yn oed, le i gwyno. Yn wir, daeth yn y man i sgwrsio tipyn â'r gŵr diarth gyda'r hwyr, er mai ysmygu yn dawel a'u breichiau ar lidiart y mynydd y byddai'r ddau ran amlaf.

Ond yr oedd un peth a gasâi John. Ni wahaniaethent rhwng y Sul a'r un dydd arall. 'Petasen nhw yn mynd i'r Eglwys yn y bore,' grwgnachai wrth Ann, gan awgrymu fod mynd i'r Eglwys y peth nesaf at fynd i'r diafol! Yr oedd Ann ar ôl byw saith mlynedd gyda John wedi rhoi'r gorau i geisio ei ddarbwyllo mai rhydd oedd i bawb ei farn. Fel y gwyddai, barn John Morris oedd yr unig farn ddiogel, ac ni chaech lonydd tan y deuech, o flinder ysbryd, i gyfaddef hynny. Wrth gwrs, nid oedd Ann yn dadansoddi pob teimlad o'r eiddi gyda golwg ar John. Yr oedd hi wedi ei briodi, a dyna ben arni. Ni ddarllenai nofelau modern, a phur anaml yr âi i'r sinema; ond yr oedd ganddi bersonoliaeth gref, er na fynnai John weld hynny. Cawsai ffit pe gwyddai fod Ann wedi rhoi ei phleidlais i'r Blaid Lafur yn yr Etholiad diwethaf ac yntau yn Geidwadwr – a'i dad a'i daid o'i flaen.

Daeth mis Awst ag ychwaneg o bobl ddieithr, a dechreuai amgylchiadau John Morris wella. Yr oedd Ann yn awr yn gallu talu llawer o filiau'r tŷ, a John wedi cynefino â gweld dieithriaid o gwmpas ei gaeau; ond erbyn mis Medi, nid oedd ond un dyn ieuanc – Jim Harris – yn aros. Treuliai'r rhan fwyaf o'i amser yn ysgrifennu, ac weithiau deuai i mewn i'r gegin i gael ymgom ag Ann. Dywedodd y carai ddysgu Cymraeg gan fod y nofel a ysgrifennai ar y pryd yn ymdrin â bywyd Cymreig. A wnâi Ann ei helpu weithiau drwy siarad Cymraeg ag ef? Gwnâi Ann, wrth gwrs, ond nid oedd i ddweud wrth ei gŵr mai ysgrifennu nofel yr oedd – ni ddarllenasai John nofel yn ei fywyd, ond ni olygai hynny nad oedd yn barnu pob nofel, a phawb a ddarllenai nofelau, yn llym.

Daeth Ann a Jim yn ffrindiau mawr, a llawer o hwyl a gawsent gyda'r gwersi Cymraeg. Cafodd Jim Harris lawer gwell bywyd na'r bobl ddieithr eraill, a chafodd ambell i damaid o fwyd gydag Ann yng nghanol y bore.

Swynwyd ef yn fawr gan Ann a'i symlrwydd, a buasai hi wedi marw o fraw pe gwyddai mor fanwl yr oedd yn ei hastudio er mwyn ei defnyddio fel un o gymeriadau ei nofel. Pwysodd arni y dylai ddarllen a chrwydro ychwaneg. Ni ddywedodd Ann wrtho na buasai hi a John i ffwrdd i aros dros nos ers amser eu priodas. Ni rwgnachai yn erbyn ei byd, ond yr oedd yn mynd yn hŷn, ei bywyd yn mynd yn gulach, gulach, a chas oedd ganddi feddwl am yr amser pan fyddai Jim Harris wedi mynd a neb ond John a hithau a'r gath a'r ddau gi efo'i gilydd drwy oriau maith y gaeaf.

Amser hel mwyar duon ydoedd, ac wrth eu casglu digwyddai yn aml i Jim Harris ac Ann gyfarfod. Cerddent drwy'r caeau dan sgwrsio heb weld y mwyar duon, ac yn aml byddai'n rhaid i Ann redeg yr holl ffordd adref i fod mewn pryd i wneud te i John.

Ond daeth y diwrnod tua diwedd mis Medi i Jim Harris ymadael. Cychwynasai John i'r caeau yn fore, a daeth amser ffarwelio Ann a Jim Harris. Ychydig funudau ar ôl iddo gychwyn am y bws, teimlodd Ann na fedrai aros yn y tŷ yr un munud yn ychwaneg. Oddi allan yr oedd haul mis Medi yn tywynnu, a meddyliodd am y gaeaf hir o'i blaen. Ysgrifennodd nodyn byr i John, tarawodd ef ar y bwrdd â phlât arno rhag i'r gwynt ei chwythu, a rhedodd allan â'i chôt a'i het yn ei llaw. Rhedodd i lawr y lôn a thrwy'r caeau a chyrhaeddodd y ffordd fawr pan ddaeth y bws i'r golwg. Ychydig oedd yn y bws, ac aeth i eistedd yn ymyl Jim Harris.

Daeth John Morris adref i'w ginio tuag un o'r gloch, ond er ei fawr syndod yr oedd y tŷ yn wag a'r drws heb ei gloi. Gwaeddodd am Ann ym mhob twll a chornel, ac o'r diwedd eisteddodd i lawr i ystyried

y mater. Y llestri brecwast ar y bwrdd heb eu golchi! Ni chofiodd
weld y fath beth er pan briododd. Ond lle yr oedd Ann? Aeth i dorri
brechdan a chafodd hyd i ddarn o gaws. Ond beth a wnâi wedyn?
Yr oedd tawelwch y tŷ yn ofnadwy. Synnodd wrth feddwl gymaint
o wahaniaeth a wnâi Ann i'r lle. Aeth allan i'r caeau, er nad oedd yn
disgwyl gweld Ann yno ychwaith. Ond beth oedd dyn i'w wneud a'i
wraig wedi ei adael heb ddweud yr un gair?

Ar ei ffordd yn ôl i'r tŷ, gwelodd y gwartheg yn sefyll yn
amyneddgar wrth y llidiart, ac aeth i odro fel dyn mewn breuddwyd.
Nid oedd 'Seren' yn llonydd iawn. Tybed a oedd hithau yn teimlo
colli Ann?

Aeth i mewn i'r tŷ gan hanner obeithio gweld Ann yno. Eisteddodd
i lawr â'i ben yn ei ddwylo. Clywodd y cloc yn taro pump a neidiodd
ar ei draed yn sydyn. 'Wel, does dim arall amdani ond imi fynd cyn
belled â Thŷ'n Lôn i ofyn i Jane Ifans a welodd hi Ann yn rhywle.'
Cas oedd ganddo feddwl am fynd at Jane Ifans i holi am ei wraig
– gwyddai hi hanes pawb yn yr ardal. Ond ymwrolodd, ac i ffwrdd
â fo.

'Wel, dyna ichi beth od,' meddai Jane Ifans. 'Roedd Dafydd sy'n
gyrru'r bws (mae o'n canlyn Elin, y ferch 'ma, wyddoch) yma yn
cael tamed o fwyd tua hanner dydd cyn cychwyn yn ôl i'r dre, ac
roedd o'n deud wrth Elin a minnau fod Mrs Morris ar y bws cynta
y bore 'ma ac yn eistedd yn ymyl y dyn ifanc 'na fu'n aros efo hi,
a'u bod yn siarad ac yn chwerthin gymaint fyth. Ond mae'n debyg
eu bod nhw yn gryn dipyn o ffrindia erbyn hyn, a nhwythe wedi bod
efo'i gilydd gymaint ar hyd y caea 'ma.'

'Ann ar y bws,' meddai John gan grafu ei ben. 'Beth oedd hi'n ei
wneud ar hwnnw, tybed?' Dyna oedd yn mynd drwy ei feddwl wrth
wrando ar Jane Ifans yn siarad. Daeth Elin â chwpanaid o de iddo,
ond ni fedrai Jane Ifans gael llawer allan ohono.

Aeth yn ôl i'r Llannerch a'r gobaith yn dechrau tyfu yn ei galon eto
y byddai Ann yno yn ei ddisgwyl. Ond erbyn iddo gyrraedd yr oedd
y lle cyn ddistawed â'r bedd, a'r llestri brecwast ar y bwrdd o hyd. Yr
oedd y tân wedi mynd allan ers oriau, ac er mwyn cael rhywbeth i'w
wneud, aeth i'w gynnau. Eisteddodd uwch ei ben am ddwy awr…

tair awr... ac ni ddaeth neb ar ei gyfyl. Nos Sadwrn ac yn ddydd Sul yfory! O'r arswyd! Beth a wnâi?

Os âi i'r capel byddai pawb yn siŵr o holi am Ann. Ac os dywedai ei bod yn sâl, byddai rhywun yn siŵr o alw heibio i edrych amdani. Ond os nad âi i'r capel byddai hynny yn waeth fyth. Byddai'r holl gynulleidfa yn tyrru i'r Llannerch i weld beth oedd yn bod; ac os rhoddai glo ar y drws, dyna ddiwedd arni. Ni feddyliai neb am funud eu bod wedi mynd i ffwrdd dros y Sul heb ddweud wrth rywun. Eto hwyrach mai'r peth gorau fyddai iddo fo aros gartref drwy'r dydd a cheisio osgoi pobl os deuent. Ond cofiodd am Jane Ifans. Byddai pawb yn gwybod cyn dydd Sul bod Ann ar goll, a sychodd y chwys oddi ar ei wyneb. Ond lle yr oedd Ann? Ann a Jim Harris yn ysgwrsio ac yn chwerthin ar y bws... a dechreuodd gofio cymaint fu Ann a Jim Harris gyda'i gilydd. Eisteddasant ar y setl hyd yn oed yn ei ŵydd ef a darllen o'r un llyfr. Dysgu Cymraeg yn wir!

Yr oedd John wedi gweld yn y papur newydd bod rhai gwragedd yn gadael eu gwŷr, ond ni wyddai am neb yng Nghymru a oedd wedi gwneuthur hynny. Ond yr oedd Jim Harris yn ifanc, ac Ann yn edrych yn hapusach ac yn dlysach yr wythnosau diwethaf nag y cofiai hi erioed. Y ffŵl ag ef na welodd y peth yn digwydd, ac yn digwydd o flaen ei drwyn. 'Dim chwaneg o'r bobl ddiarth 'ma,' meddai wrtho'i hun. Ond wedyn pa ddiben oedd dweud felly a dim Ann i edrych ar eu holau? Pe na bai ond yn cael gafael yng nghorn gwddw Jim Harris, yr ysgerbwd gyna fo... a dechreuodd gerdded o gwmpas y gegin. Yr oedd wedi nosi ac ias oer diwedd Medi o gwmpas y lle. Agorodd y drws a daeth y gath i mewn, ac aeth John Morris yn ôl i eistedd yn ymyl y tân. Rhwbiodd y gath yn ei goesau, a chanu'r gath a thician y cloc oedd y cwbl a glywid yn y tŷ.

Yn sydyn agorodd y drws, rhuthrodd rhywun i mewn, a neidiodd John i fyny mewn braw.

'Bobol annwyl, John,' gwaeddodd Ann, 'be haru chi, a pham rydach chi'n eistedd yn y twllwch 'ma?'

Yr oedd John wedi disgyn yn ôl i'w gadair mewn syndod ac yn dal i syllu ar Ann fel dyn gwirion.

Rhoddodd Ann ei pharseli ar y bwrdd ac edrychodd o'i chwmpas.

'Wel, mi roeddwn i'n meddwl y basech wedi clirio llestri brecwast imi beth bynnag.'

Agorodd John ei geg fel pe bai am ddweud rhywbeth, ond siaradodd Ann eto cyn iddo gael cyfle.

'Rhowch olau ar y lamp neu rywbeth,' meddai Ann gan ddisgyn i'r gadair a thynnu ei het. Neidiodd y gath ar ei glin.

Daliodd John i syllu arni. Ann oedd hi tybed? Ond lle yr oedd y ffŵl hogyn 'na?

'Be haru chi, John? Ydach chi wedi cael strôc?'

'Strôc, yn wir! Lle fuoch chi drwy'r dydd? A minnau wedi bod yn chwilio amdanoch chi ym mhob man!'

'Wel, oeddach chi ddim yn fy nisgwyl i yn ôl?'

'Isio gwybod lle roeddach chi wedi mynd oedd gyna i. Welwch chi, Ann, rhaid ichi beidio â chwarae rhyw hen driciau gwirion fel hyn efo dyn, a mynd i ffwrdd heb ddweud gair wrth neb. Porthi nwydau fydda i yn galw peth felly.'

'Ond mi adewais i nodyn i ddeud fy mod i wedi gneud fy meddwl i fyny yn sydyn i fynd i'r Rhyl am y diwrnod.'

'Nodyn?'

'Ia,' meddai Ann, a symudodd y plât bara ymenyn ar y bwrdd. 'A dyma fo yn yr un fan yn union ag y rhois i o.'

'Wel sut oeddwn i i wybod y basech chi'n gadael nodyn? Ddaru chi 'rioed adael nodyn imi o'r blaen.'

'Naddo, mae'n debyg, am nad oedd 'na ddim angen.' A dechreuodd Ann glirio'r bwrdd.

'A pham na fasech chi wedi clirio'r bwrdd? Petasech chi wedi gwneud hynny, base popeth yn ôl-reit.'

'Ddaru mi ddim meddwl,' atebodd John yn swta. Ni wyddai yn iawn pa un ai'n ddig ynteu'n hapus y teimlai.

'Dyn annwyl! Yr oedd hi'n braf yn y Rhyl 'na. Rhaid inni fynd yno'r haf nesaf os byw ac iach,' ac aeth Ann i baratoi swper dan ganu.

Ar ôl swper, agorodd ei pharseli, a John erbyn hyn yn tanio ei getyn.

'Drychwch, John. Dyma i chi beth i ddal baco. A chetyn. A dyma ichi dei newydd erbyn y Sul.'

Cymrodd John y tei yn ei law a'i lygaid ar y parseli eraill ar yr un pryd.

'Wel, ia, ond lle gawsoch chi gymaint o bres i'w gwario, 'ngeneth i?'

'Pobol ddiarth siŵr, y lolyn gwirion!' a dechreuodd Ann gyfrif y pres ar ei glin.

'Ond mi synnech gymaint o bres mae rhywun yn 'i wario heb feddwl yn siop *Woolworth* 'na!'

'Mab a Roddwyd i Ni'

Eisteddai Miss Jane, Miss Susannah a Phegi'r gath o flaen y tân yn y parlwr ffrynt. Pan âi Pegi i'r gegin at Maggie Ann, y forwyn, Twm oedd enw'r gath, ac yr oedd y gath yn ddigon call i ateb wrth y ddau enw er na châi fawr o groeso gan Maggie Ann. Os byddai Maggie Ann wedi golchi'r llawr, yr oedd y gath i mewn ac allan fwy nag arfer, ond ni feiddiai Maggie Ann ddweud dim os digwyddai Miss Jane neu Miss Susannah fod yn agos.

Dwy ferch y diweddar Barchedig Samuel Williams oedd Miss Jane a Miss Susannah. Bu farw eu tad ddeuddeng mlynedd yn ôl a'u mam lawer iawn cyn hynny. Yr oedd eu chwaer hynaf wedi marw hefyd, ond er yr holl newid yn eu hamgylchiadau, nid oedd Miss Jane a Miss Susannah wedi meddwl symud. Yma, yr oedd pawb yn eu hadnabod ac yn eu parchu, ac er nad oedd ganddynt fawr i fyw arno ni feddylient am ymdaro heb forwyn. Nid edrychai yn neis iawn iddynt olchi'r ffrynt eu hunain a chario glo, ac yr oedd yn well cael morwyn ifanc na dynes-bob-bore yn busnesu o gwmpas.

Edrychodd Miss Susannah ar y tân. Yr oedd yn dechrau mynd i lawr, ac mae'n rhaid bod Pegi'r gath wedi teimlo'r lle'n oeri oblegid neidiodd ar lin Miss Susannah.

'Pegio bach isio cyci,' meddai Miss Susannah ac yn strocio'r gath yr un pryd.

Yr oedd Maggie Ann wedi cael caniatâd i fynd i'r Cyfarfod Darllen am saith o'r gloch ac i alw yn ei chartref ar ôl hynny; felly ni byddai i mewn tan tua naw, a dyma hi ddim ond hanner awr wedi saith!

'Mae fy llygaid i'n blino os darllena i am yn hir,' meddai Miss Jane gan roi ei llyfr o'r neilltu.

Yr oedd yn noson oer ym mis Rhagfyr a'r gwynt yn codi. Nid oedd neb yn debyg o alw.

'Rhaid inni feddwl am baratoi ar gyfer y Nadolig,' meddai Miss Susannah, ac edrychodd ar ei dwylo. Er bod yn gas ganddi lanhau resins a syltanas ni feddyliodd hi na Miss Jane am brynu rhai parod i'w rhoi yn y pwdin a'r deisen. Byddai hynny'n groes i drefn Rhagluniaeth.

'Well imi roi ychydig ar y tân,' meddai Miss Jane, ond ni symudodd. Yr oedd yn braf iawn pan oedd Maggie Ann i mewn i wneud pethau fel hyn.

Blinodd Pegi ar orwedd ar lin Miss Susannah a neidiodd i'r llawr.

'Pegi bach isio mynd allan?' gofynnodd Miss Susannah, a symudodd at y drws i adael iddi fynd allan o'i blaen. Gwyddai'r gath y cawsai fynd allan drwy ddrws y ffrynt gan Miss Susannah a rhwbiodd yn ei choesau.

Yr oedd yn chwythu'n arw i'r ffrynt ac agorodd Miss Susannah ddigon ar y drws i alluogi Pegi i fynd allan, ond sefyll yn stond wnâi'r gath.

'Dos o 'na, pwsi bach,' ac agorodd Miss Susannah dipyn mwy ar y drws.

Gwelodd rywbeth gwyn ar y step. Plygodd i weld beth oedd. Bwndel o ddillad – ond nid oeddynt yn arfer gyrru eu golchi allan. Rhaid bod rhywun wedi gwneud camgymeriad efo'r tŷ. Ceisiodd ei symud â blaen ei throed a dyna'r bwndel yn rhoi gwaedd. Aeth llaw Miss Susannah at ei chalon a rhedodd yn ôl i'r parlwr.

'O! Jane, dowch yma mewn munud. Wn i ddim beth sy wrth y drws.'

'Be 'dach chi'n feddwl, Susannah? Peidiwch cynhyrfu'ch hun.'

'Ond mae rhywbeth byw yna, Jane.'

Agorodd Miss Susannah y drws eto, ac yn uwch na sŵn y gwynt yr oedd cri babi.

'Beth ydi ystyr hyn?' gofynnodd Miss Jane fel pe bai Miss Susannah yn gwybod.

Yr oedd yn oer iawn i sefyll wrth y drws, ond ni symudai'r un o'r ddwy.

'Well inni 'i godi o, Jane?'

'Wel cydiwch chi yno fo 'te – chi 'di'r fengaf.'

Caeodd Miss Jane y drws yn ofalus a chariodd Miss Susannah y bwndel o'i blaen. Daliai'r babi i weiddi, ac erbyn iddynt gyrraedd y lle tân yr oeddynt i gyd yn goch eu hwynebau.

'Wel!' meddai Miss Jane.

Ond nid oedd gan Miss Susannah anadl i ddweud hynny, hyd yn oed. Yr oedd yn sefyll a'r bwndel o'i blaen o hyd.

'Well ichi ei roi ar y gadair, Susannah,' a symudodd Miss Jane y gadair yn nes ati.

Yr oedd yn dda gan Miss Susannah gael rhoi'r babi i lawr yn rhywle. Petase fo ddim ond yn stopio crio am funud er mwyn iddynt gael siarad! Yr oedd yn gas ganddynt sŵn o unrhyw fath – dyna paham na chawsent y radio i'r tŷ.

'Mae 'na nodyn ar y siôl, Jane. Drychwch! Dyma fo.'

'Be sy arno fo? Fedra i ddim gweld.'

Daliodd Miss Susannah y darn papur at y golau.

'"*Byddwch yn drugarog*" sy arno fo.'

Yr oedd y babi wedi tawelu tipyn ar ôl dod i'r cynhesrwydd, ond ofnai Miss Jane a Miss Susannah edrych arno rhag iddo ailddechrau gweiddi. Mentrodd y ddwy eistedd i lawr ar flaen eu cadeiriau i ystyried y mater. Ni fedrent adael y babi allan yn yr oerni. Yr oedd hynny yn ddigon sicr. Ond pam, mewn difrif, y gadewsid ef wrth eu drws hwy?

Yr oedd Miss Susannah wedi troi ei hanner cant a Miss Jane yn nes at drigain, ac nid oeddynt wedi arfer â phlant o gwmpas y tŷ. Yr oedd yn rhy hwyr iddynt fynd at Mr Jones, y gweinidog.

Yr oedd y babi yn cysgu'n dawel erbyn hyn, a phlygodd y ddwy hen ferch i edrych arno. Yr oedd yn fabi braf ond nid oedd ganddynt amcan beth oedd ei oed. Yr oedd y dillad amdano yn lân ac yn dwt ac ni ddaeth i feddwl yr un o'r ddwy sut y gallai unrhyw fam ei adael. Pe bai modd yn y byd byddai'n dda gan Miss Jane pe deuai rhywun yno a chynnig ei roi wrth ddrws tŷ rhywun arall, a dechreuodd feddwl am holl aelodau'r Eglwys a fyddai'n debyg o groesawu bwndel fel hwn.

Cawsant lonydd tan tua hanner awr wedi wyth, pan feddyliodd y babi ei bod yn amser iddo gael bwyd, a dywedodd hynny yn blaen ac yn groyw.

'Rhowch o ar eich glin, Susannah, i weld naiff hynny 'i ddistewi. Hwyrach mai isio bwyd sy arno fo.'

Arferai'r ddwy aros tan y deuai Maggie Ann i mewn cyn swpera, a byddai'n rhaid i'r babi aros hefyd.

'Bydd Maggie Ann yma mewn hanner awr,' meddai Miss Susannah, a siriolodd y ddwy wrth feddwl am Maggie Ann. Hwyrach y gwyddai hi beth i'w roi i blant, gan ei bod yn un o naw ei hunan.

'Well inni dreio canu tipyn iddo fo, Jane, i weld aiff o i gysgu eto.'

Ond ni wyddent beth i'w ganu, a bodlonodd Miss Susannah drwy ddweud '*shi, shi, shi*' ar wahanol nodau, ond ni fynnai'r babi ddim o hyn, ac yr oedd ei waedd yn uwch na '*shi, shi, shi*' Miss Susannah druan.

Daeth Maggie Ann i mewn i'r parlwr heb iddynt ei chlywed.

'Gwarchod pawb! Be sy'n bod yma?'

Yr oedd y ddwy mor falch o'i gweld fel na ddwrdiasant ddim arni am ddweud 'gwarchod pawb'. Dechreuodd y ddwy siarad ar unwaith, a llwyddodd Maggie Ann i ddeall hynny o stori oedd ganddynt i'w hadrodd.

'Yn tydi o'n fabi del?' meddai Maggie Ann gan roi ei bys yn ei law fechan.

Gafaelodd yntau yn dynn yn ei bys, a stopiodd y crio am funud.

'Tynnwch eich côt, Maggie Ann. Hwyrach y stopia fo grio efo chi.'

Yr oedd y gôt i ffwrdd ar unwaith a chydiodd Miss Susannah yn y babi i'w roi i Maggie Ann.

'O! tendiwch 'i ben o, Miss Susannah. Rhaid ichi roi eich llaw dan eu pennau nhw,' a siglodd Maggie Ann y babi yn ei breichiau.

'Isio bwyd sy gan y peth bach,' meddai.

'Be fydd yn well inni 'i roi, Maggie Ann?' gofynnodd Miss Susannah.

'Wel, dowch â thipyn o ddŵr a llefrith cynnes yma ac ychydig o siwgr. Mi ro i beth iddi fo ar lwy de.'

Aeth y ddwy hen ferch ar frys i'r gegin i baratoi'r bwyd tra eisteddai'r forwyn ar y gadair orau yn y parlwr a'r babi ar ei glin.

Distawodd y babi ar ôl ei fwydo a sychodd Maggie Ann y dagrau o'i lygaid.

'Be ma' nhw wedi bod yn neud hefo chi, fy nhlws i?'

Nid atebodd y ddwy hen ferch.

'Be wnawn ni efo'r babi heno, Maggie Ann?'

'Wel fedrwch chi mo'i droi o allan,' a chydiodd Maggie Ann yn dynnach yn y babi. 'Mi gaiff o gysgu efo mi. Rydw i wedi arfer efo nhw, ac mi a' i at Mam yn y bore i gael dillad glân iddo fo.'

'O! diar annwyl! Maggie Ann. Dydi o ddim i aros yma am fwy na noson. Mi gewch fynd i nôl Mr Jones y gweinidog y peth cynta' yn y bore. Mi ddeudith o be fydd y peth gorau inni ei wneud,' meddai Miss Jane.

Edrychai Miss Susannah braidd yn siomedig, ond ni feiddiai ddweud dim o blaid cadw'r babi, oblegid gwyddai cyn lleied am y mater â'i chwaer.

'Dydw i ddim yn teimlo bod gyna i isio dim i'w fwyta i swper. Ydach chi, Susannah?'

'Nac ydw wir, Jane. Mi gymerwn ni lymaid o lefrith poeth am heno. Mi a' i i'w dwymo rhag i Maggie Ann symud.'

'O! mi fydd y babi'n iawn rŵan,' meddai Maggie Ann, ac aeth at y drws a'r babi ar ei braich.

'Ydach chi'n siŵr mai bachgen ydi o?' gofynnodd cyn mynd allan.

Edrychodd y ddwy ar ei gilydd.

'Wel na wyddom yn wir, Maggie Ann. Mi ddaru ni gymryd yn ganiataol mai bachgen oedd o wrth i fod o'n gweiddi cymaint,' meddai Miss Jane.

'O! mae genethod bach yn medru gweiddi hefyd,' meddai Maggie Ann dan chwerthin.

Prociodd Miss Jane y tân. Tybed ai geneth oedd y babi? Byddai yn neis iawn cael geneth fach o gwmpas y tŷ, a hwyrach bod Rhagluniaeth wedi ei hanfon atynt i'w cysuro yn eu hen ddyddiau, a soniodd am hyn wrth Susannah.

Daeth Maggie Ann i mewn â'r llefrith poeth iddynt.

'Bachgen ydi o, *ma'am*,' meddai wrth Miss Jane, ac allan â hi.

Wel, dyna setlo'r cwestiwn iddynt. Nid oedd y Bod Mawr yn disgwyl iddynt fagu bachgen a hwythau yn ddigon tlawd fel yr oedd hi. Bachgen deng mlwydd oed yn baeddu'r tŷ! Na, yr oedd allan o'r cwestiwn. Aeth y ddwy i orffwys.

Trannoeth ni ofynnwyd i Maggie Ann wneud fawr o waith yn y tŷ. Cafodd ddillad i'r babi gan ei mam, a photel iddo gael bwyd.

'Gadewch i mi dreio,' meddai Miss Susannah.

Rhoes Maggie Ann y babi ar lin Miss Susannah a'r botel yn ei llaw. Daliodd Miss Susannah y botel yn dynn yng ngheg y babi.

'Nid fel 'na, Miss Susannah, neu mi dagith,' a thynnodd Maggie Ann y botel allan o'i geg bob ryw hyn a hyn, tra daliodd Miss Susannah y babi.

Tua chanol y bore, daeth y Parch. John Jones mewn atebiad i nodyn Miss Jane. Yr oedd yn cyd-weld yn hollol â'u penderfyniad. Yr oedd digon o gartrefi da i blant amddifaid ac anfonai at rai ohonynt ar unwaith. Yn y cyfamser, hwyrach yr edrychai mam Maggie Ann ar ôl y plentyn.

Yr oeddynt yn gwbl ffafriol i'r cynllun yma, ac erbyn i'r nos ddyfod eto yr oedd yr hen dawelwch cynefin yn y tŷ.

Fel y noson gynt, eisteddai Miss Jane, Miss Susannah a Phegi'r gath o flaen y tân cyn swper. Yr oedd Maggie Ann wedi cael caniatâd i bicio adref i weld sut yr oedd y babi.

Agorodd y gath ei cheg, a sylwodd Miss Susannah ar hyn. Cododd ac aeth i'r gegin, a daeth yn ôl â llond soser o lefrith i'r gath.

'Be sy gyn babi del isio? Pegi bach isio llymaid?'

Rhoddodd y soser ar lawr ac edrychodd y ddwy yn garuaidd ar y gath yn yfed y llefrith.

Lol

Lladdasai Annie gannoedd o gacwn er nad oedd ond dechrau mis Awst. Byddai'n rhoi tipyn o jam ar soser i'w denu, ac er nad oedd yn ferch greulon, lladdai hwynt oll. Onid oedd hi wedi cael ei cholio gan y cnafon? Yn ychwanegol at ladd cacwn, byddai Annie yn helpu ei thad yn y siop, ond cymerai arni wrth ei ffrindiau mai clercio yn unig a wnâi. Wrth gwrs, byddai'n gwneud y biliau; ond pan lenwai'r siop gwaeddai Rhobat Ifans arni at y cownter. Un hogyn bach yn unig a helpiai yn y siop ac i gario allan, a rhwng edrych tipyn ar ôl y tŷ a bod yn y siop gallech feddwl nad oedd gan Annie fawr o amser iddi hi ei hun.

Am ryw flwyddyn ar ôl gadael yr Ysgol Sir treuliai bob munud o hamdden i ddarllen nofelau. Nid oedd fawr o waith darllen arnynt, ond yr oeddynt wrth fodd calon Annie. Byddai'n gorfod bod yn dra gwyliadwrus rhag i'w thad ei dal. Yn ffortunus, yr oedd yno hen lejar fawr a byddai Annie, pan glywai sŵn ei droed, yn cuddio'r nofel odano. Un go grintachlyd oedd Rhobat Ifans. Ni feiddiai Annie dreio ei dwyllo o'r un ddimai, ac yn sydyn un prynhawn poeth daeth y syniad iddi y gallasai hithau sgrifennu llawn cystal ag awduron y nofelau a ddarllenai. Pwy wyddai na chawsai hithau weld ei gwaith mewn print, ac ennill enwogrwydd ac yn bennaf oll, rhyddid? Cadwai bob tipyn o bapur gwyn i sgrifennu arno a byddai'n fynych wedi llwyr ymgolli ym mywyd ei harwr pan waeddai ei thad arni:

'Annie! Wyt ti ddim yn dŵad? Mae'r siop yn llawn.'

A byddai'n rhaid i Annie adael 'Ronald Langdon' a rhedeg at y cownter at yr hen Sera Parri flin.

Er y gwelai Sera Parri fod y siop yn llawn daliai i ddyrnu'r cownter â'i cheiniogau. Er mwyn cael gwared ohoni aeth Annie ati hi yn gyntaf.

Mewn ychydig, gwacawyd y siop a rhoes Rhobat Ifans glo ar y drws. Sychodd ei wyneb â'i ffedog.

'Wn i ddim be haru'r hen wragedd 'ma yn gadael eu negeseua tan y funud dwaetha. Tyd o 'na, Annie, mi awn i orffen y llyfrau.'

Nid oedd gwneud y cyfrifon yn blino cymaint ar Annie y dyddiau hyn. Yr oedd fel petai'n byw mewn breuddwyd, ac ni faliai pan ddwrdiai ei thad hi am y camgymeriadau a wnâi.

'Rhaid iti dreio bod yn fwy gofalus, Annie!' meddai, 'neu fe fydd pobol yn mynd i'r Siop Newydd os na thendiwn ni. Wn i ddim be sy wedi dŵad drostat ti'n ddiweddar,' a chroesodd allan nwyddau Jane Huws oedd wedi eu rhoi ar gyfrif Martha Jones. Yr oedd Annie yn hollol ddihitio. Byddai'r biliau hyn yn werthfawr i rywun yn y dyfodol pan ddelai hi i enwogrwydd, a gallai'r pryd hwnnw edrych gyda dirmyg ar yr holl gwsmeriaid yr oedd yn rhaid iddi hi eu llyfu yn awr.

Ni wnâi Annie Evans y tro fel enw awdur 'Ronald Langdon'. Byddai'n troi a throsi pob mathau o enwau yn ei meddwl. O'r diwedd, setlodd ar 'Anita Jarvis' fel ffugenw, ac o hynny allan 'Anita' oedd Annie iddi hi ei hun. Sgrifennai'r ddau air – 'Anita Jarvis' – ar ddarnau o bapur a gwenai wrth feddwl am syndod ei thad pan glywai am orchest ei ferch. Nid oedd yn debyg o ddarllen ei gwaith, oblegid ychydig o Saesneg a ddeallai. Ond gallai Annie ddychmygu amdano yn siarad â'i gwsmeriaid ac yn dweud: 'Ydi, mae fy merch yn Llunden ar hyn o bryd ond mae hi'n sôn am fynd i'r Cyfandir i dreulio'r gaeaf. Ydi, wir, mae hi'n dal i neud arian mawr. Maen nhw'n sôn am ffilmio'i nofel ddwaetha hi.'

Na, ni thalai hynny. Pan fyddai Annie yn gyfoethog ni wnâi'r tro iddi gael tad o siopwr. Byddai'n rhaid iddi roi peth o'i harian iddo i'w alluogi i ymneilltuo. Wedi myned cyn belled â hyn yn ei myfyrdod, teimlai Annie'n ddig wrth ei thad. Yr oedd yn sicr yn ei chalon fod ganddo ddigon o arian i ymneilltuo'n awr. Mor braf a fyddai iddynt fyw mewn byngalo bach! Byddai'n eithaf bodlon i wneud hyd yn oed heb forwyn ond iddi gael mynd o'r hen siop annifyr a seimllyd.

Cyn cyrraedd hanner y ffordd drwy ei nofel blinodd Annie ar 'Ronald Langdon'. Os oedd arni eisiau gwneud pres, gwell a fyddai iddi sgrifennu storïau byrion i'r papurau wythnosol dwygeiniog, a dechreuodd amryw. Gorffennwyd un neu ddwy, ond yn ôl y daethant gyda throad y post. Digalonnodd Annie am ychydig, ond ni chredai fod y golygydd wedi eu darllen mewn cyn lleied o amser, ac nid oedd ôl bys na phensal las ar y papur. O'r diwedd, cafodd gini gan gyhoeddwyr *Women's Gossip*, a gwnaeth Annie fwy o gamgymeriadau yn y biliau yr wythnos honno nag a wnaethai mewn unrhyw fis o'r blaen.

Gwylltiodd Rhobat Ifans:

'Wel di, Annie, rhaid iti fynd i weithio i rywle arall os wyt ti am ddal ati i neud mistêcs fel hyn o hyd. Mi fydda i yn colli fy nghwsmeriaid i gyd ar dy gownt di.' Ac ychwanegodd: 'Ond wn i ddim pwy wnâi dy gymryd a thithe yn breuddwydio fel hyn.'

Edrychodd Annie ar ei thad gyda dirmyg. Nid oedd am wastraffu amser i egluro i un mor ddwl nad oedd gwneud biliau yn waith cymwys i artist.

Canlyniad y ffrae a fu i Rhobat Ifans benderfynu cael llanc i'w helpu yn y siop ac iddo yntau roi mwy o amser gydag Annie ar y llyfrau. Yr oedd yn dechrau mynd i oed ac nid oedd Annie yn debyg o briodi siopwr. Yr oedd ganddi syniadau rhy uchel amdani ei hun, ond Duw a wyddai o ba le y cawsai'r fath syniadau. Ac eto, un braidd yn ffroenuchel oedd ei mam, a synnodd Rhobat Ifans pan sylweddolodd cyn lleied a gofiai am Elin, ei wraig, a fu farw bymtheng mlynedd yn ôl.

Ni chymerodd Annie fawr o ddiddordeb yn yr hysbysiad yn y papur lleol am lanc i'r siop, ond pan gyrhaeddodd Eric Jones yr wythnos ddilynol i ddechrau ar ei waith fel cynorthwywr siomwyd Annie o'r ochr orau.

Disgwyliai rywun eiddil ac oel yn ei wallt a phensal ar ei glust; ond yr oedd hwn yn fachgen smart. Gwir y rhoddai rywbeth yn ei wallt, ond yr oedd ganddo wallt du tonnog ac ni wisgai het. Yr oedd yn dal ac yn gryf, a thuag un ar hugain oed. Buasai heb waith am gryn dipyn ar ôl gadael yr ysgol; aeth i fyny'n uwch yng ngolwg Annie pan ddarganfu iddo fod am beth amser yn yr Ysgol Sir. Dechreuodd hi fod yn fwy gofalus wrth wneud y llyfrau. Nid oedd arni eisiau i Eric

Jones glywed y cwsmeriaid yn cwyno oherwydd ei chamgymeriadau, cymerai gryn drafferth gyda'i gwallt a'i dillad hefyd, ac felly nid oedd cymaint o amser ganddi i sgrifennu ag o'r blaen.

Aeth blwyddyn heibio a Rhobat Ifans wedi ei blesio'n arw hefo'r cynllun newydd. Cawsai Annie fwy o bres poced ganddo'n awr ac aeth Eric a hithau yn gyfeillion. Yr oedd o'n ofalus iawn ar y dechrau. Nid oedd arno eisiau colli lle da oherwydd cerdded allan gyda merch y dyn a'i cyflogai. Ond er i Rhobat Ifans eu gweled gyda'i gilydd yn y dref un nos Iau ni roddes un arwydd o wrthwynebiad.

Ymwrolodd Eric, ac yr oedd Annie yn eithaf bodlon i bobl ei gweld gyda llanc mor olygus. Yn wir, yr oedd yng ngolwg Annie yn llawer smartiach na rhai o hogiau bach eiddil y Banc. Pan ofynnodd Eric iddi a gawsai ofyn caniatâd ei thad iddynt briodi, yr oedd hi'n hollol barod.

Ni fedrai Rhobat Ifans wneud digon iddynt. Dywedodd y talai ef holl gostau eu mis mêl ac y trefnai i rywun ei helpu tra byddent i ffwrdd, ond iddynt drefnu i briodi cyn yr amser prysur. Felly nid oedd reswm yn y byd dros iddynt aros, a phriodwyd y ddau ddiwedd mis Mawrth.

* * * *

Pesgodd Annie, ac yn y man cafodd blant. Nid oedd amser ganddi yn awr i helpu fawr yn y siop ac ni wnâi Rhobat Ifans lawer yno ychwaith. Eisteddai ar ôl te i ddarllen ei bapur newydd ac edrych ar Annie yn paratoi'r plant ar gyfer gwely. Yr oedd ganddi dri erbyn hyn. Anita oedd bron yn wyth oed, Eric yn bump, a Ronald, babi chwe mis oed.

Un noson, yr oedd Annie yn golchi'r babi o flaen y tân ac Anita ac Eric yn chwilota mewn cwpwrdd wrth y lle tân. Daethant o hyd i ryw hen lyfrau yn perthyn i'r siop, a disgynnodd papurau allan ohonynt. Yr oedd Anita'n medru darllen ychydig, ac eisteddai'n llonydd yn ceisio sbelio'r geiriau Saesneg iddi hi ei hun.

Sylwodd Annie mor ddistaw oedd y plant a throes atynt.

'Be sgynnoch chi, Anita?'

'Hwn, Mam,' a daliodd y papurau i'w mam weld.

'Be sy arno fo?'

'Saesneg ydi o,' a dechreuodd Anita ddarllen yn araf deg: '*Ronald – looked – into – her – eyes – and – clasped – her – to – him.*'

'Anita, peidiwch â darllen hwnna. Rhowch o i mi'r funud 'ma.'

Wrth weld Annie wedi cyffroi rhoddodd Rhobat Ifans ei bapur newydd o'r neilltu ac estynnodd am y papurau a ddaliai Anita fach yn ei llaw, ond cyn iddo gael gafael ynddynt yr oedd Annie wedi eu cipio oddi arni a'u taflu i'r tân.

'Be oeddan nhw, dŵad?' gofynnodd ei thad.

'O! dim ond rhyw hen lol,' meddai Annie, gan siglo'r babi yn ei breichiau.

'Taledigaeth y Gwobrwy'

A dweud y gwir yn onest, ychydig iawn a wyddwn i am Miss Hannah Williams tan imi briodi Jini; ond erbyn hyn yr wyf yn gyfarwydd â hanes bron pawb yn yr ardal. Peidiwch â meddwl serch hynny mai un am hel straeon yw Jini, fy ngwraig. Arnaf fi oedd y bai yn y gorffennol, mae'n debyg, ond fedrwch chwi ddim disgwyl i hen lanc gymryd diddordeb ym mywyd hen ferched oni byddo'n meddwl priodi un ohonynt. Nid hen ferch oedd Jini. Os rhywbeth, dywed rhai o bobl sbeitlyd y pentref yma fy mod yn rhy hen i Jini. Ond ta waeth am hynny...

Meddwl am hen ferched a barodd imi ysgrifennu hyn. A chyda llaw, nid ydyw Jini yn hoffi imi ysgrifennu o gwbl. Dywed fy mod yn yr ysgol drwy'r dydd yn dysgu'r plant ac y dylwn fynd allan yn amlach efo hi gyda'r nos. Ond anodd tynnu cast allan o hen geffyl. Ar hyd y blynyddoedd cyn imi briodi Jini, byddwn yn arfer ag ysgrifennu tipyn gyda'r nos er nad oedd gan neb eisiau fy ysgrifau fel yr oedd gwaetha'r modd. Ond dywedir bod pob profiad a ddaw i ran dyn yn ei aeddfedu, ac wedi priodi Jini, hwyrach y byddaf yn deall bywyd yn well.

Methu cadw i'r pwynt yw fy mai mawr. Dyma fi yn yr ysgol yn rhoi gwers i'r plant ar wlân Cymreig ac yn diweddu rhywle yn Abysinia.

Ond beth yw fy mhwynt? Dechreuais feddwl am Miss Hannah Williams a ddeuai i'n Capel ni, ond Jini a ddaw i'm meddwl byth a hefyd. Y mae Jini yn dda iawn am fynd i ymweld â phobl. Byddai yn galw yn ei thro i edrych am Miss Hannah Williams. Yr oedd Miss Hannah Williams wedi mynd bron yn ddall; ond wrth gwrs yr oedd yn dechrau mynd i oed. Bu yn ffyddlon iawn yn holl foddiannau'r Capel, ac am rai blynyddoedd yr oedd yn athrawes ar Jini yn yr Ysgol Sul.

'Roedd hi yn un sychlyd,' meddai Jini, 'ac ar nosweithiau tywyll yn y gaeaf byddai gang ohonom yn cnocio ar ddrws ei thŷ ac yn rhedeg i ffwrdd cyn iddi ateb.'

'Rhag cywilydd iti, Jini bach,' meddwn i.

Ond rhaid dweud nad oedd dim yn hoffus iawn yn Miss Hannah Williams. Yr oedd wedi ei magu mewn oes pan oedd dangos teimladau yn bechod. 'Dyletswydd' oedd ei harwyddair: ac yn wir yr oedd Miss Hannah Williams wedi gwneud ei dyletswydd tuag at bawb, ond ati hi ei hun. Gofalodd am ei thad a'i mam a'i chwaer hyd nes daeth yn amser eu claddu. Y mae'n rhaid mai ychydig iawn oedd ganddi i fyw arno, ond ni wyddai neb hynny i sicrwydd. Cyfrannai'n hael at yr Achos ac yn enwedig tuag at y Genhadaeth Dramor. Os carai Miss Hannah Williams rywbeth yn ystod ei bywyd, y Genhadaeth Dramor oedd hwnnw. Hi fyddai yn trefnu i'r plant fynd oddi amgylch i gasglu, a cheisiai bob blwyddyn drwy ryw ffordd neu'i gilydd eu symbylu i gasglu tipyn mwy nag o'r blaen. Dywedai Jini wrthyf ei bod hi yn aml wedi cerdded milltiroedd er mwyn treio ennill rhodd Miss Hannah Williams o ddarn deuswllt. Ond heblaw hyn, cyfrannai Miss Hannah Williams ei hunan dipyn mwy bob blwyddyn. Rhoddai ddeg swllt 'er cof am ei hannwyl rieni', ac ar wahân i hynny cyfrannai yn ei henw ei hun gan roddi ryw chwecheiniog ychwaneg bob blwyddyn tan y daeth y swm yn 18/6, a dyna pryd yr aeth yn rhy wael i fynd i'r Capel.

'Wn i ddim pwy â i edrych amdani,' dywedai Jini wedi dod adref a thynnu ei hesgidiau a rhwymo ei thraed o flaen y tân. (Y mae gan Jini draed del iawn – piti bod ganddi gorn neu ddau, ond yr wyf fi yn gweld yn awr ei bod yn prynu esgidiau rhy gul. Rhaid imi fynd efo hi y tro nesaf yr â hi i brynu pâr o esgidiau.)

'Wyddoch chi, yr oedd y tân yn mynd i lawr pan eis i mewn,' meddai Jini, 'ond ni adawai imi roi ychwaneg o lo arno fo iddi hi. Dydi hi ddim yn molchi tu nôl i'w chlustiau chwaith.' A throdd Jini ei thrwyn i fyny heb yn wybod iddi ei hun.

'Ond rhaid ichi gofio nad ydi hi ddim yn gweld rhyw lawer,' meddwn innau.

'Wel nac ydi, dwi'n cyfaddef hynny, ond mi ddyle wybod lle mae

ei chlustiau.' Ac ym mhen ychydig dywedodd, 'Ond mi wna i ryw
gwstard bach iddi fory.'

A byddai Jini yn aml yn rhedeg â rhyw damaid blasus iddi, er nad
ymddangosai Miss Hannah Williams yn ddiolchgar iawn amdano.
Ond ceisiwn ddweud wrth Jini mai dyna oedd ei ffordd hi.

Daeth diwrnod pan alwodd Jini i edrych amdani ac y cafodd hi'n
rhyfedd iawn. Dywedodd i rywun fod yn dwyn ei phethau yn y nos,
ac yn wir yr oedd pob man yn llanastr. Cypyrddau yn agored a dillad
a rhyw fân daclau ar draws ac ar led. Ni wyddai Jini ar y ddaear beth
i'w wneud a rhedodd i'r ysgol ataf.

'Anfon teligram at ei chefnder ydi'r gorau,' meddwn i, ac felly y
gwnaed. Daeth y cefnder o Loegr a'r meddyg, a chyn pen deuddydd
yr oedd Miss Hannah Williams yn y gwallgofdy. Yn y gwallgofdy!
Ni fedrai Jini gael y peth allan o'i meddwl. Rhywun o'n capel ni, ein
pentref ni, yn y gwallgofdy! Yr oedd y peth yn anhygoel! A hithau
mor dduwiol a da!

Ceisiodd rhai o'r capel ei gweld yn y gwallgofdy, ond yr oedd y
cefnder wedi dweud wrth yr awdurdodau y byddai yn well ganddo ef
pe nas gwelsai neb ohonynt. Aeth dwy flynedd heibio, a Miss Hannah
Williams yn parhau i fyw (ond yr oedd cyfraniadau Capel Seion tuag
at y Genhadaeth Dramor wedi lleihau). Un diwrnod daeth y newydd
i'r pentref fod y cefnder wedi marw yn sydyn, a dyna geisio cael
gweld Miss Hannah Williams a llwyddo, ond yn 'ward y tlodion' yr
oedd, ac yno y buasai er pan aethai i mewn. Yr oedd yn fregus iawn
a heb ryw lawer i'w ddweud wrth neb.

Un noson, a Jini a mi yn eistedd wrth y tân ar ôl swper, dywedodd
Jini: 'Wyddoch chi, William, rydw i'n teimlo y dylwn fynd i edrych
am Miss Hannah Williams. Does gyni hi ddim perthnase a dim llawer
o ffrindiau. Ddaru mi 'rioed feddwl y base'r Hollalluog, neu beth
bynnag y galwch chi o, yn gadael iddi ddioddef fel yna. A hithau heb
bechu yn ei bywyd! A drychwch faint fydde hi yn ei roi at y capel a'r
Genhadaeth Dramor!'

Pwy oeddwn i i ateb y cwestiynau hyn?

Ond y peth a'm blinai oedd sut i osgoi mynd efo Jini i'r gwallgofdy.
Fedrwn i ddim meddwl am y peth, ac i fynd i weld Miss Hannah

Williams o bawb! Na, gwell fyddai gadael llonydd iddi neu i Jini gael rhywun arall i fynd efo hi.

'Yr oedd Mrs Jones, Siop Newydd, yn deud y cawn i fynd efo hi ddydd Sadwrn nesaf,' meddai Jini.

Llawenychais pan glywais hyn. A minnau wedi bod yn ceisio meddwl am esgusion!

'Rhaid ichi fynd â rhywbeth iddi hi,' meddwn heb boeni faint a wariai Jini.

Felly, fe aeth Jini a Mrs Jones, Siop Newydd, y dydd Sadwrn canlynol.

Diwedd mis Tachwedd oedd, a minnau yn treio clirio tipyn ar yr ardd, ond daeth i lawio tua chanol y prynhawn a lledodd rhyw niwl dros bob man. Euthum i mewn i'r tŷ a gwneud cwpanaid o de. Wedi goleuo'r lamp a thanio fy nghetyn, edrychai pethau ychydig yn siriolach, ac yr oeddwn wedi llwyr ymgolli yn fy llyfr pan ddaeth Jini adref.

Yr oedd Jini yn wlyb at y croen ac yn edrych yn welw.

Prysurais i wneud cwpanaid o de iddi ac eisteddodd o flaen y tân i'w yfed.

'Gwael iawn oedd hi. Roedd y nyrs yn deud ei bod hi wedi cael strôc ysgafn dair wythnos yn ôl.'

Tynnais esgidiau Jini.

'Does gyna i byth eisiau mynd i'r lle 'na eto. O bobol! Roedd o'n ofnadwy! Cynifer yn yr un ward, a phob gwely mor agos at ei gilydd. A hithau yno, druan bach, a'i llygaid yn agored ac yn gweld dim. Peth mor ofnadwy ydi byw drwy gydol eich hoes a heb neb i'ch caru, yntê, William?'

'Oedd hi yn eich nabod chi, Jini?'

'Wel, dwn i ddim. Fe ofynnodd y Nyrs iddi oedd hi'n gwybod pwy oedd yno. "Ffrindia," meddai hi. "Ia, ond pwy ydyn nhw?" gofynnodd y nyrs. "Ffrindiau," meddai hi eto. A dyna'r cwbl.'

Tipyn o Newid

Botymodd Lemuel Hughes ei gôt yn ofalus, a phesychodd yn nerfus.

'Wel, rŵan, Mr Hughes,' meddai Doctor Jones wrtho, 'fedra i wneud dim byd arall ichi. Rhaid ichi fynd i ffwrdd am dipyn o newid ac mi ddowch yn ôl yn ddyn newydd. Peidiwch â meddwl am eich nerfau, ond ewch allan gymaint ag a fedrwch.'

'Ond, Doctor, fedra i ddim fforddio gadael y siop am fwy na phythefnos!'

'Wel ewch am bythefnos 'te. Bydd hynny'n well na dim. A threiwch anghofio bod gynnoch chi siop na dim arall. Mi wn i am le yn Llandudno a wnâi'r tro yn iawn ichi. 'Rhoswch am funud imi gael ei roi ar ddarn o bapur.'

Cerddodd Lemuel Hughes adref drwy heolydd prysur Lerpwl yn llawn o freuddwydion am Landudno. Oddigerth ambell drip ar y 'St Tudno' neu'r 'La Marguerite' ni bu yng Nghymru ers ugain mlynedd. Ac ar ôl byw yn Lerpwl am ugain mlynedd yn ceisio cystadlu â'r siopau mawr, nid rhyfedd bod ei iechyd wedi torri i lawr.

Felly yr aeth Lemuel Hughes i letya i Landudno ym mis Awst. Yr oedd yn ddyn go swil, ond pan welodd nad oedd neb yn cymryd sylw ohono pan oedd yn bwyta dechreuodd ymwroli ac edrych o'i gwmpas. Gyferbyn ag ef wrth y bwrdd bwyd yr oedd gŵr a gwraig ifanc ar eu mis mêl, a phawb yn gwybod hynny. Y gŵr braidd yn ddi-sylw er iddo geisio tyfu mwstas. Yr oedd y wraig mewn ffrog felen ddilewys a phob mymryn o'i chnawd a oedd yn y golwg wedi ei losgi gan yr haul. Eli ar ei gwddf ac eli ar ei breichiau. Dychmygodd Lemuel Hughes amdanynt yn oriau'r nos a hwythau ar eu mis mêl a'r gŵr ofn cyffwrdd â breichiau ei wraig oherwydd yr eli. Ifanc oedd y rhan fwyaf o'r rhai a arhosai yn y tŷ, a dechreuodd Lemuel Hughes feddwl nad oedd yntau mor hen ychwaith.

Ond yr oedd un yn eistedd yn ymyl bwrdd bach ym mhen draw'r ystafell a wyddai nad oedd Lemuel Hughes yn ifanc fel yr hogiau a ddeuai i aros am noson neu ddwy heb na chôt na het ond pecyn bach ar eu cefnau. Teimlai Miss Lizzie Price yn hapusach wedi dyfodiad Lemuel Hughes nag a wnaethai yn ystod ei harhosiad o bythefnos. Ac yr oedd ei hamser i fyny ymhen wythnos a hithau heb ddim ond ychydig o weu i ddangos amdano. Wrth gwrs, yr oedd pawb yn neis iawn hefo hi, ond nid oedd arnynt eisiau ei chwmni. Ac yr oedd Miss Price wedi mynd i gredu mai gwell fuasai ped aethai i Landrindod fel arfer; ond gan mai yn y wlad yr oedd yn byw yr oedd y Doctor wedi ei siarsio i fynd i lan y môr am dipyn o newid.

A dyma ddyn parchus yr olwg tua'r un oed â hithau yn aros ar ei ben ei hun yn yr un lle! Eisteddodd Miss Price yn ôl yn ei chadair i gysidro sut y gallai ddyfod i'w adnabod. Nid oedd amser i'w golli. Sut yn y byd yr oedd y genethod yma yn medru cael gafael mewn hogiau dros y pupur a'r halen megis? Ond dros y pupur a'r halen y daeth Miss Lizzie Price gyntaf i gyffyrddiad â Mr Lemuel Hughes. Cwynasai fod ei bwrdd yn rhy agos i'r ffenestr, ac felly fe'i cafodd ei hun wrth yr un bwrdd â Mr Hughes. Wrth gwrs, digwyddodd y ddau estyn am y pupur yr un pryd, a dyna ddechrau ar bethau. Gweddïodd Lizzie Price yn daer i'r pupur beidio â gwneuthur iddi disian fel arfer, ac atebwyd y weddi fer.

Sylwodd Lemuel Hughes nad oedd hi yn galw Llandudno yn 'Thlandydno' a chynhesodd ei galon tuag ati. Hyd yn hyn, ni theimlai ei fod yng Nghymru. Hwyrach y clywsai fwy o Gymraeg ped aethai i Blackpool.

Rhwng y cyrsiau bwyd cafodd wybod cryn dipyn o hanes Miss Price. Gweinidog oedd ei brawd a hithau yn cadw tŷ iddo. Ond yr oedd yntau i ffwrdd ar ei wyliau yn awr, a hithau, ar gyngor y meddyg, wedi dyfod i lan y môr am dipyn o newid. Nid nad oedd hi yn gref, cofiwch, ond gwyddoch gymaint o waith sydd mewn tŷ gweinidog.

Cofiodd Lemuel Hughes fod Doctor Jones wedi ei gynghori i anghofio'r siop a phopeth. Felly ni farnodd ei fod yn fradwr i'r siop fechan pan ddywedodd ei fod yn gweithio mewn swyddfa yn Lerpwl. Onid oedd mewn swyddfa pan chwysai yn yr ystafell fach tu ôl i'r siop yn cadw'r cyfrifon?

Synnai Lemuel Hughes ei fod ef a Miss Price yn taro ar ei gilydd mor aml wrth rodio hyd lan y môr, ond nid oedd y peth mor rhyfedd iddi hi. Ni châi Lemuel Hughes fynd ymhell iawn iawn o'i golwg, ac ar ôl deuddydd o'i gwmni ef ei hun, yr oedd yn dda ganddo yntau gael eistedd yn ei hymyl i sgwrsio. Pleser iddo oedd gwrando ar Gymraes yn siarad ar ôl ugain mlynedd o wragedd Lerpwl a Manceinion, a sylwodd hyd yn oed y rhai ifanc adeg bwyd fod rhywbeth rhyngddynt.

Miss Price fyddai i lawr i'w brecwast gyntaf ac yn edrych drwy'r llythyrau. Curai ei chalon pan welai fod llythyr i Lemuel Hughes, ond bywiogodd wrth ei weld yn ei ddarllen. Rhyw hanner tudalen o ysgrifen flêr oedd. Ni buasai neb yn ysgrifennu mor swta at gariad.

Wrth gwrs, yr oedd Miss Price yn derbyn llythyrau hefyd, ond llythyrau oddi wrth ei chyfeillion oeddynt, a hen ferched oedd y rhan fwyaf o'r rheini. A'r fath lythyrau a anfonai Miss Price yn ôl yr wythnos olaf o'i gwyliau! Yr oedd sôn am Lemuel Hughes ym mhob brawddeg bron – ond beth arall a fedrai hi sôn amdano a hithau am bythefnos fel pe buasai'n ymbaratoi ar gyfer ei ddyfodiad?

Ambell i gerdyn a llun o Landudno arno oedd y cwbl a welai hi Lemuel Hughes yn ei anfon i ffwrdd, a gorfoleddai ynddi hi ei hun.

Erbyn diwedd yr wythnos teimlai Lemuel Hughes yn chwith wrth feddwl am golli ei ffrind. Nid oedd yn un am yfed nac ysmygu, ni byddai'n gartrefol iawn ymhlith dieithriaid, ac aethai'r wythnos gyntaf heibio yn hapus iawn. Gofynnodd i Miss Price a hoffai fynd mewn siarabáng y prynhawn Sul drwy Aberglaslyn.

Disgleiriodd llygaid glas golau Miss Price, ac nid arhosodd i ystyried beth a feddyliai ei brawd, y gweinidog, amdani, 'yn rhodianna ac yn ymblesera ar y Saboth'. Y ddau Sul blaenorol aethai i oedfa'r bore a'r hwyr.

Yn gynnar bore Sul yr oedd Lizzie Price wrth ei ffenestr yn edrych sut yr oedd y tywydd. Popeth yn iawn. Gallai wisgo ei ffrog orau ac ni byddai angen iddi fyned ag ymbarél gyda hi. Lle y caent de, tybed? Gobeithiai mai ym Metws-y-coed. A dychmygai weld Lemuel Hughes a hithau yn cael te ar fwrdd bychan mewn gardd brydferth, ac un o'r parasôls doniol yna, hwyrach, uwch eu pennau. Hithau yn tywallt te ac yn estyn ei gwpan iddo. O'r fath nefoedd! A rhedodd yn ôl i'w gwely, ond nid i gysgu.

Yr oedd y tywydd yn hafaidd a'r golygfeydd yn fendigedig; ond nid oedd pethau yn gweithio yn hollol wrth fodd calon Lizzie Price. Yn gyntaf, yr oedd Lemuel Hughes fel petai wedi ei syfrdanu gan y mynyddoedd ac yn anghofio amdani hi yn ei ymyl. Ni buasai Lemuel Hughes wrth droed yr Wyddfa ers dros ugain mlynedd. Wedyn cymerwyd y cwmni yn un haid i westy mawr i gael te, a diflannodd y breuddwyd am de ar fwrdd bach dan barasôl.

Cyrhaeddasant Llandudno yn ôl tua chwech, ac wrth droed y grisiau safai gwraig y tŷ i ddywedyd wrth Lemuel Hughes fod Mrs Lemuel Hughes wedi galw i edrych amdano ac y byddai'n rhaid iddi ddychwelyd tua saith hefo'r 'St Tudno'.

Gofynnodd lle yr oedd ei wraig, ac wrth glywed ei lais dyma Martha Ann Hughes allan o ystafell gyfagos.

'*Eh! Lem dear, ah thought ah'd jest pop over on t' boat ter see 'ow yer was blowin.*'

Yr oedd Lizzie Price yn sefyll yn ei ymyl fel petai mewn llewyg, ond pan welodd ac y clywodd y wraig a aned ym Manceinion, rhedodd i fyny'r grisiau ac edrychodd Lemuel Hughes yn ofer amdani i'w chyflwyno i'w wraig.

I fyny yn ei hystafell, fe'i taflodd Lizzie Price ei hun ar y gwely. Y dihiryn cyna fo! Duw a'i gwaredo rhag dynion twyllodrus! A griddfannodd yn uchel. Ni ddaeth i lawr i ginio. Yr oedd ganddi gur yn ei phen. Ond wedi cysgu am ychydig dechreuodd feddwl yn gliriach. Nid oedd Lemuel Hughes wedi dywedyd nad oedd yn briod, ond nid oedd wedi sôn am ei wraig. (Ni wyddai Lizzie Price fod Lemuel Hughes yn cadw gorchymyn y meddyg wrth beidio â sôn am ei siop na dim a berthynai iddo.) Crynodd wrth feddwl am y wraig dew a'r llais ofnadwy, ac aeth Lemuel Hughes i lawr yn ei golwg am iddo briodi'r fath ddynes.

Ond beth a ddywedai wrth gyfeillion ei mynwes pan ddychwelai adref? Gwyddai o'r gorau y byddent yn siŵr o ofyn am y dyn o Lerpwl oedd yn mynd hefo hi i bob man. Nid oedd arni eisiau cyfaddef mai gŵr priod oedd, er, wrth ystyried, nid oedd Lemuel Hughes druan wedi dweud na gwneud dim allan o'i le. Ond sut y gallai ddyfod allan o'r helbul yn llwyddiannus?

Toc, fflachiodd goleuni yn ei llygaid. Byddai yn rhaid iddi ddweud ei fod yn ddyn neis iawn (neu fuasai hi ddim wedi mynd hefo fo), ond ar ôl cinio un noson yr oedd wedi ei ddal yn dyfod allan o dŷ tafarn. Ac ni fedrai chwaer i weinidog garu dyn oedd yn yfed, a fedrai hi?

Nain Robin Bach

Agorodd Lowri ei llygaid ac edrychodd ar y papur ar y wal. Rhosynnau pinc a rubanau sidan yn rhedeg i fyny ac i lawr. Cymaint oedd wedi digwydd iddi er pan bapurwyd yr ystafell! Priododd Eddie y llynedd, cafodd fabi wythnos i ddoe, a heddiw gwyddai ei bod yn mynd i farw. Ni wyddai hynny ddoe. Caeodd ei llygaid a phan ddaeth ei mam i mewn yr oedd yn slwmbran.

Yr oedd mam Lowri yn dew iawn, a phan blygai i roi ychwaneg ar y tân, gallech glywed ei staes yn gwichian. Yr oedd sbotyn o barddu ar ei hwyneb a chododd ei ffedog i'w sychu.

Agorodd Lowri ei llygaid ac aeth ei mam at y gwely.

'Wel, 'nghariad i, wyt ti'n teimlo yn well ar ôl cysgu?'

Ceisiodd Lowri wenu arni, a rhoddodd ei mam y cwrlid dros ei breichiau.

'Rydw i'n teimlo mor boeth,' meddai.

'Mam,' meddai wedyn, 'Wnewch chi addo edrych ar ôl y babi os digwyddith rhywbeth imi?'

'Taw â dy lol, Lowri fach. Rwyt ti'n siŵr o wella.' Ond trodd y fam i ffwrdd rhag i Lowri weld ei dagrau.

'Rydw i'n meddwl y leiciwn i iddo fo gael ei alw yn Robin – Robin Bach – mae'i geg o'r un ffunud â phig deryn pan mae o'n mynd i gael bwyd.'

'Tria gysgu eto am dipyn, Lowri, er mwyn iti gryfhau. Mi ddo i â'r babi i fyny iti jest rŵan.'

Ond yr oedd breichiau Lowri yn rhy wan i ddal y baban. Edrychodd arno, a throdd ei hwyneb at y wal. Erbyn i Eddie ei gŵr gyrraedd adref o'i waith yr oedd Lowri wedi marw.

Yr oedd Eddie wedi torri ei galon yn lân, ac ni wyddai ei fam-yng-nghyfraith beth i'w wneud ag ef. Athro yn yr ysgol elfennol oedd, a'i ddiddordeb yn ei waith yn lleihau bob dydd ar ôl claddu Lowri.

O'r diwedd cynghorodd Elin Ifans, ei fam-yng-nghyfraith, ef i geisio am le yn rhywle arall – Lerpwl neu Manceinion – ac yr edrychai hi ar ôl y babi. Ac felly y bu. Cafodd le yn Lerpwl, a deuai'n achlysurol i edrych am ei blentyn: ond yng ngwaelod ei galon teimlai ryw gŵyn yn erbyn Robin. Oni bai am Robin buasai Lowri yn fyw heddiw. Ond ni rwgnachai Nain Robin Bach. Yr oedd wedi claddu gŵr a thri phlentyn, ac wedi dysgu bodloni i'r Drefn, ac yn awr yr oedd ganddi Robin Bach i edrych ar ei ôl. Âi ag ef am dro bob dydd yn y goets fach, ac edrychai yntau'n iach ac yn hapus.

Aeth dwy flynedd heibio ac ymweliadau tad Robin yn mynd yn llai mynych. Ond un diwrnod yn ystod gwyliau'r haf daeth Eddie heibio a merch ifanc smart gydag ef. Pan oedd Agnes, y ferch ifanc, i fyny'r grisiau yn ymolchi, gofynnodd Eddie i'r hen wraig a fyddai ganddi unrhyw wrthwynebiad iddo briodi Agnes.

'Na fydd, yn eno'r diar. Mi fydd yn well o lawer iti gael rhywun i edrych ar dy ôl. Mi edrycha' i ar ôl Robin.'

Daeth Agnes i lawr i'r gegin, ond ni wnâi ei hun yn gartrefol iawn.

'Dydw i ddim yn ddigon crand iddi,' meddyliai'r hen wraig.

Yr oedd Robin yn swil iawn ac nid âi at ei dad o gwbl. Rhedai yn ôl ac ymlaen ar ôl ei Nain, ac nid oedd llawer o fynd ar bethau.

Amser cinio, cynigiodd yr hen wraig lasiad o gwrw i Eddie, ond gwrthododd yntau ef. Gwridodd pan welodd yr hen wraig yn edrych arno.

'O! dydw i ddim wedi cymryd diferyn ers amser rŵan,' ac edrychodd ar Agnes am air o ganmoliaeth, ond ni ddaeth yr un. Yr oedd hi yn syllu yn syth ar ei phlât heb gymryd sylw o neb, hyd yn oed o Robin a oedd yn eistedd yn ymyl ei Nain. Daliai Robin i edrych arni heb ddweud yr un gair. Agorai ei geg bach yn ufudd bob tro y rhoddai ei Nain damaid o fwyd iddo.

'Tyd o 'na, Robin. Bwyta dy ginio fel dyn mawr er mwyn i dy dad dy weld di.'

Edrychodd i fyny at ei Nain ac wedyn at Agnes.

'Pwy 'di honna?' gofynnai gan bwyntio at Agnes.

'O! *Auntie* newydd iti,' meddai ei dad.

Rhoes galon yr hen wraig dro pan feddyliodd hwyrach y cymerent Robin oddi wrthi. Eto i gyd, ni fedrai ddychmygu Agnes yn chwennych cael Robin i atgofio'i gŵr am ei wraig gyntaf. Ond ochneidiodd er hynny. Aeth Eddie ac Agnes i ffwrdd yn fuan ar ôl cinio, ac yr oeddynt i gyd fel pe baent yn falch o gael ymadael â'i gilydd.

Yr oedd y ddau wedi priodi ers chwe mis pan alwasant drachefn. Yr oedd ganddynt fodur bach erbyn hyn. Ni chawsant ateb, a dywedodd cymdoges wrthynt fod Elin Ifans a'r hogyn bach wedi mynd i gyfeiriad y dref, ac aeth Eddie ac Agnes i'w cyfarfod. Gwelsant Robin yn eistedd yn y goets fach o flaen tŷ tafarn a chawsant fraw.

'Hylô, Robin. Wyt ti ddim yn nabod dy Dadi?'

Ond ni chafwyd ateb gan Robin.

'Lle mae dy Nain?'

Pwyntiodd Robin at y tŷ tafarn, ac ar hynny dyma Elin Ifans allan â rhywbeth yn ei basged.

'Dyn annwyl! O ble daethoch chi ill dau? Newydd fod yn cael dipyn bach o rywbeth at fy nghinio own i.'

'Ac yn gadael Robin ar ei ben ei hun tu allan?' ebe Agnes.

'Wel, ia, siŵr. Dau funud ydw i yn picio i mewn. Be 'dach chi'n meddwl y dylwn i neud? Prynu llond casgen ar unwaith a'i gadw fo yn y tŷ – cofiwch fod peint yn para imi am ddeuddydd.' A gwenodd yr hen wraig arni, ond ni wenodd Agnes yn ôl.

Ceisiodd Eddie sôn am rywbeth arall. Cofiodd am y car, a dywedodd wrth Robin amdano. Ond nid oedd hwnnw o fawr ddiddordeb i Robin tan y gwelodd ef o flaen y tŷ, a chlapiodd ei ddwylo ac eisteddodd ymlaen yn y goets fach fel petai hynny yn ei ddwyn yn nes ato. Cododd ei dad ef i mewn i'r car a chafodd gydio yn yr olwyn stirio.

'Beb – beb,' meddai Robin bob tro y gwnâi'r car yr un sŵn.

Tra oedd yr hen wraig yn y tŷ yn morol am damaid iddynt, daeth Agnes allan a dechreuodd siarad yn ddifrifol â'i gŵr.

'Rydach chi'n gweld, Edward,' (ni alwasai hi ef yn Eddie erioed) 'dydi o ddim yn iawn i blentyn gael ei ddwyn i fyny fel hyn. Hwyrach

nad ydi o ddim yn gwybod ar hyn o bryd ei fod yn gorfod aros o flaen
tŷ tafarn am ei nain, ond cofiwch bydd yr *impression* yno am byth.'
(Athrawes oedd Agnes cyn ei phriodi ac yn tybio ei bod yn gwybod
cryn dipyn am Seicoleg.)

Crafodd Eddie ei ben.

'Wel yn wir, Agnes, wn i ddim beth i ddeud. Dydi o ddim fel
petase'r hen wraig yn *yfed* – hanner peint mewn diwrnod. Wel, be
'di hynna?'

'Nid faint mae hi'n yfed ydi'r pwynt, ond meddyliwch am y
dylanwad ar feddwl plentyn bach.'

'Wel, be oeddach chi yn meddwl ei neud 'te, Agnes? Iddo fo fyw
efo ni?' (Heddiw yr oedd gan Eddie fwy o deimlad tuag at ei blentyn.
Yr oedd yn hen hogyn bach digon siarp, ac edrychodd arno ar ei
bedwar ar lawr y car.)

'Na. Nid hynny. Yr oeddwn i'n meddwl wrth ddŵad i fyny'r ffordd
'ma rŵan,' (ond buasai Agnes yn meddwl ac yn siarad cyn hynny)
'mai plan da fyddai iddo fo gael mynd i fyw at Maud – fedre fo ddim
cael gwell cartref yn unlle.'

Chwaer hynaf Agnes oedd Maud a'i hunig blentyn wedi marw
ychydig fisoedd cyn hynny.

'Wel, ia. Ond beth am yr hen wraig?'

'O! mi fydd hi yn ôl-reit. Mae hi'n mynd yn rhy hen i foddro
efo plant – mi fydd yn dda gyni hi gael tipyn o lonydd, faswn i'n
meddwl.'

'Wn i ddim wir. Mae hi'n meddwl y byd ohono fo, cofiwch.'

'Beth petase ni ddim yn deud wrthi hi heddiw fwy na'n bod ni'n
mynd â Robin i ffwrdd i lan y môr am wythnos am dipyn o newid, ac
anfon llythyr ati wedyn?'

'Fedra i ddim deud wrthi – mae hynny'n beth digon siŵr,' atebodd
Eddie.

Daeth yr hen wraig at y drws i'w galw i mewn.

Gwaeddodd Robin arni.

'Wel, drychwch mewn difri' ar yr hen hogyn 'ma. Yn oel ac yn faw
i gyd,' a phlygodd ei nain i'w godi ar ei draed.

'Beb – beb,' meddai Robin wrth fynd i mewn i'r tŷ.

Ar ôl bwyta, dywedodd Eddie eu bod yn meddwl mynd â Robin i ffwrdd am ryw wythnos o newid.

Edrychodd yr hen wraig i fyny mewn braw, a'i cheg yn hanner agored.

'Ond mi gaiff ddod yn ôl ata i?'

'Caiff siŵr,' meddai Eddie, ond nid edrychodd ar yr hen wraig.

'Well inni gael ychydig o'i ddillad o hefo ni,' meddai Agnes. Ond hir iawn yn codi yr oedd yr hen wraig.

'Isio gweld y car,' meddai Robin gan dynnu yn llaw ei dad.

'Be fyth sy ym meddwl yr hen gnawes 'na,' – dyna a âi drwy feddwl yr hen wraig wrth hel y dillad at ei gilydd. 'Yr hen beth sychlyd gyni hi,' meddai wedyn. Yr oedd ei thraed yn drwm a'i chalon yn drymach. Ond beth allai wneud? Ni fedrai wrthod i'r tad gael ei blentyn am wythnos. Ond beth pe na adawent iddo ddod yn ôl ymhen yr wythnos?

'Ga i ddod i fyny i'ch helpu, Mrs Evans?' gwaeddodd Agnes wrth draed y grisiau.

'Y hi a'i Mrs Evans, yn wir,' meddai'r hen wraig wrthi ei hun.

'Na, dwi'n dŵad rŵan,' gwaeddodd, a daeth i lawr y grisiau a'r dillad yn ei breichiau, yn drwm ac yn araf deg fel y gwna pob hen wraig.

'Mi mynd am reid yn car Dadi,' meddai Robin gan neidio i fyny ac i lawr.

'A Nain hefyd,' meddai pan welodd ei nain yn dod i lawr y grisiau.

'Na, ddim heddiw, 'nghariad i,' meddai hi wrth bacio'r dillad.

'Nain dŵad fory 'te,' a rhoddodd gusan iddi ar frys pan welodd ei dad ac Agnes yn nesu at y drws.

Cafodd Robin eistedd ar lin Agnes yn ffrynt y car yn ymyl ei dad, ond yr oedd yr hen wraig yn sefyll wrth y drws yn hir ar ôl i'r car fynd o'r golwg.

Yr oedd fel dynes ar goll pan aeth yn ôl i'r tŷ. Ni wyddai beth i'w wneud. Ni fedrai eistedd i lawr yn hir, ac yr oedd ei choesau yn ei blino ormod i'w dwyn ymhell.

Ni wyddai o'r blaen y gallai oriau fod yn bethau mor faith. Dim ond chwech o'r gloch! Amser gwneud swper i Robin Bach. Ond nid wylodd. Yr oedd fel dynes wedi ei syfrdanu.

Aeth i'w gwely tua naw o'r gloch. Nid oedd dim yn weddill o'r peint cwrw erbyn drannoeth.

Aeth yr wythnos hir heibio a daeth cerdyn o lan y môr i ddweud fod Robin yn hapus ac eisiau aros yn hwy.

'Mae Robin wedi f'anghofio i rŵan,' meddyliodd yr hen wraig.

Ac fel y gwnaeth llawer gwraig arall mewn trwbwl, aeth i hel tipyn o ddillad i'w golchi.

Nid oedd yr hen wraig yn synnu llawer pan ddaeth y llythyr i ddweud nad oedd Robin yn cael dod yn ôl. Ni soniwyd gair am y cwrw na'r tŷ tafarn, ond am hiraeth mawr Maud ar ôl ei phlentyn.

'Beth am fy hiraeth i?' meddai'r hen wraig. Pe gwyddai mai'r cwrw oedd esgus Agnes buasai'r hen wraig yn fodlon i wneud heb ddiferyn o gwrw tan ddiwedd ei hoes, na the ychwaith, o ran hynny.

Meddyliodd unwaith am anfon llythyr yn ôl i ddweud mai hi oedd piau Robin. Onid oedd Lowri ei merch wedi gofyn iddi edrych ar ei ôl? Ond pwy a'i credai? Nid oedd Lowri wedi dweud dim wrth Eddie.

Daeth llythyr wedyn i ddweud fod Robin yn hapus iawn yn ei gartref newydd, ond hwyrach mai gwell fyddai iddo beidio â gweld Nain am dipyn eto.

Yr oedd y naill ddydd ar ôl y llall yr un fath i'r hen wraig. Nid aethai allan o'r tŷ oni bai bod yn rhaid iddi gael cwrw. Dyna unig bwrpas ei bywyd yn awr. Pa ddiben gwario pres ar fwyd pan nad oedd ganddi galon i'w baratoi na stumog i'w fwyta? Er hynny, nid arhosai yn y tŷ tafarn i'w yfed.

Un bore oer ym mis Ionawr, a'r glaw yn gyrru'n ofnadwy, slipiodd yr hen wraig oddi ar y palmant o flaen y dafarn i'r ffordd fawr. Daeth car rownd y gongl, a methodd sefyll yn ddigon buan. Casglodd tyrfa mewn munud a daeth meddyg o rywle, a chan fod yr hen wraig yn edrych yn dlawd aed â hi i Ysbyty'r Tloty. Anfonwyd gair at ei mab-yng-nghyfraith, a daeth yno ar ei union. Teimlai yn bur euog, ac ofnai gyfarfod yr hen wraig, ond nid oedd angen iddo ei hofni. Gorweddai yn dawel yn y gwely cul â'i gwrlid coch. Cydiodd Eddie yn ei llaw, a throdd hithau i edrych arno.

'Sut 'dach chi'n teimlo rŵan, Nain?' Ond yr oedd yr hen wraig yn hir iawn yn cael ei geiriau allan.

'Rhaid inni'ch cael chi o'r lle yma,' meddai Eddie gan edrych o gwmpas y ward.

Ysgydwodd yr hen wraig ei phen. 'Na, dwi'n ôl-reit,' meddai.

'Robin?' meddai wedyn.

Cochodd Eddie a brysiodd i ddweud y deuai â fo i'w gweld mewn diwrnod neu ddau, ac edrychodd Elin Ifans ychydig yn hapusach.

Nid oedd ganddi ychwaneg i'w ddweud, ac yr oedd yntau yn falch pan ddaeth Nyrs ato i ddweud ei fod wedi aros llawn digon.

'Mae hi'n wanllyd iawn – mae gyna i ofn nad ydi hi wedi bod yn bwyta fel dylse hi. Chi ydi ei mab hi?'

'Nage. Ei mab-yng-nghyfraith. Does gyni hi ddim plant rŵan, ond mi ddo i yma eto yn fuan.'

Wedi cyrraedd adref a dweud yr hanes wrth Agnes, dywedodd ei fod wedi addo mynd â Robin i'w gweld.

'Well ichi aros am ddiwrnod neu ddau – dydi o ddim yn iawn cymryd plentyn i le fel yna. Lle ddaru hi gyfarfod â'r ddamwain?'

'O flaen y *Red Lion*.'

'Yn dod o 'na, mae'n debyg?'

'Ia, mae'n debyg.'

'Wel, dyna chi drugaredd nad oedd Robin ddim yno efo hi, yntê?' (A chafodd Agnes reswm digonol o'r diwedd i dawelu ei chydwybod a fyddai yn ei phoeni weithiau pan ofynnai Robin am ei nain.)

Bu farw'r hen wraig mewn deuddydd ac felly nid oedd angen mynd â Robin i'w gweld. Gan nad oedd perthnasau gan yr hen wraig meddyliodd Agnes yr edrychai yn well iddynt i gyd fynd i'r gladdedigaeth. Daeth Maud gyda Robin, a gwisgwyd ef mewn siwt felfed ddu newydd sbon.

Rhif 557 yn y Catalog

Aeth Jane Ifans at ddrws y cefn i ysgwyd y lliain bwrdd. Clywodd Miriam Morris y drws nesaf hi, a galwodd dros y wal.

'Ydach chi yna, Jane Ifans?'

Aeth Jane Ifans at y wal a'r lliain bwrdd ar ei braich.

'Ydw. Pam? Be sy'n bod?'

'Wil sydd newydd ddŵad adre a deud bod pobol y Plas yn mynd i ffwrdd, ac am werthu popeth.'

'Diar mi! Ydach chi ddim yn deud! Mae o'n biti gweld y llefydd mawr 'ma i gyd yn mynd yn wag.'

'O! 'wrach y daw 'na rywun arall llawn cystal â'r Heskeths.'

'Wn i ddim yn wir. Yn tydyn nhw'n troi'r hen blasa' 'ma i gyd yn sgolion rŵan. Does dim byd yn debyg i'r hyn oedd o ers talwm,' ac ysgydwodd Jane Ifans ei phen.

Ond meddwl am y newid a'r stŵr oedd Miriam Morris.

'Mi fydd 'na ocsiwn ardderchog, gewch chi weld. Mae'r lle yn llawn o hen ddodrefn – ond does gyna i ddim byd i'w ddeud wrth bethau hen ffasiwn. Fydda i ddim yn fodlon tan ga i *three piece* i'r rŵm ffrynt.'

'Mi faswn i'n licio cael mynd i weld y lle yn arw.'

'O! mi awn ni'n dwy. Mi a' i allan heno i holi pryd y bydd yr ocsiwn.'

Ar ôl brecwast y bore wedyn a Miriam Morris wedi gyrru ei gŵr at ei waith, gwaeddodd dros y wal ar Jane Ifans.

Fel arfer, er nad oedd hi ond cynnar, yr oedd Jane Ifans yn lân ac yn dwt. Ni welwyd hi erioed yn gwisgo ffedog fudr.

'Tair wsnos i fory mae'r ocsiwn, ond chewch chi ddim mynd i mewn heb brynu rhyw hen Gatalog.'

'Faint fydd hwnnw?'

'Swllt, neu ddeunaw, dwi'n siŵr. Ydach chi ddim am dalu hynna am fynd i mewn?' gofynnodd Mirian Morris mewn syndod.

'Wel, 'wrach na cha i byth mo'r cyfle i fynd eto.'

'Mi a' inne hefyd 'te, os ewch chi,' meddai Miriam Morris yn bendant, ac aeth y ddwy yn ôl i'w tai.

Yr oedd y tai'n fach ac nid oedd llawer o waith i'w wneud ynddynt. Wedi ysgubo llawr y gegin a thwtio tipyn gwnaeth Miriam Morris gwpanaid o de iddi ei hun. Yr oedd wastad yn barod am gwpanaid o de.

Tra yfai'r te, edrychodd o gwmpas y gegin, a chofiodd am ocsiwn y Plas. Yr oedd ei chegin yn llawn o ddodrefn a llestri, ond gwyddai na fedrai ddod yn waglaw o'r ocsiwn. Meddyliodd am y *three piece* a chwenychai i'r rŵm ffrynt, ond nid oedd ganddi ddigon o bres wedi ei gelcio eto i gael hwnnw. Pe gwyddai Wil ei bod yn medru cadw tipyn o'i gyflog yrŵan ac yn y man, ni chawsent lonydd i dyfu yn ddigon o swm i brynu *three piece*, beth bynnag, ddiawl, oedd hwnnw.

Onid oedd soffa yn ddigon da i unrhyw wraig yn ei rŵm ffrynt? Rhaid felly oedd breuddwydio am y peth ar hyn o bryd, ond yr oedd Miriam Morris yn benderfynol o fod yn berchen *three piece* cyn ffarwelio am byth â'i rŵm ffrynt. Sylweddolai y byddai'n rhaid, yn ôl pob tebyg, i Wil farw o'i blaen os oedd ei breuddwyd i ddyfod yn ffaith, a meddyliai wedyn na fedrai fforddio *three piece* a neb yn dyfod â chyflog i mewn. Ond pan gaeai Miriam Morris ei llygaid a gweld y rŵm ffrynt a *three piece* ynddi, gwelai lojar yno hefyd. Buasai wrth ei bod yn cadw lojar a hwnnw'n ddyn ifanc dipyn yn hwyliog. Yr oedd Wil yn iawn yn ei le, ond nid oedd digon o fynd ynddo. Rhyw stelcian o gwmpas y tŷ fyddai ran amlaf a'r unig amser yr agorai ei enau oedd i 'roi ei droed i lawr', ys dywedai. Wel, yr oedd Wil yn fyw ar hyn o bryd... Edrychodd Miriam ar y cloc. Yr oedd yn rhaid iddi ymorol am fynd allan i geisio tamaid o gig iddo erbyn y deuai adref.

Gallai glywed Jane Ifans yn procio'r tân, ac yn sydyn cysidrodd pam yr oedd Jane Ifans mor awyddus i fynd i'r ocsiwn. Nid oedd tŷ Jane Ifans cyn grandied â'i thŷ hi, ond ni chofiodd iddi erioed ei chlywed yn grwgnach oherwydd ei hamgylchiadau nac yn

chwenychu *three piece*. Ond penderfynodd gadw yn ymyl Jane Ifans
drwy'r amser y byddent yn yr ocsiwn er mwyn cael gweld pam oedd
yr hen beth wirion mor awyddus am fynd. 'Yr hen beth wirion 'na
drws nesa' oedd Jane Ifans yn wastad i Miriam Morris. Yr oedd Jane
Ifans yn gynnil, yn dwt, a byth am hel straes. Byddai Wil yn aml yn ei
dal gerbron llygaid Miriam fel patrwm o wraig pan fyddai'n gorfod
'rhoi ei droed i lawr'. Am hynny, nid oedd Miriam Morris yn hoffi
ei chymdoges, ond cymerai arni ei bod ar delerau da â hi oblegid ni
wyddai na'r 'dydd na'r awr' y byddai arni eisiau benthyca tipyn o de
neu siwgr.

Yn y man, cafodd Miriam Morris y copïau o'r Catalog ac aeth
ag un i dŷ Jane Ifans. Rhoes Jane Ifans swllt iddi, ac eisteddodd â'r
Catalog ar ei glin. Er i Miriam Morris wastraffu mwy o amser nag
arfer yn sgwrsio â hi, ni chafodd awgrym fod Jane Ifans yn awyddus
i brynu unrhyw beth arbennig.

Blinodd Miriam o'r diwedd a chododd i fynd, gan ddweud am Jane
Ifans ynddi ei hun: 'Yr hen beth slei gyni hi.'

Yn uchel, dywedodd: 'Wel yn wir, mi rydw i yn edrych ymlaen yn
arw at gael mynd hefo chi, Jane Ifans. Mi rown ni'r diwrnod hwnnw
i'r brenin,' a gwasgodd ym mraich Jane Ifans wrth fynd drwy'r
drws.

Wedi iddi fynd, eisteddodd Jane Ifans yn llonydd wrth y tân – ei
sbectols ar ei llygaid a'r Catalog ar ei glin. O'r diwedd, agorodd
y Catalog a darllenodd yn ofalus bob gair tan y daeth at Rhif 557.
Marciodd hwnnw â chroes gyda phensal a chaeodd y Catalog.

Yn frysiog yr edrychodd Miriam Morris drwy ei Chatalog.
Nid oedd hi am wneuthur ei meddwl i fyny tan y gwelai'r pethau
ddiwrnod yr ocsiwn.

Ni chymerai Wil fawr o ddiddordeb yn y Catalog, a bu bron iddo ei
sbwylio cyn y diwrnod mawr. Yr oedd marciau jam ac irad arno, ond
diolchodd Miriam am iddi fedru ei gadw yn ddiogel. Yr oedd Catalog
Jane Ifans yn lân oddigerth croes ar gyfer Rhif 557.

Daeth y diwrnod, ac aeth y ddwy gyda'i gilydd yn eu dillad gorau.
Yr oedd Jane Ifans braidd yn anesmwyth, ond cerddodd Miriam
Morris i mewn i'r Plas yn hy a hyderus.

Yr oedd y lle yn llawn, a dynion yn gweiddi ac yn symud dodrefn o'r naill fan i'r llall. Teimlai Jane Ifans yn flinedig ar ôl yr hanner awr cyntaf ac ni fedrai gael gwared ar Miriam Morris. Gwnaeth Miriam iddi fynd i fyny grisiau di-rif a gofynnai iddi'n aml a fwriadai hi brynu rhywbeth.

'Na, dydw i ddim yn meddwl fod gyna i isio dim,' meddai Jane Ifans.

'Dyna hi, yr hen beth slei,' meddai Miriam wrthi ei hun, 'a chyn gynted ag y bydda' i yn troi fy nghefn mi fydd yn prynu rhywbeth.'

Wrth fynd i lawr y grisiau, llwyddodd Jane Ifans i ddianc a phwniodd ei ffordd drwy'r bobl at gefn y Plas hyd nes daeth at gegin anferth. Nid oedd yn rhaid iddi edrych ar ei Chatalog. 557 oedd y rhif yr edrychai hi amdano, ac nid oedd yn anodd i neb beidio â gweld beth oedd hwnnw. Bwrdd mawr gwyn o bren plaen ydoedd ac arno safai un o'r gwerthwyr yn gweiddi nerth ei enau. Ond ni welai Jane Ifans na'r dyn na'r dyrfa o'i chwmpas.

Nesaodd at y bwrdd a thynnodd ei maneg. Teimlodd ef â'i llaw a syrthiodd deigryn. Trwy niwl ei llygaid gwelai ei thad a'i mam a'i brodyr a'i chwiorydd o gwmpas y bwrdd yn ei hen gartref, Pant-yr-Onnen. Yr oedd deng mlynedd ar hugain er pan brynwyd y bwrdd gan bobl y Plas, ond cofiai Jane Ifans bob twll a phryf a chrac ynddo. Teimlodd un o'r coesau â'i llaw, a chofiodd fel y byddai cath ar ôl cath yn rhoi min ar ei hewinedd ar y goes honno. Nid peth materol oedd y bwrdd i Jane Ifans. Yr oedd enaid iddo. Yr oedd y bwrdd yn rhan o'i bywyd, y rhan a ddeuai'n ôl i'w chof amlaf yn y blynyddoedd hyn. O gau ei llygaid, bron na allai glywed y sŵn a wnâi ei thad wrth fwyta ei fara llaeth. Daeth iddi luniau eraill o'i mam yn smwddio, ei mam yn trwsio dillad, a'r plant lleiaf yn cael un pen o'r bwrdd i chwarae arno… Gwasgwyd hi yn erbyn y bwrdd gan bobl a basiai heibio iddi, a bu bron i rywun fwrw ei het oddi ar ei phen. Cododd ei dwylo i gydio ynddi a syrthiodd ei Chatalog i'r llawr.

Cydiodd rhywun yn ei braich a dyna lle oedd Miriam Morris a'i het hithau ar un ochr.

'O! dyma chi o'r diwedd! Rydw i wedi bod yn chwilio amdanoch chi 'mhob man.'

Nesaodd at Jane Ifans, a gwelodd y Catalog ar lawr. Plygodd i'w godi a gwelodd y groes ar gyfer Rhif 557. Nid oedd angen sbectols ar Miriam Morris. Ychydig iawn oedd na fedrai hi ei weld.

'*No. 557. Large kitchen table. Planewood. 8 x 4.*'

Edrychodd ar y bwrdd, ar Jane Ifans, ac yna, am yr ail dro, ar y Catalog, ond ni fedrai weld unrhyw gysylltiad rhyngddynt. Am y foment, meddyliodd fod Jane Ifans wedi drysu. Bwrdd wyth troedfedd wrth bedair! Buasai'n fwy na llawr ei chegin i gyd bron!

'Oeddach chi'n meddwl prynu'r bwrdd 'na, Jane Ifans?'

'O! Nac oeddwn. Doedd gyna i ond isio'i weld o unwaith eto. Ni oedd pia fo ers talwm, ond bod yr Heskeths wedi ei brynu o pan aethom ni o Bant-yr-Onnen.'

'A dyma lle fuoch chi ar hyd yr amser?'

'Wel ia, mae'n debyg. Wyddwn i ddim bod yr amser wedi mynd.'

'Ydach chi ddim yn meddwl prynu dim 'te?' gofynnodd Miriam Morris yn amyneddgar fel petai'n siarad wrth hen wraig hen iawn.

'Nac ydw,' a throes unwaith yn rhagor i edrych ar y bwrdd cyn mynd o'r gegin.

'Wel, yr hen beth wirion gyni hi,' meddai Miriam Morris ynddi ei hun am Jane Ifans am y canfed tro.

'Rags-an-Bôns!'

Eisteddai'r tad a'r fam a'r plant o gwmpas y bwrdd te. Cododd Josiah Jones ei law am ddistawrwydd, a gofynnodd fendith. Nid oeddynt yn blant trystiog, ond rhaid oedd cael pob llygad ynghau cyn y gofynnai Josiah Jones i'r Hollalluog fendithio'r bwyd. Wrth ben y bwrdd eisteddai Grace, ei wraig, yn tywallt te. Benyw wedi dysgu distewi oedd Grace. Ni fedrech ddadlau â dyn a waeddai cyn gynted ag y dechreuech anghydweld ag ef. Er bod sefyllfa ariannol Josiah Jones yn dda, rhaid oedd, hyd yn oed yn y blynyddoedd ffrwythlon hyn, roddi cyfrif am bob ceiniog; ac er i Josiah Jones roi'r diolch i gyd i'w Arglwydd am y bwyd a fwytâi ef, rhaid oedd i'w wraig gyflwyno'i diolch iddo ef, Josiah Jones, a chwysai bob dydd i'w gael iddi hi a'i phlant. Ond chwysu am ei fod yn dew yr oedd Josiah, oblegid gwnâi ei arian drwy eistedd mewn cadair ledr esmwyth. Nid nad oedd o'n onest, cofier, ond nid gwiw dangos tosturi os am hel dipyn o arian. Fe berchid ac fe ofnid Josiah Jones, y twrne, gan lawer; fe'i dirmygid gan amryw, ac fe'i cerid, efallai, gan ei wraig, Grace.

Ef yn unig o'r teulu a gawsai gig i'w de. Nid oedd gormod o gig yn dda i'r plant, ac oni chymerai Grace gig, wel, arni hi yr oedd y bai.

Wedi ei lenwi ei hun â'r cig, eisteddodd Josiah Jones yn ôl yn ei gadair i edrych ar ei deulu. Edmygai o waelod ei galon yr hen batriarchiaid gynt a reolai lwythau mawrion. Hyd yn hyn yr oedd y plant yn ufuddhau iddo ym mhob dim – yn ei ŵydd – ac ni allai ddychmygu am amser pan na phlygent i'w awdurdod. Nid oedd ganddo amynedd gyda'r rhieni gwan a ildiai i'w plant er mwyn cael llonydd. Ni roddai goel o gwbl ar y ddadl mai gwell oedd gan y rhieni llac hyn fod yn gyfeillion i'w plant nac yn elynion.

Gofynnodd Grace iddo a fynnai ragor o de, ac ar hynny daeth Meri'r forwyn i mewn i'r ystafell. Aeth at Grace.

'Esgusodwch fi, meistres, ond mae 'na ddynes dlawd yn begio wrth ddrws y ffrynt.'

'Wrth ddrws y ffrynt!' meddai Josiah gan sychu ei fwstas.

Edrychodd Grace ar ei gŵr. Pan na fyddai ef gartref gwyddai Meri na throai ei meistres neb o'r drws – drws y ffrynt neu ddrws y cefn.

'Well i mi fynd ati, Josiah?'

'Ia, ewch, Grace. Nage, mi a' i. Rhaid rhoi pen ar ryw hen dramps fel hyn yn dŵad at ddrws y ffrynt.' Ac aeth at y drws gan glirio'i wddf yn barod i ddweud y drefn.

Wrth y drws, safai merch ifanc yn welw a blinedig yr olwg. Arhosodd i Josiah siarad yn gyntaf, ac ni wyddai ef am foment beth i'w ddweud.

'Wyddoch chi ddim nad ydan ni ddim yn caniatáu i dramps ddod at ddrws y ffrynt?' meddai Josiah mewn llais uchel.

'Welais i'r un drws arall.'

'Wel, be oedd gynnoch chi ei eisiau 'te?'

'Meddwl oeddwn i y buasech chi mor garedig â rhoi tamaid o fwyd imi. Gwelais yr enw Olewydd ar y giât, a meddyliais mai Cymry oedd yn byw yma.'

'A sut y bu i chi, eneth o Gymraes, ddod i'r stad yma?' gofynnodd, gan edrych ar ei thraed, a oedd bron allan o'i hesgidiau.

'Mae fy ngŵr i newydd farw, ac rydw i heb gartref.'

Edrychodd Josiah Jones ar ei bysedd difodrwy heb gredu. Ni ddaeth i'w feddwl ef y gallasai'r fodrwy fod yn siop y *pawnbroker*.

'Wel, wir, pe credwn i bob stori a glywn wrth y drws mi allwn i roi ffortiwn i ffwrdd.'

Ni chynigiodd y ferch brofi mai gwir ei stori.

Nid oedd Josiah Jones wedi arfer ymdrin â chrwydriaid mud fel hon, ond dywedai yn ei galon bod yr hen rai slei, distaw yma yn waeth o lawer na'r lleill.

'Dydw i ddim yn credu mewn rhoi arian i dramps,' meddai wedyn, a'i ddwylo yn ei bocedi. Ond am ei fod yn flaenor, anfonodd Meri'r forwyn i'r gegin i nôl tipyn o fara a chaws iddi.

Nid atgofiwyd ef gan y ferch nad oedd wedi gofyn am arian. Am gwpanaid o de y blysiai hi, ond diolchodd iddo am y bara a'r caws.

Aeth yntau yn ôl i'r ystafell gan deimlo'n gyfiawn.

Yr oedd y plant wedi gorffen eu te ac wedi cael caniatâd i adael y bwrdd. Tywalltodd Grace gwpanaid o de ffres i'w phriod, ac wedi iddo ei yfed gofynnodd Grace am y ferch.

'Do, mi rois i fwyd iddi,' meddai, gan gerdded o gwmpas yr ystafell a'i ddwylo yn ei bocedi.

'Roedd hi'n swnio fel 'tase hi'n ifanc iawn.'

Safai Josiah o flaen y lle tân, a chliriodd ei wddf.

'Oedd, mae'n debyg 'i bod hi'n ifanc, ond yr oedd golwg hen iawn ar ei hwyneb. Ac roedd hi'n feichiog, Grace. Yn feichiog,' meddai drachefn.

Edrychodd Grace drwy'r ffenestr, ond yr oedd y ferch wedi mynd o'r golwg. Gwyddai Grace nad oedd wiw siarad yn drugarog am y ferch wrth ei gŵr, ond ni fedrai ymatal rhag dweud y byddai'n wastad yn pitïo merched felly am na wyddent na fyddai un o blant Olewydd yn cerddded y strydoedd rywbryd.

Edrychodd Josiah yn syn ar ei wraig. Yr oedd Grace yn dweud pethau gwirion weithiau. Fel pe buasai un o'u plant hwy, a oedd o gyff mor dda, yn debyg o fynd ar gyfeiliorn! Ac aeth allan o'r ystafell gan anwybyddu ei hymadrodd.

*   *   *   *

Er na allai gwraig Josiah Jones ei gweld, nid oedd y ferch wedi cerddded ymhell o Olewydd. Yr oedd ei thraed yn brifo, a'i choesau'n chwyddo. Eisteddodd ar ymyl y ffordd fawr i orffwys. Agorodd y parsel bara a chaws a chymerodd dipyn, ond nid oedd arni eisau bwyd. Yr oedd yn teimlo'n rhy lawn i fwyta. Ni theimlai'n ddig wrth ŵr Olewydd. Yn wir, prin y gallai feddwl na theimlo y dyddiau hyn. Y cwbl a fedrai feddwl amdano oedd blinder ei chorff ac, yrŵan, ei blys mawr am gwpanaid o de. Dawnsiai tebot bach brown o flaen ei llygaid, a chaeodd hwynt. Hwyrach y gwelai afon wedi cerddded dipyn, ond yr oedd ei blinder yn fwy hyd yn oed na'i syched, a pharhâi i eistedd dan gysgod gwrych. Er ei bod wedi pump o'r gloch, yr oedd yr haul mor danbaid â haul canol dydd. Nid oedd awel yn unman, a daliai traed y ferch druan i losgi, ond ni feiddiai dynnu ei hesgidiau am y gwyddai na allai eu rhoi'n ôl.

Toc, daeth sŵn traed ceffyl i'w chlyw, ac am na hoffai hi i neb ei gweld yn stelcian, cododd yn afrosgo. Clywai sŵn traed y ceffyl yn pasio Olewydd, a chlywodd rywun yn gweiddi 'Rags-an-Bôns!' Trwy rym arfer y gwaeddai'r dyn y geiriau hyn. Am iddo weld tŷ cofiodd am ei fywoliaeth, ond ni stopiodd pan welodd y tŷ hwnnw. Gwyddai nad oedd bosibilrwydd i drigolion Olewydd fod yn gwsmeriaid iddo ef, ac aeth yn ei flaen. Gwelai ferch yn cerdded yn araf, a stopiodd y ferlen fach. Ar ei gert yr oedd pob math o hen garpiau a thuniau, a gwnâi'r sosbenni sŵn mawr pan safodd y ferlen.

'Fasech chi'n leicio lifft i'r dre?'

'Baswn, wir. Faint o ffordd sy i'r dre nesa?'

'O! mae 'na ryw bum milltir go dda, dwi'n siŵr.'

'Oes 'na Wyrcws yno?'

Craffodd y dyn ar y ferch.

'Oes, yn eno'r diar.' A disgynnodd i'r llawr er mwyn ei helpu i'r cert.

Ni fuont yn sgwrsio fawr wedyn, ond bwytaodd y dyn ag awch y bara a'r caws a roes y ferch iddo.

Ysgydwyd y ferch gyda'r sosbenni, ond gwyddai na fedrai gerdded y pum milltir. Caeodd ei llygaid am sbel, ond agorodd hwy'n sydyn pan glywodd y dyn yn gweiddi 'Rags-an-Bôns!' eto. Gwelodd eu bod wedi cyrraedd cyffiniau'r dref. Daeth rhai merched i'r drysau, a gellid eu gweled yn bargeinio â'r dyn.

Neidiodd yntau'n ôl i'r cert, ac ymlaen â hwy.

Er cymaint gwres y dydd, dechreuodd y ferch grynu.

Tynnodd ei thipyn carpiau yn dynnach amdani.

'Rags-an-Bôns!' gwaeddodd y dyn drachefn.

Yr Haul

Deffrowyd Mair gan yr haul. Dylifai ei wres drwyddi, ac er iddi gau ei llygaid yn dynn ni fedrai gysgu wedyn. Ond yr oedd ganddi ddigon i feddwl amdano. Oni chlywodd fod ei ffrind pennaf ar ei ffordd yma? Yn wir, fe'i disgwyliasai ef ddoe, ond yrŵan yr oedd yn falch ganddi na ddaethai. Llenwid yr oriau hyn o ddisgwyl amdano â llawenydd pur. Beth a ddywedai wrtho, a beth a ddangosai iddo? Yr oedd cymaint i sôn amdano fel y deuai amser ei ymadawiad cyn i Mair ddywedyd hanner yr hyn oedd yn ei chalon. Teimlai mor hapus fel na fedrai aros yn hwy yn ei gwely. Cododd yn ddistaw rhag deffro ei chwaer, ac ymhen ychydig funudau yr oedd yn yr ardd fechan. Mor braf oedd bod yn fyw! Yr oedd Mair mor llawn o fywyd fel na fedrai aros yn hir yn yr un lle, a cherddodd hyd at y berllan.

Gwyddai fod digon o waith yn ei haros yn y tŷ, ond yr oedd yn fore mor braf a hithau mor hapus fel na fedrai feddwl am fynd i mewn. Heblaw hynny, ni fynnai ddeffro ei brawd na'i chwaer; a chyda hynny o esgus arhosodd allan. Dymunai am gael treulio bore ar ôl bore fel hyn, heb wneud dim ond teimlo'n hapus. Ond yng ngwaelod ei chalon gwyddai mai am ei bod yn disgwyl, disgwyl, disgwyl am rywun, yr oedd yn llawen. Yr oedd pob man yn ddistaw, a dychmygai Mair fod y blodau fel hithau'n disgwyl am rywun, a'r tŷ, a'r ardd…

Yr oedd ei meddwl mor bell fel na chlywai ei chwaer yn galw arni. Pan droes yn ôl i'r tŷ gwelai Martha wrth y drws, a brysiodd.

'Lle buoch chi, Mair? Rydw i wedi bod yn galw ac yn galw arnoch chi.'

Gwenodd Mair. Ni fedrai hyd yn oed Martha beri iddi deimlo'n ddigalon.

'Fedrwn i ddim cysgu, ac eis allan am dro cyn brecwast.'

'Hy! Nid yn aml y byddwch chi yn rhy effro yn y bore,' meddai, ond cil-wenodd ar Mair.

Cafodd y brawd a'r ddwy chwaer eu brecwast syml.

'Mae'n siŵr y bydd Iesu yn galw yma heddiw,' meddai Lasarus.

'Synnwn i ddim yn wir,' atebodd Martha. 'Yr oeddwn i yn hanner disgwyl 'i weld o ddoe.'

Ni ddywedodd Mair yr un gair. Ond yn ei chalon canai rhyw aderyn bach: 'Mae o'n siŵr o ddod, yn siŵr o ddod.'

Nid oedd gan Martha le i gwyno o'i phlegid y bore hwnnw. Gwnâi ei dyletswyddau'n ofalus, ond safai wrth y drws yn aml ac edrych i'r pellter.

Yn y prynhawn, newidiodd ei gwisg. Rhoes wisg las amdani, a phlethodd ei gwallt hardd. Gwyddai fod mwy o liw nag arfer yn ei bochau, ac edrychodd Martha arni'n hir pan ddaeth i mewn i'r ystafell. Mor hardd yr edrychai Mair heddiw! Beth oedd yn bod? Er iddi'n aml swnio braidd yn flin efo Mair, eto yr oedd yn hoff iawn ohoni. Yr oedd bron fel plentyn iddi, gan mai hi a'i magodd ar ôl marw eu mam. Yr oedd pymtheng mlynedd o wahaniaeth yn eu hoedran, felly ni ellid disgwyl i Mair deimlo'n agos iawn at Martha.

Yr oedd yn brynhawn poeth, ond yr oedd tawelwch yn yr ystafell. Gofalodd Mair fod blodau ynddi, a rhwng y drysau yr oedd tipyn o awel.

Toc aeth Martha at y drws.

'Dyma nhw'n dŵad, Mair.'

Cyflymodd calon Mair, ond ni fedrai godi i sefyll yn ymyl ei chwaer.

Pan gyrhaeddodd Lasarus a Iesu'r tŷ, yr oedd Mair yn yr ystafell gefn, a gorfu i Martha alw arni.

Daeth Mair i mewn yn llawn yswildod, ond diflannodd hwnnw'n fuan yn y cwmni diddan.

Rhaid oedd i Lasarus eu gadael am ychydig, ac eisteddodd Iesu a Mair yn sgwrsio â'i gilydd.

Os disgwylid rhywun dieithr yno am bryd o fwyd, yr oedd Martha ar binnau. Rhaid oedd cael popeth i'r dim, ac aeth i'r ystafell gefn i baratoi'r bwyd. Dal i sgwrsio wnâi Iesu a Mair yn y gongl yn ymyl y blodau.

Yr oedd rhyw ddealltwriaeth perffaith rhyngddynt ac os deuai munudau o ddistawrwydd, llawn oedd y rheini hefyd o ystyr. Yr oedd amser fel petai'n sefyll yn llonydd i'r ddau, ac yn dywedyd wrthynt am wneuthur y gorau o'r munudau hyn. Munudau anfarwol oeddynt i Mair, ond yr oedd tristwch ynddynt hefyd. Pam na châi fyw am byth gyda Iesu? Pan na châi ofalu amdano a'i wneud yn hapus?

Daeth llais Martha o'r ystafell gefn.

'Mair, pam na ddowch chi yma i roi tipyn o help imi?'

Edrychodd Iesu a Mair ar ei gilydd, a gwenodd yntau arni.

Daeth Martha i mewn i'r ystafell gan gario peth o'r bwyd, a chododd Mair i'w helpu.

'Peidiwch â thrafferthu cymaint, Martha,' meddai Iesu wrthi. 'Mae'r amser yn fyr, a rhaid gwneud y gorau ohono. Mae Mair a minnau wedi cael rhywbeth y prynhawn 'ma y cofiwn ni amdano am byth.'

Cyrhaeddodd Lasarus yn ôl, ond braidd yn ddistaw yr oeddynt oll drwy'r pryd bwyd.

Ar ôl clirio'r pethau, aeth Mair i'r ardd. Gwyddai y byddai Iesu yn mynd oddi wrthi yn fuan. O! pam na buasai Martha wedi gadael llonydd iddynt! Efallai y gofynnai iddi fod yn wraig iddo. Gyda hwn yn unig y gallai hi deimlo'n berffaith hapus, a heb yn wybod iddi ei hun torrodd flodeuyn a thynnodd ei harddwch yn ddarnau. Cerddodd ymlaen i gyfeiriad y berllan. Mor wahanol oedd ei theimladau'n awr! Gwyddai yn nyfnder ei henaid mai ofer y bu ei holl ddisgwyl. Yn wir, gallai glywed rhywun yn cyflymu tuag ati, a throes i ffarwelio â Iesu.

Ychydig a ddywedwyd, ond gwaeddai calon Mair am iddo ei chymryd yn ei freichiau. Dim ond unwaith, meddai, er mwyn imi gofio. (Dywedai rhywbeth wrthi ond iddo wneuthur hyn nad âi ef oddi wrthi byth.)

Daliodd ef ei dwylo, a ffarweliodd yn fwyn â hi. Daeth Lasarus atynt, ac aeth i ddanfon Iesu.

Ar y mynydd y treuliodd Iesu'r noson honno. Ni fynnai gwmni dynion. Hwyrach y rhoddai'r distawrwydd lonyddwch i'w enaid.

Bu erioed yn hapus gyda'r teulu bach ym Methania, ond ni

sylweddolodd tan heddiw cyn hardded oedd Mair. O gau ei lygaid, gallai ei gweld yn symud o gwmpas y tŷ a'r ardd. Mor hyfryd fyddai ei chael yn ei ymyl yn barhaus! Meddyliai am y cartref dedwydd a wnaent. Gallai gael digon o waith fel saer; felly ni byddai'n rhaid pryderu am y dyfodol. Ond os cymerai wraig a chael plant, a fedrai ennill ei fwriad? Gwyddai mor anodd oedd gwneuthur hynny hyd yn oed yn awr, ond a fedrai adael gwraig a phlant a dilyn llwybr na wyddai lle y diweddai? 'Mae digon o amser eto i gyflawni dy neges,' sibrydai rhywbeth ynddo. 'Nid wyt ond ifanc eto. Mynn brofi bywyd yn gyntaf.'

 Gorweddodd ar y glaswellt byr, ac edrychodd ar y ffurfafen. Syllodd yn hir ar y sêr. Mor gyfeillgar yr oeddynt! Ac o dipyn i beth, daeth ei hen lonyddwch yn ôl. Fe'i teimlai ei hun yn un â'r mynydd a'r sêr a'r awel, a chysgodd yn dawel.

 Deffrowyd ef yn gynnar gan yr haul, a disgynnodd o'r mynydd. Arhosodd droeon i edrych ar yr harddwch o'i gwmpas. I gwpláu ei dasg gwyddai y byddai'n rhaid ffarwelio â gogoniant natur yn ogystal â gogoniant merch; ond ni allai hyd yn oed y meddwl am yr hyn a gollai ddileu'r llawenydd oedd yn ei galon. Cododd yr haul yn uwch, gan gynhesu'r ymdeithydd na chaffai deimlo gwres haul eto ond am ennyd fer.

 Y noson honno, ni ddisgleiriai'r sêr i Mair. Iddi hi edrychent yn oer ac yn bell ac yn anghyfeillgar, ac fe'i teimlai ei hun yn fach iawn o syllu arnynt. Yr oedd tristwch ei chalon yn ormod iddi, ac wylodd yn ddistaw am oriau. O'r diwedd syrthiodd i drwmgwsg difreuddwyd, ac yr oedd yr haul wedi codi'n uchel y bore hwnnw cyn deffro Mair. Am ennyd yr oedd yn hapus â'i wres ar ei hwyneb, ond y munud nesaf dychwelodd ei thristwch a'i digalondid. Beth oedd ganddi i ddisgwyl amdano bellach? Yr oedd yn casáu'r haul – yr haul hwn oedd i'w deffro gannoedd o weithiau yn rhagor.

Teitlau eraill yng nghyfres Clasuron Cymraeg Honno:

Telyn Egryn gan Elen Egryn
Gyda rhagymadrodd beirniadol gan Ceridwen Lloyd-Morgan a Kathryn Hughes

Telyn Egryn (1850) gan Elin neu Elinor Evans (g. 1807) o Lanegryn, Meirionnydd, yw un o'r cyfrolau printiedig cyntaf yn y Gymraeg gan ferch. Mae ystod thematig ei cherddi yn eang ac mae ei hymgais i hybu delwedd y Gymraes ddelfrydol – merch dduwiol, barchus a moesol – yn rhan o'r ymateb Cymreig i Frad y Llyfrau Gleision. Cynhwysir cerddi gan feirdd benywaidd a gydoesai ag Elen Egryn yn yr atodiad i'r gyfrol hon.

978 1870206 303   £5.95

Dringo'r Andes & Gwymon y Môr gan Eluned Morgan

Gyda rhagymadrodd beirniadol gan Ceridwen Lloyd-Morgan a Kathryn Hughes

Ganed Eluned Morgan (g. 1870) ar fwrdd y llong Myfanwy pan oedd honno'n cludo gwladfawyr o Gymru i'r Wladfa Gymreig a oedd newydd ei sefydlu ym Mhatagonia. Perthynai Eluned felly i ddau fyd Cymreig: yr hen famwlad a'r Wladfa newydd. Adlewyrchir y ddau fyd hwn yn *Dringo'r Andes* (1904) a *Gwymon y Môr* (1909), llyfrau taith sy'n dangos arddull bywiog, sylwgar a phersonol Eluned Morgan ar ei orau.

978 1870206 457   £5.95

Sioned gan Winnie Parry
Gyda rhagymadrodd beirniadol gan
Ceridwen Lloyd-Morgan a Kathryn
Hughes

Un o glasuron llenyddiaeth plant yw *Sioned*
(1906) gan Winnie Parry (1870–1953). Ceir
ynddi anturiaethau merch ifanc, ddireidus a'i
hymwneud â chymdeithas Anghydffurfiol ac
amaethyddol Sir Gaernarfon yn y bedwaredd
ganrif ar bymtheg. Roedd gan Winnie Parry y ddawn i adrodd stori ac
i gyfleu cymeriad deniadol ac mae ei gwaith yn nodedig am ei arddull
tafodieithiol naturiol a byrlymus.

978 1870206 037   £6.99

Archebwch ar-lein o
www.honno.co.uk

Honno

Gwasg annibynnol, gydweithredol a reolir gan fenywod ac i fenywod yw Honno Gwasg Menywod Cymru. Sefydlwyd Honno ym 1986 gan wirfoddolwyr a oedd yn dymuno ehangu cyfleon i fenywod yn y byd cyhoeddi Cymreig. Bwriad y wasg yw meithrin talentau creadigol menywod yng Nghymru ac, yn aml, diolch i Honno mae menywod yn gweld eu gwaith mewn print am y tro cyntaf. Cofrestrir Honno fel menter gydweithredol gymunedol a defnyddir unrhyw elw i weithredu rhaglen gyhoeddi'r wasg. Os hoffech brynu cyfranddaliadau neu dderbyn manylion pellach, cysylltwch â ni:

Honno
'Ailsa Craig'
Heol y Cawl
Dinas Powys
Bro Morgannwg
CF64 4AH

www.honno.co.uk